I0724026

UNE SOIRÉE ENTRE FILLES N'A JAMAIS EU SI BON GOÛT!

Beaux Gosses &

BEEF CAKE INC.

Nouvelle Prises

JUDI FENNELL

MERJINN PRESS

PHILADELPHIA, PENNSYLVANIA

Beaux Gosses & Nouvelle Prises

Trompe-moi une fois...

Juliet Chambers n'a jamais voulu qu'une seule chose : devenir Mme Tanner Wentworth. Amoureux depuis l'enfance, avec des ranchs voisins et leurs parents associés en affaires, le mariage de ce beau couple était inévitable. Mais la tromperie de Juliet, combinée à la perte d'un enfant, a anéanti leur chance de bonheur.

Trompe-moi deux fois...

Tanner Wentworth ne veut que deux choses : avoir accès à son fonds fiduciaire et se débarrasser définitivement de sa femme. Ses mouvements de danse sensuels sur la scène de BeefCake, Inc. peuvent bien impressionner toutes les femmes, Tanner n'en a que faire. Il a de plus grandes ambitions. Et aucune d'entre elles n'inclut son épouse perfide dont il va bientôt divorcer.

Jamais deux sans trois ?

Mais lorsque la grand-mère adorée de Juliet a une attaque, Tanner accepte de jouer le couple heureux une dernière fois, juste le temps qu'elle soit suffisamment rétablie pour encaisser la nouvelle que son couple préféré se sépare définitivement. Cependant, sept ans de séparation ont changé beaucoup de choses. Est-ce suffisant pour que Tanner, échaudé par le passé, reconsidère la situation et prenne le risque de donner une seconde chance à la seule femme qui n'a jamais cessé de l'aimer ?

Prologue

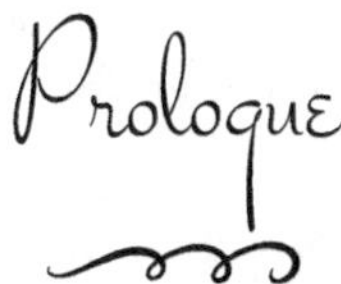

— Je vous déclare mari et femme. Vous pouvez embrasser la mariée.

Tanner fixait la femme devant lui. *Sa femme.*

Comment diable s'était-il fait embarquer là-dedans ?

— Tanner ? Juliet prononça son nom si doucement, avec une petite intonation montante à la fin pour en faire une question.

Il ne savait pas comment lui répondre.

— Euh, vous pouvez embrasser la mariée, répéta le juge de paix en toussotant.

Ouais, ouais, Tanner connaissait la chanson. Il ne savait simplement pas *pourquoi* il se trouvait là à devoir le faire.

Mais il se pencha quand même, avec l'intention de faire ça rapidement et gentiment.

Juliet rendit le baiser plus que gentil et certainement pas rapide.

Bon sang.

Elle savait exactement comment l'embrasser. Elle savait précisément comment faire monter la chaleur dans son bas-ventre. Elle savait comment enrouler son corps diablement sexy autour du sien et faire affluer tout son sang vers le sud.

Bon sang.

Tanner plongea ses mains dans ses cheveux tout en introduisant sa langue dans sa bouche. Elle voulait le rendre chaud et excité comme l'enfer ? Très bien. Alors elle ferait mieux d'être prête à en assumer les conséquences parce que, en tant que sa femme, elle aurait *beaucoup* de conséquences à gérer.

Non, elle n'en aurait pas.

Tanner arracha sa bouche de la sienne, le souffle haletant, et plongea son regard dans ces yeux bleus dans lesquels il s'était perdu auparavant. À l'époque où il croyait en l'amour et au bonheur éternel entre eux.

Bon Dieu, quel imbécile il était.

— Puis-je être le premier à vous offrir mes félicitations ? Ce maudit juge ne voulait pas lâcher le refrain du mariage d'amour. Bien sûr, ça avait été la condition de *Tanner*. C'était déjà assez pénible de devoir faire ça ; il ne voulait pas que les gens connaissent la vraie raison pour laquelle il le faisait.

Tant que Juliet la connaissait.

Il retira ses doigts de ses cheveux et prit le certificat de mariage des mains du greffier. Voilà. C'était fait. Suivant.

Heureusement, il se souvint aussi de prendre la main de sa *femme* avant de sortir à grandes enjambées du bureau du palais de justice avec un bref — très bref — signe de la main à leurs familles respectives.

Il lâcha sa main dès qu'ils furent dehors.

Il le devait, pour son propre bien-être.

Parce que chaque fois qu'il touchait Juliet, son cœur finissait en lambeaux.

Juliet devait courir pour suivre Tanner. Ce n'était pas nouveau ; elle avait toujours essayé de le suivre. Depuis le premier instant où elle avait posé les yeux sur lui — bon, peut-être pas à ce moment-là puisqu'elle n'avait que deux semaines, mais depuis qu'elle était assez grande pour le remarquer — elle lui avait couru après.

Ça avait commencé avec cache-cache, puis ça avait progressé vers le skate-board, le vélo et la natation. Elle avait dû le suivre pendant toute son enfance parce qu'il était son meilleur ami. Leurs parents étaient meilleurs amis, leurs ranchs étaient voisins, et Tanner était plus grand que nature.

Bien sûr, ce corps était déjà assez imposant comme ça. Tanner avait la carrure d'un joueur de football américain, les abdominaux d'un nageur et le visage d'un dieu grec. Il avait été beau à ses yeux depuis la puberté et ce sentiment n'avait fait que croître avec l'âge.

Ils avaient été le couple en or. Roi et reine du bal de promo. Les plus beaux. Ceux qui réussiraient le mieux. L'équipe de l'annuaire avait même ajouté son nom de famille après le sien sous sa photo de dernière année parce que *bien sûr* qu'ils se marieraient.

— Tanner, attends.

Il ne ralentit même pas. — On a un horaire à respecter.

Non, *lui* avait un horaire à respecter. Il était toujours en mouvement ces derniers temps, toujours occupé. C'était pour éviter de passer du temps seul avec elle, elle le savait. Il pensait si peu à elle qu'ils n'avaient jamais l'occasion de souffler ensemble ces derniers temps.

Ce soir, cela changerait. Cette semaine à venir changerait tout. Elle avait utilisé la seule chose à laquelle elle avait pu penser pour obtenir du temps seule avec lui et elle n'en était pas fière. Mais bon sang, ils avaient besoin d'être seuls. D'avoir du temps pour parler et démêler ce qui s'était passé — la scène qu'elle avait mise en place pour que son père les surprenne...

Cela les avait menés au palais de justice et dans l'avion pour Fidji où Papa avait déboursé une fortune pour le bungalow de lune de miel sur l'eau. Si elle devait emmener son mari au bout du monde pour avoir un peu de temps seule avec lui, alors c'est ce qu'elle ferait.

— Tanner, s'il te plaît. Je ne peux pas courir avec ces talons.

— Alors enlève-les. De toute façon, ils n'ont pas l'air d'avoir été conçus pour marcher.

Elle ravala la réplique cinglante. Elle ne voulait pas commencer leur lune de miel par une dispute. Il y avait déjà eu trop de mots durs entre eux.

Elle prit quelques secondes supplémentaires sur leur « planning » pour enlever ses chaussures, puis courut après lui, regrettant de ne pas s'être entraînée pour ce semi-marathon que Tricia avait essayé de lui faire faire.

Elle arriva à la limousine quelques secondes après qu'il eut ouvert la porte pour elle, à peine assez de temps pour qu'un froncement de sourcils se forme.

— L'avion ne va pas nous attendre, Juliet.

En fait, si. L'argent de son père disait qu'il attendrait, mais elle n'allait pas se disputer avec lui.

Il ferma la porte puis sortit son téléphone dès que le chauffeur démarra.

Il resta collé à son appareil pendant tout le trajet jusqu'à l'aéroport, pendant le contrôle de sécurité, et jusque sur le tarmac. Il l'avait même encore à la main quand l'hôtesse de l'air leur apporta le champagne.

— Monsieur Wentworth, nous allons bientôt décoller, dit-elle quand il lui fit signe de poser la flûte sur la table entre eux.

Tanner tapa encore quelques lettres dans son texto ou son e-mail ou, bon sang, peut-être qu'il jouait juste à un stupide jeu pour ne pas avoir à lui parler, mais ensuite il éteignit son téléphone.

Enfin. Juliet ne put retenir son sourire. Leur lune de miel pouvait enfin commencer et la guérison pouvait débuter.

Mais alors Tanner se leva.

— Tanner ? Que fais-tu ?

— Attends, Juliet. Il mit son téléphone dans la poche de son pantalon et se dirigea vers le cockpit.

Juliet regarda fixement son large dos qui s'affinait si incroyablement bien jusqu'à une taille étroite. Le physique et l'apparence de Tanner n'étaient que la cerise sur le gâteau de l'homme dont elle était tombée amoureuse il y a si longtemps —

Le même homme qui quittait l'avion.

Chapitre Un

Sept ans plus tard

L'homme avait un corps magnifique.

Et Juliet Chambers-Wentworth se souvenait de chaque courbe, de chaque ligne, de chaque muscle. Surtout de la façon dont il l'avait enlacée — dont *il* s'était enroulé autour d'elle — la nuit où elle l'avait piégé pour l'obliger à l'épouser.

— C'est *lui* ? Tu te *moques* de moi ? Son amie Sandy prit une gorgée de son verre alors qu'elles étaient assises dans la salle de spectacle faiblement éclairée du club de Tanner, BeefCake, Inc. Pas étonnant que tu veuilles le récupérer.

Son mari avait un corps incroyable et savait s'en servir, mais non, ce n'était pas pour ça qu'elle le voulait de retour. Cependant, elle le laisserait croire ça, lui et tous les autres. Parce que c'était pratique. Parce que ça marchait.

Parce que la vérité était trop déchirante pour y penser.

Les danseurs sur scène se mirent en ligne droite, leurs pantalons noirs avec la bande de soie sur le côté ne demandant qu'à être enlevés. Juliet avait vu assez de spectacles de strip-tease pour savoir ce qui allait suivre, et elle avait assez vu

Tanner sans ses vêtements pour savoir ce qui allait arriver, mais quand même, lorsque cela se produisit, quand ils arrachèrent ces pantalons à Velcro, son cœur palpita comme la première fois qu'elle avait vu Tanner se déshabiller.

— Doux Jésus. Sandy se laissa tomber contre sa chaise, jeta la paille de son verre sur la table et avala le reste d'un trait. Dis-moi qu'il sait quoi faire avec ça.

Oh oui, Tanner savait. Les cuisses de Juliet picotèrent en souvenir. Ainsi qu'une autre partie de son corps. Et ses seins lui faisaient mal. Il n'y avait eu personne depuis Tanner. Quatre-vingt-sept longs mois de célibat induit par un désintérêt total pour quiconque d'autre. Ce n'était probablement pas une bonne idée de venir ici comme ça. Pas quand elle devait faire ce qu'elle avait à faire.

Les six gars musclés et huilés sur scène, chacun aussi délicieux que l'autre, pivotèrent, leurs hanches et autres... parties, s'assurant que personne ne regardait leurs visages.

Mais Juliet, si. Elle observait chaque expression de Tanner. Elle le regardait observer le public sans vraiment le voir. Certes, les lumières de la scène y étaient probablement pour beaucoup, mais quand elle le comparait aux autres danseurs qui essayaient d'interagir avec le public, de créer cette connexion et de se concentrer sur chaque femme pour créer l'illusion qu'ils dansaient pour elle seule, Tanner n'y arrivait pas.

Jusqu'à ce qu'il la voie.

Elle sut à la seconde où cela se produisit. Il rata un pas. Tanner ne ratait jamais un pas, ni en danse, ni dans la vie, ni dans le domaine de la romance — jusqu'à ce qu'*elle* le fasse, et ç'avait été la plus grosse erreur de sa vie. Elle l'avait perdu.

Mais maintenant elle avait besoin qu'il revienne.

— Euh, il t'a vue ? Sandy se pencha et lui chuchota à l'oreille. Il nous fixe du regard.

Juliet déglutit. Elle n'était pas prête pour ça. Elle avait cru l'être, mais elle ne l'était pas.

Tanner plissa les yeux et reprit rapidement le rythme avec les autres gars, mais il ne cessa pas de la fixer, la bouche en une ligne droite — ces lèvres magnifiques et talentueuses qui pouvaient se courber dans le plus beau des sourires juste avant de prononcer les remarques les plus cinglantes de sa vie.

Son large torse et ses épaules encore plus larges brillaient sous les projecteurs. Il s'était épilé le torse. Non pas que ça la dérangeait, mais elle avait aimé enrouler ses doigts dans la quantité juste suffisante de poils qu'il avait habituellement, tous d'un blond doré comme le reste de lui.

La cicatrice était nouvelle. Elle grimaça en la voyant. On aurait dit une cicatrice d'appendicectomie. Et on ne l'avait même pas prévenue.

Eh bien, à quoi pouvait-elle s'attendre ? Elle n'était son épouse que de nom. Bien que si ç'avait été une appendicectomie d'urgence, elle aurait pu devenir veuve sans même le savoir.

Elle frissonna. Elle ne pouvait pas imaginer une vie sans Tanner. Même s'il était à des milliers de kilomètres.

Il avait laissé pousser ses cheveux. Son père aurait sûrement quelque chose à dire s'il le voyait... Mais après tout, son père avait toujours eu beaucoup à dire sur Tanner.

Le sien aussi.

Juliet chassa ces pensées. Son père était la principale raison de sa présence ici et elle ne voulait pas penser pourquoi.

Une autre raison serait la personne qui la fixait à travers une douzaine de projecteurs.

Les danses en solo commencèrent. Tanner était en arrière-plan, les hanches tournoyant, les abdominaux se contractant, un muscle de sa mâchoire carrée battant la mesure avec la musique. Il était distrait. Elle pouvait toujours le dire avec Tanner. Elle connaissait chacune de ses humeurs, et ce depuis les vingt-neuf années qu'elle le connaissait. Il n'y avait jamais eu de doute dans son esprit sur la personne avec qui elle finirait sa vie. Les Chambers et les Wentworth. Ils allaient ensemble comme le beurre de cacahuète et la confiture, bien que son père aurait une crise cardiaque si elle utilisait une comparaison aussi banale. Mais les Chambers et les Wentworth étaient amis socialement et parte-naires en affaires depuis trois générations. Elle et Tanner étaient les premiers à unir les familles.

Jusqu'à ce qu'elle prenne la décision fatidique qui les avait menés ici.

— Allez, Juliet. Crache le morceau. Tu ne peux pas me dire que ce pour quoi vous vous êtes disputés ne peut pas être réglé par une conversation. Je veux dire, regarde ça, tu veux ?

Elle *regardait*. Elle le regardait, lui. C'était là le problème. Elle aurait dû se rappeler à quel point elle fondait autour de Tanner. Au diable les désirs et les besoins de leurs familles ; qu'en était-il des siens ? Elle avait fantasmé sur Tanner toute son adolescence, ses années d'université et sa vie d'adulte, et quand elle l'avait finalement amené devant l'autel — enfin, le juge de paix — ç'avait été un rêve devenu réalité.

Pendant environ une heure jusqu'à ce qu'il descende de cet avion.

— Oh *bébé* !

Sandy hurla à côté d'elle quand Tanner accrocha ses pouces là où aurait dû se trouver une boucle de ceinture mais où il n'y en avait pas et fit suffisamment de pas de deux pour faire saliver toutes les femmes. Puis il pivota lentement, le short en spandex moulant ne cachant a-b-s-o-l-u-m-e-n-t r-i-e-n aux yeux de quiconque. Bon sang, elle pouvait deviner sa religion dans ce truc.

Et puis il secoua son derrière, et oh, mince alors, la foule devint folle. Sandy lui tapait sur l'épaule si fort que Juliet dut déplacer sa chaise ou elle finirait avec un bleu.

— S'il te plaît, dis-moi qu'il a un frère. Un cousin ? Bon sang, je me contenterais même de son garçon de piscine.

Tanner n'avait pas de garçon de piscine. Plus maintenant. Il n'avait plus rien. Pas depuis que son père avait tout perdu au jeu — et que celui de Juliet avait ramassé les morceaux.

Un clou de plus dans le cercueil de leur mariage.

Tanner balança ses hanches et secoua son derrière si fort qu'il aurait craint de se faire mal au dos s'il n'avait pas voulu ajouter un péché de plus aux pieds de Juliet Chambers. Que diable faisait-elle ici ?

Mademoiselle Juliet Chambers, reine de beauté gâtée. Il lui avait donné une seconde chance quand elle l'avait supplié, pensant qu'elle avait changé.

Il s'était trompé.

Encore.

Il se claqua les fesses alors, sachant que les femmes trouvaient ça sexy. Il prit la pose, se musclant juste assez pour maintenir leur intérêt — et leurs cris — puis il pivota lentement, leur offrant à toutes une belle vue de ses abdominaux qu'il travaillait deux heures par jour, et des pectoraux qu'il pouvait faire danser comme son grand-père lui avait appris. Il avait toujours ri, mais les femmes ? Elles hurlaient.

Il garda une autre pose, établissant un contact visuel — ou du moins le croyaient-elles — à travers les lumières enfumées de la scène, clignant de l'œil plusieurs fois. À toutes les femmes sauf Juliet.

Elle le regardait pourtant ; il pouvait le sentir. Il avait toujours senti son regard sur lui. Depuis le moment où ils avaient décidé d'être le premier baiser l'un de l'autre, il avait toujours su quand Juliet le regardait.

Il l'avait tout autant regardée. Cette femme était magnifique et, malheureusement, elle savait quel effet elle avait sur lui.

Eh bien, plus maintenant. Il pouvait la fixer toute la nuit, cela n'effacerait pas la désillusion qu'il avait subie à cause d'elle.

Juliet était un sacré numéro. Il ne l'avait jamais vu avant, n'avait jamais réalisé à quel point elle était égoïste et superficielle jusqu'au moment où il avait découvert —

Merde, il avait raté un mouvement. Tanner se reconcentra sur la routine et se resynchronisa avec la musique. Il n'allait pas laisser Juliet Chambers-Wentworth — et il grimaça en accolant son nom au sien — perturber une partie de plus de sa vie. Quarante-cinq jours et elle serait partie pour de bon.

Le dernier couplet de la chanson commença et Tanner inclina le chapeau de cow-boy sur un œil, tout cela faisant partie de la routine. Ça marchait à chaque fois.

Est-ce que ça marchait sur Juliet ?

Pourquoi diable s'en souciait-il ?

Il se retourna à nouveau, son derrière au centre de l'attention. C'était vraiment son gagne-pain et normalement il l'utilisait comme tel. Ce soir, il le secouait pour toutes les mauvaises raisons.

Qu'elle en ait le cœur brisé. Si seulement elle avait gardé son secret pour elle, il n'aurait jamais su et Juliet aurait pu le tenir par le bout du nez toute sa vie.

Il plia les genoux et donna des coups de bassin comme s'il dansait autour d'une barre, jouant avec la ceinture de son short. Il portait le string en forme de banane en dessous ; la tentation de simplement les arracher et d'exhiber exactement ce qu'elle manquait était vraiment forte.

Elle avait détruit ce qu'ils auraient pu avoir. D'abord, avec son mensonge, puis en avouant tout. Tout cela alors qu'il était encore sous le choc de la pire nouvelle de sa jeune vie.

Il ne pourrait jamais lui pardonner de lui avoir fait subir non pas une perte, ni même deux, mais tant qu'il en avait perdu le compte au fil des années.

Les sifflements continuaient, alors Tanner continua à travailler la barre imaginaire, lançant son regard fumé signature par-dessus son épaule. Il connaissait le pouvoir de ce regard ; il savait les pourboires que cela rapporterait, alors quand il se retourna et glissa en avant sur la scène sur ses genoux, chapeau à la main, il ne fut pas surpris de le voir se remplir de billets.

Crève de jalousie, Juliet.

Chapitre Deux

— Hé, Tan, y a une nana canon qui veut te voir.

— Je suis occupé.

— Mec, elle est *canon*. Genre, vraiment sexy.

— Toujours occupé.

Adam secoua la tête en marmonnant tandis qu'il s'éloignait. Tanner haussa les épaules. Les gars devraient être habitués. Il ne draguait jamais les clientes — c'était la règle d'or de Gage et Bryan au boulot. Une fois en civil dans le club de quelqu'un d'autre, par contre, tout pouvait arriver. Et c'était souvent le cas. Mais pas pour lui. Juliet l'avait marqué aussi sûrement que cette alliance qu'il avait retirée de son doigt à peine cinq minutes après qu'elle la lui ait passée. Mais il était toujours marié et Tanner avait pour principe de tenir parole. Pas de sous-entendus, pas de subterfuges, pas de petits plans cachés.

Non, il mettait cartes sur table. Et dans quarante-cinq jours, il balancerait un gros chèque dessus et se débarrasserait d'elle — et de son père — pour de bon.

Gage passa la tête dans la loge. — Hé, Tan...

— Pas intéressé.

— Bien. Tu connais la règle.

Gage était mal placé pour parler. Il avait foncé droit sur Lara un soir lors d'un enterrement de vie de jeune fille et ç'avait été fini pour lui. Mais les associés n'avaient rien à craindre de ce côté-là en ce qui le concernait.

— Cependant, elle dit qu'elle te connaît et qu'elle ne partira pas tant que tu ne seras pas sorti. On n'a pas besoin d'une scène.

Tanner soupira et perdit le compte des billets de dix dollars qu'il sortait du Stetson. Une de ses meilleures recettes, alors évidemment Juliet allait l'interrompre. — Très bien. J'arrive tout de suite. Laisse-moi m'habiller.

Gage, heureusement, ne posa pas de questions et hocha la tête avant de refermer la porte de la loge.

Prenant une autre inspiration, Tanner se leva et défit la serviette autour de sa taille. Au moins Gage l'avait prévenu, il n'allait donc pas rencontrer Juliet pour la première fois en sept ans à moitié nu.

Bien qu'elle en ait certainement vu assez depuis le public.

Il se demanda ce qu'elle avait pensé en le regardant danser pour d'autres femmes comme il l'avait fait pour elle autrefois.

Il avait fait beaucoup de choses pour elle, avec elle, et à elle, autrefois... Et tout ça avait été bâti sur un mensonge.

Tanner chassa ces mauvais souvenirs. Il avait tourné la page et continué sa vie ; Juliet faisait partie du passé et dans six semaines et demie, c'est là qu'elle resterait. Il avait déjà demandé que les papiers soient préparés.

— Yo, Tan. La blonde. Si tu n'es pas intéressé, je peux avoir son numéro ? Markus entra dans leur loge commune, enlevant la serviette d'un blanc éclatant de son corps sombre beaucoup trop loin de ses vêtements au goût de Tanner. Markus était toujours prêt à confirmer le stéréotype. Enfin, avec tout le monde sauf lui.

Tanner ricana. Markus avait été sérieusement déçu de ne pas être le plus grand du club et se plaignait constamment qu'il gâchait l'opportunité.

— Tu ne veux pas son numéro, Markus. Crois-moi. Je l'ai et ce n'est pas aussi bien que ça en a l'air.

— Je n'ai pas dit que je voulais l'épouser, je veux juste, tu sais.

Tanner détourna le regard avant que Markus ne se déhanche. Il l'avait vu plus qu'il ne le souhaitait.

Il enfila son t-shirt, puis donna un coup de poing dans le biceps de Markus en se dirigeant vers la porte. — Tu me remercieras un jour, mon pote.

— Je te remercierais *aujourd'hui* si tu me donnais juste son numéro.

— Ça n'arrivera pas, dit-il en refermant la porte derrière lui. Markus était un ami et il ne lâcherait pas Juliet sur son pire ennemi.

— Bonjour, Tanner.

Elle se tenait au bas des marches menant à la scène.

Bon sang, elle était jolie sous cet éclairage, sans la lumière sombre et enfumée du club qui avait jeté des ombres sur son visage.

Juliet avait toujours été magnifique. Grand sourire, grands yeux bleus, grande chevelure blonde, gros seins, taille fine. Elle était la quintessence de la reine de beauté texane. Ce qu'elle avait été. Ils avaient été le couple parfait.

Puis elle avait tout gâché.

— Je ne m'attendais pas à te voir avant un mois et demi.

— Un mois et demi ? Pourquoi ? J'aurais pu venir n'importe quand.

— Mais tu ne l'as pas fait. Il mit son chapeau de cowboy sur sa tête en la dépassant, à la fois symbolique et pratique. Il n'avait pas à la regarder, et ça lui faisait comprendre qu'il n'en avait pas envie. Il monta les marches de la scène deux par deux. Plus facile de sortir par le club que de répondre aux questions des gars à l'arrière.

— Tanner, il faut qu'on parle.

Il continua à marcher sur la scène. — *On* n'a rien à faire, mais si tu en ressens le besoin, je ne peux pas t'en empêcher. C'est un pays libre.

Il sauta de la scène, puis se retourna pour s'assurer qu'elle pouvait descendre.

Maudite soit sa galanterie innée.

Et maudit soit le fait que la toucher avait toujours le pouvoir d'envoyer de la lave en fusion dans ses veines.

Il l'aida à descendre de la scène puis lâcha ses bras, s'écartant pour la laisser passer.

Elle se retourna et bloqua son chemin entre les tables. — On peut aller quelque part pour parler?

— Non. Il contourna une table et choisit une autre route vers la porte d'entrée.

— Tanner, s'il te plaît.

Il s'arrêta. Merde. Quand sa voix devenait douce comme ça, comme si elle allait pleurer...

Bon sang, il était toujours aussi faible quand il s'agissait de Juliet. — Juliet, laisse tomber. Il nous reste un mois et demi, et puis tout sera fini. J'utilise mon fonds fiduciaire pour rembourser l'hypothèque de mon père à ton père et ensuite on pourra finaliser les choses.

— Je n'ai pas un mois et demi.

Il se retourna brusquement, la regardant. La regardant *vraiment*. Elle n'avait pas un mois et demi ? Pourquoi ? — Qu'est-ce qui ne va pas ? Qu'est-ce que tu as ? C'est guérissable ?

Cette belle bouche en forme d'arc se tordit sur le côté, ses sourcils parfaitement arqués naturellement se rejoignant vers l'arête du nez, une expression qui aurait rendu d'autres femmes, sinon laides, du moins pas à leur avantage, mais pour Juliet, ce n'était qu'une expression de plus sur son beau visage. Une expression qu'il avait appris à déchiffrer il y a des années parce qu'il l'avait regardée pendant des heures. Des jours. Des semaines. Des mois. Il ne s'était jamais lassé de regarder Juliet.

— De quoi parles-tu, Tanner ?

— De toi. Tu as dit que tu n'avais pas un mois. Qu'est-ce qui ne va pas chez toi ?

Son expression se transforma en un sourire comme ça. Comme si elle l'avait répété—

Bon sang. Il était encore tombé dans le panneau.

— Tu n'es pas du tout malade, n'est-ce pas ? Tu voulais juste que je m'arrête et que je t'écoute. Eh bien, tu peux oublier, Juliet. Je ne vais pas retomber dans tes pièges. Trompe-moi une fois, honte à toi, trompe-moi deux fois, honte à moi, trompe-moi une troisième fois ? Autant m'achever tout de suite.

— Tanner, attends. Je n'ai pas dit que j'étais malade. C'est toi qui as sauté à cette conclusion.

— Bien sûr. Rejette la faute sur moi. Pourquoi aujourd'hui serait-il différent ?

Il enleva son chapeau de cowboy et passa ses doigts dans ses cheveux. Il avait un sacré mal de tête et il n'était avec elle que depuis moins de dix minutes.

— Tan, s'il te plaît, laisse-moi juste une chance de t'expliquer—

— Tu arrives dix ans trop tard pour les explications, Juliet. Écoute, mon avocat contactera le tien à la fin du mois prochain.

Le jour de son anniversaire. Heureusement, il était né à neuf heures du matin, donc son avocat ne pourrait pas contester qu'il n'avait pas réellement trente ans avant le milieu de la nuit. Tout serait réglé bien proprement avant le déjeuner et il aurait la meilleure fête d'anniversaire de sa vie ce soir-là. Juliet

Chambers-Wentworth et son père seraient définitivement sortis de sa vie et de celle de ses parents. Il ne lui resterait pas un centime de son fonds fiduciaire, cet argent qui était censé payer le master qu'il préparait laborieusement en gagnant de l'argent, mais ça en vaudrait la peine pour être libre.

— *J'ai* un mois et demi, Tanner, mais ma grand-mère peut-être pas.

Oh merde. Tanner serra les dents et s'arrêta de marcher. La grand-mère de Juliet avait été une actrice aussi peu consciente dans toute cette histoire que lui. — Qu'est-ce qui ne va pas avec Nana ? Il utilisa ce surnom trop facilement, mais elle avait été comme *sa* grand-mère puisqu'il n'avait plus de grands-parents depuis le CE2.

— Elle a eu une attaque.

— Quand ?

— Il y a deux semaines. Elle ne va pas bien.

Tanner se pinça l'arête du nez. Il détestait que Nana traverse ça, mais sérieusement, pourquoi cela ne pouvait-il pas arriver dans deux mois, quand son cauchemar serait terminé ?

Ah merde, c'était vraiment nul de sa part. Il ne lui souhaitait pas ça, peu importe le moment. Sa colère envers Juliet ne devrait pas diminuer son humanité.

Il se retourna. — Je suis vraiment désolé d'entendre ça.

— Merci. Tu sais qu'elle tient toujours à toi.

Tanner ne répondit pas. Malgré ce que Juliet avait fait, sa grand-mère avait toujours été gentille avec lui, et en tant que futur membre de la famille à l'époque, il s'était rendu compte qu'il aurait pu faire bien pire que d'avoir "la matriarche", comme elle s'appelait elle-même, dans sa famille. — Alors, que veux-tu de moi, Juliet ? Pourquoi venir ici maintenant ?

Juliet regarda autour d'elle. Les gars n'étaient pas là, mais ils écoutaient. Il les connaissait. Il connaissait aussi sa réputation. Le fait qu'il y ait une femme ici qui pose des questions sur lui... Et le fait qu'elle était sur le point de révéler la véritable nature de leur relation—

— Viens. Il lui prit la main, ignorant l'étincelle de désir qui crépita de sa paume jusqu'à son bras, par-dessus son épaule, et descendit dans sa cavité abdominale où elle travaillait sur des terminaisons nerveuses très endurcies. Il n'avait pas besoin que les gars entendent ce que Juliet allait lui dire. Parce que les gars ne l'avaient jamais vu avec une femme — et ne seraient-ils pas surpris de découvrir que celle qu'ils voyaient enfin avec lui était sa femme.

Chapitre Trois

Une limousine était garée devant.

Bien sûr.

— Ton père sait que tu es venue me voir ? demanda Tanner en faisant un signe de tête vers la limousine dont les phares perçaient à travers la pluie battante.

— En fait, non. Il ne le sait pas. Ça ne passerait pas bien.

C'était l'euphémisme de l'année.

Il n'avait vraiment pas envie de faire ça, mais une fois de plus, il semblait qu'il n'avait pas le choix. — Prête à courir ? Il n'avait pas particulièrement hâte de se retrouver dans un espace aussi confiné avec elle, mais s'ils voulaient avoir de l'intimité, c'était à peu près aussi privé qu'ils pouvaient l'être sans aller dans la chambre d'hôtel de quelqu'un. Et étant donné qu'il n'en avait pas et qu'il n'était pas près de mettre les pieds dans la sienne, la limousine était leur seule option.

Il ouvrit la porte pour elle. — Alors, comment as-tu réussi à emprunter sa voiture et son chauffeur ?

— En fait, dit-elle en se glissant dans l'intérieur faiblement éclairé, ce n'est pas celle de papa. J'ai pris l'avion pour venir ici et je l'ai louée.

Tanner s'assit sur la banquette arrière et ferma la porte derrière lui. — Tu sais, il existe ces choses appelées taxis. Beaucoup moins cher. Ton père va adorer recevoir cette facture.

Elle tapota la cloison qui les séparait du chauffeur et la voiture quitta le parking. — Je paie mes propres factures.

Ouais, c'est ça. Avec l'argent de son père. Et l'argent qu'il lui envoyait. Elle n'était peut-être pas la femme qu'il voulait, mais elle *était* sa femme et personne ne pouvait dire qu'il ne subvenait pas à ses besoins - jusqu'au jour où il aurait trente ans et qu'il la renverrait, elle et son père, hors de sa vie pour de bon.

— Je voulais pouvoir te parler au lieu de me concentrer sur la conduite.

— Alors parle. Je n'ai pas toute la nuit. En fait, si. Triste état de fait, sa vie ces dernières années. Tout travail et études faisaient de Tanner un garçon très ennuyeux. Mais c'était bien mieux que la soi-disant excitation qu'il avait eue quand Juliet faisait partie de sa vie.

Il pouvait se passer de ce genre particulier d'excitation.

Juliet tendit la main vers la bouteille de vin dans le seau à glace intégré à l'intérieur de la voiture, ainsi qu'un verre à vin suspendu à l'envers sur le support fixé au toit. — Tu en veux ?

Tanner la déboucha pour elle avec le tire-bouchon qui était de son côté. — Non. Il avait besoin d'avoir l'esprit clair quand il traitait avec Juliet. Elle avait beau être une blonde explosive, il y avait définitivement un cerveau dans sa tête. — Allez, Juliet. Ça aurait pu être un coup de téléphone. Et quand c'est arrivé, pas deux semaines plus tard.

Elle prit une gorgée de vin trop longue pour être appelée une simple gorgée, ce qui le fit s'interroger sur ce dont il s'agissait. Juliet n'avait jamais été une grande buveuse.

— Je sais. Mais j'ai besoin de te demander une faveur, Tan.

— Une faveur ? À moi ? Pourquoi penserais-tu que j'accepterais, et qu'est-ce que tu as à me demander que tu ne peux pas demander à l'une des centaines de personnes qui travaillent pour ton père ?

— Parce que tu es le seul qui puisse le faire. Juliet finit le vin, ce qui inquiéta Tanner.

— Qu'est-ce qui se passe, Jules ?

Elle soupira et posa le verre de vin. — C'est... Elle soupira à nouveau. Cligna des yeux plusieurs fois. — Nana n'est pas... Je ne sais pas, c'est comme si elle... comme si elle avait abandonné. Elle reste assise dans sa chambre d'hôpital et regarde par la fenêtre. Elle parle de mon grand-père et de ma mère comme s'ils étaient encore là, et c'est juste...

La poitrine de Tanner se serra. La mère de Juliet était partie quand Juliet était bébé pour une vie sans enfant en Europe avec un riche playboy qu'elle avait rencontré Dieu sait comment, alors Nana, la mère de son père, l'avait élevée. Sa mère avait été un point sensible dans la vie de Juliet, dont elle parlait rarement. Le fait qu'elle mentionne même la femme en disait long.

— Et mon père... Ça le tue. Je le vois quand il pense que je ne regarde pas. Il va à peine au travail maintenant et, eh bien, Tanner, je pense juste que si je pouvais leur donner quelque chose à espérer, Nana reprendrait du poil de la bête. Avoir une raison de se battre, tu vois ?

— Je ne te suis pas. Parce que son esprit était encore en train de tourner. Il était parti il y a sept ans et n'était jamais revenu ; il n'aurait pas dû s'attendre à ce que tout reste pareil, mais il réalisait maintenant que c'était le cas.

— J'ai besoin de ton aide. Puisque nous sommes techniquement encore mariés, ça a du sens. Je ne peux pas réussir ça avec n'importe qui et lui faire croire.

— Réussir quoi ? Croire quoi ? À peine la question avait-elle quitté sa bouche qu'il connaissait la réponse. — Tu veux que je fasse semblant que nous sommes heureux en mariage ?

— Oui.

— Personne ne va y croire, Juliet. Je n'ai pas été dans les parages ces sept dernières années ; qui penses-tu va croire que nous nous sommes soudainement reconnectés et que nous voulons passer le reste de nos vies ensemble ? Même en prononçant ces mots, ce vieux sentiment envahissait sa poitrine. Il n'avait rien voulu de plus quand il était adolescent que de vieillir avec Juliet.

Et puis c'était arrivé. Elle était tombée enceinte en terminale et ils organisaient un mariage. Il avait été terrifié à l'idée d'avoir un enfant à leur âge, mais la joie de pouvoir appeler Juliet sa femme, de vivre avec elle et de dormir avec elle et de la voir à la table du petit-déjeuner le reste de sa vie avait surpassé son appréhension et la tristesse de devoir renoncer à sa bourse pour jouer au ballon.

Étonnamment, cependant, il avait été vraiment heureux à l'époque. Mais onze ans, c'était long et il ne se souvenait plus de ce que le bonheur ressentait parce que, dans les années qui avaient suivi, il avait essayé d'oublier tout ce qui la concernait. À quoi elle ressemblait dans la première robe de mariée qu'il n'était pas censé avoir vue mais qu'il avait aperçue quand il avait jeté un coup d'œil par la porte de sa chambre alors qu'elle la montrait à son amie, Tricia.

Elle lui avait coupé le souffle, tout comme cette précieuse bosse sur son ventre qu'il avait aperçue quand elle avait retiré les manches de la robe de ses bras et en était sortie.

Son bébé.

Il avait été si heureux. *Ils* avaient été si heureux. La vie aurait été un lit de roses...

Si seulement elle n'avait pas perdu le bébé.

Encore aujourd'hui, la pensée de ce moment, quand ils avaient su qu'ils avaient perdu Keegan et que Tanner avait été terrifié à l'idée de la perdre aussi, avait le pouvoir de le mettre à genoux. Il les avait aimés tous les deux si férocement et quand son fils était né trop tôt et ne respirait pas, Tanner n'avait pas su quoi faire.

Juliet était là, l'air elle-même morte, branchée à des tubes, des moniteurs et des perfusions, vêtue d'une hideuse blouse d'hôpital là où aurait dû se trouver une robe de mariée... Il avait erré dans un brouillard, remettant en question tout ce qu'il croyait savoir de la vie. Comment ils avaient pu tout avoir, apparemment, pour tout perdre en l'espace de quelques heures.

Il lui avait tenu la main alors qu'elle gisait dans ce lit d'hôpital, comptant chacune de ses respirations pendant que les gens lui parlaient de services funéraires, de cercueils, de noms et de pierres tombales. Tout ce qu'il voulait, c'était que sa Juliet se réveille et lui dise que tout cela n'était qu'un mauvais rêve.

Seulement... ça avait été un cauchemar quand elle *s'était* réveillée et qu'elle avait été si inconsolable qu'elle avait lâché qu'elle était tombée enceinte intentionnellement, bouleversant sa vie pour ses propres raisons égoïstes et le piégeant dans un mariage juste après le lycée.

Et puis, incroyablement, quatre ans plus tard, il était retombé dans ses mensonges.

Il secoua la tête, plus pour se débarrasser des souvenirs auxquels il ne voulait plus jamais penser que pour lui dire *non*. Mais il allait lui dire *non*. Encore quarante-cinq jours et il n'aurait plus jamais à penser à la chose la plus douloureuse de sa vie.

— Qu'est-ce qui te fait croire que ta grand-mère le croira ? Ton père n'y croira certainement pas.

— Ils le croiront parce qu'ils le veulent. C'est tout ce dont Nana parlait autrefois ; me voir heureuse en mariage avec ma propre famille. Évidemment, je ne vais pas te demander d'aller jusque-là, mais viens juste un peu. Donne-lui de l'espoir. Laisse-la aller mieux. Ensuite, quand elle ira mieux, on pourra lui dire que ça ne marche pas et on pourra passer à autre chose. Mais si je lui dis maintenant qu'on divorce, ça *va* la tuer.

— Et si je retardais le divorce à la place ? Cette pensée lui donna un coup dans le ventre. Il s'était préparé à l'idée de mettre fin à leur mariage une fois qu'il aurait remboursé la dette de son père ; il ne voulait pas le prolonger. Mais si cela pouvait aider Nana...

— C'est là où nous en sommes maintenant et ça ne l'aide pas. J'ai essayé de trouver autre chose, Tanner, mais je n'y arrive pas. Serait-ce vraiment si terrible de faire ça ?

À tellement de niveaux. — Je suis désolé, Juliet, mais je ne peux pas mentir pour toi. Je *ne veux pas* mentir pour toi.

— Ce n'est pas un mensonge, Tanner...

— Oh si, ça l'est. Nous ne sommes pas heureux en mariage. Nous sommes *à peine* mariés, un fait que j'ai l'intention de régler dans six semaines.

Juliet resta silencieuse, ses yeux bleus se remplissant de larmes.

Tanner raffermit sa résolution. Il n'allait pas se laisser avoir par les larmes. Elle n'allait plus jamais le manipuler de cette façon. Il était devenu immunisé contre les larmes d'une femme dans les années depuis qu'il l'avait vue pour la dernière fois.

La limousine s'arrêta au bord du trottoir et le chauffeur coupa le moteur. — Où sommes-nous ? Tanner regarda par les vitres teintées mais ne put rien voir avec ce temps. Il ne serait pas surpris qu'elle les ait amenés à l'hôtel le plus chic de la ville — et que son père arrive au bon, euh, *mauvais* moment.

Encore une fois.

C'était ainsi qu'elle l'avait fait l'épouser la deuxième fois, quand ils étaient réellement passés à l'acte. Son père avait été tellement en colère à cause du scandale entourant la grossesse de Juliet en premier lieu, puis la mortinaissance deux jours avant le mariage, l'annulation de ce mariage, et le départ de Tanner le lendemain des funérailles de Keegan, que lorsque M. Chambers était entré et les avait trouvés, lui et Juliet, au lit quatre ans plus tard...

Tanner s'était considéré chanceux que le type n'ait pas sorti un fusil.

Il avait cependant sorti un contrat prénuptial et le nom de l'avocat qu'il allait utiliser pour réclamer l'hypothèque sur la propriété du père de Tanner si Tanner ne faisait pas ce qu'il fallait cette fois-ci.

Alors Tanner avait dû accepter. Il avait signé les papiers qu'ils voulaient, avait mis son pied à terre concernant un grand mariage, et avait essayé de tirer le meilleur d'une situation qui n'était pas exactement mauvaise, mais qui n'était pas optimale.

Jusqu'à ce qu'il surprenne Juliet admettre à Tricia qu'elle avait tout manigancé pour que cela arrive.

Trompé deux fois.

Une troisième fois n'allait *pas* arriver.

Il atteignit la poignée de la porte. Il préférait affronter le temps pourri plutôt qu'un des stratagèmes de Juliet. — Je suis désolé pour ta grand-mère, Juliet, mais mentir ne la fera pas aller mieux.

— Tanner, s'il te plaît. Elle posa sa main sur son bras alors qu'il allait sortir. — S'il te plaît, fais-le pour elle. Pas pour moi. Pour elle. S'il te plaît, Tanner. Elle t'aime. Elle t'a toujours aimé. Elle te considérait comme le petit-fils qu'elle n'a jamais eu, et pendant tout ce temps où nous étions séparés, elle te considère toujours comme de la famille. Elle a juste besoin de quelque chose à espérer. C'est tout. Juste pour un petit moment, je te le promets. Ça l'aidera, je le sais. S'il te plaît, Tanner. Pour ma grand-mère ? Pour Nana ?

Il voulait tellement dire non. Il ne voulait pas faire ça.

Mais comment pouvait-il refuser ? Ce n'est pas comme s'il devait vivre ce mensonge pour le reste de sa vie et si cela pouvait aider Nana...

Il ouvrit la bouche pour dire oui quand Juliet posa une main sur son bras.

— J'ajouterai l'hypothèque de ton père si ça peut t'aider à prendre ta décision.

Il se figea. — L'hypothèque ? Tu effaceras l'ardoise ?

Elle hocha la tête. — Tout ce qu'il faudra. Tu fais quelque chose pour ma famille ; je ferai quelque chose pour la tienne.

Il récupérerait son fonds fiduciaire. Il pourrait finir de payer ses études, ce qui signifiait qu'il pourrait arrêter de danser, et il aurait de l'argent à offrir à Bryan et Gage pour être un troisième partenaire. Ils parlaient de vouloir développer BeefCake, Inc., mais les liquidités étaient serrées, et comme chacun d'eux s'était marié récemment, ils n'étaient pas très enclins à accumuler une grosse dette. Avec son argent, cela pourrait se réaliser pour eux tous.

Nana, lui, Gage, Bryan, même Juliet... C'était gagnant pour tout le monde. Il n'y avait qu'une seule décision qu'il pouvait prendre.

— D'accord. Je le ferai. Après tout, ce ne serait pas pour très longtemps. Il irait là-bas, jouerait le rôle, Nana irait mieux, puis il pourrait partir avec l'hypothèque de son père payée et son fonds fiduciaire intact. Que pourrait-il arriver de mal ?

Chapitre Quatre

Tout allait de travers.

L'histoire était sortie, et il était au Texas, deux choses qu'il avait fait de son mieux pour éviter durant ces sept dernières années. Pourtant, grâce à Juliet — *une fois de plus* — sa vie n'était plus sous son contrôle.

Merde.

Il avait dû en parler à Bryan et Gage pour qu'ils puissent couvrir ses quarts de travail. Ils avaient fait le rapprochement et étaient arrivés à une approximation assez proche de la vérité pour que Tanner ne la démente pas. Et quand il leur avait dit qu'il voulait s'associer avec eux... Ils étaient tout aussi favorables à son départ pour le Texas que l'était Juliet.

Puis il y avait sa propriétaire. Elle savait que quelque chose se tramait parce qu'elle l'avait entendu (espionné) dire au facteur de faire suivre son courrier, alors bien sûr, elle l'avait assailli de questions.

Il y en aurait encore plus une fois qu'il serait arrivé dans sa ville natale.

Il regarda par la fenêtre tandis que l'avion roulait vers le terminal, le ramenant sur la scène du crime. Et oui, c'était un crime — la grossesse lui avait volé sa chance de jouer au ballon à l'université.

Quand il avait découvert la vérité, l'amertume avait failli le tuer. Si seulement elle n'avait pas fait ça, leurs vies n'auraient jamais pris ce tournant. Et qui sait ? Ils auraient pu être très heureux en mariage maintenant avec deux ou trois enfants.

Et pour couronner le tout, tout le monde en ville connaissait le moindre détail de la pire partie de sa vie. Lui et Juliet avaient été le couple parfait aux yeux de tous. Même aux siens, alors il n'avait pas voulu affronter les regards et les commérages, sans parler de Juliet, en rentrant chez lui pendant ses études — dans son école de second choix. Certes, il avait joué au ballon, mais pas là où il l'aurait voulu, et cela ne l'avait pas mené près des pros.

Un péché de plus à mettre aux pieds de la femme qu'il avait été forcé d'épouser.

Celle qui l'attendait à sa sortie de l'aéroport. Merde. Il aurait voulu plus de temps pour se préparer. Cette dernière semaine, il avait été trop occupé avec les examens finaux, le travail et les préparatifs pour une si longue absence qu'il n'en avait pas eu l'occasion. La revoir était à double tranchant — elle était si belle qu'il souffrait de la désirer quand il la regardait, mais la voir ravivait des souvenirs si douloureux qu'il ne voulait plus jamais poser les yeux sur elle.

— J'aurais pu te retrouver au ranch, tu sais.

Il jeta son bagage à main sur la banquette arrière quand elle s'arrêta au bord du trottoir dans une berline Mercedes. Pas de limousine cette fois. Quelle surprise ; elle avait obtenu ce qu'elle voulait, alors pas besoin de sortir l'artillerie lourde.

Il secoua la tête. Seule Juliet pouvait ne pas considérer une Mercedes comme de l'artillerie lourde.

Elle posa son sac à main sur le plancher derrière son siège tandis qu'il s'installait côté passager.

— Je me souviens de toi et des aéroports. Je ne prends aucun risque.

Il posa son chapeau de cow-boy sur le tableau de bord pendant qu'il bouclait sa ceinture.

— Si tu penses me faire culpabiliser pour ça, ça ne marchera pas.

— Culpabiliser ? Pourquoi devrais-tu te sentir coupable ? Tu as envoyé ta femme en lune de miel toute seule. Le moins que tu aurais pu faire, c'était d'arranger pour que quelqu'un d'autre vienne me chercher là-bas. Ce n'était pas vraiment une partie de plaisir toute seule.

— Oui, parce qu'on partait en lune de miel pour s'amuser. Après m'avoir forcé à t'épouser. Tu penses vraiment que ça aurait été mieux si j'avais été là ?

Il reprit son chapeau sur ses genoux.

— Ça aurait été bien de le découvrir.

— Oh non, Juliet. Tu ne vas pas me faire ce coup-là. La seule raison pour laquelle on s'est mariés, c'était à cause de ta petite « surprise ».

— La seule raison ?

Juliet pencha la tête sur le côté, laissant ses cheveux tomber sur une épaule, dénudant l'autre. Celle qu'il aimait grignoter autrefois. Mais c'était une nouvelle ère et il ne retomberait pas dans ses travers.

Il ne répondit pas à sa question — elle n'exigeait pas de réponse. À la place, il prit son téléphone portable et ouvrit ses e-mails. Son banquier, son avocat, le type qui cherchait quelques endroits pour l'aider à développer l'entreprise avec Gage et Bry... Il avait assez de travail pour s'occuper pendant tout le trajet et ne pas avoir à traiter avec elle.

Quand ils arriveraient, cependant, ce serait une tout autre histoire.

Il l'ignorait. Juliet ne s'y habituerait jamais. Tanner ne l'avait jamais ignorée. Il avait toujours été M. Attentionné jusqu'à—

Elle détestait y penser. Oui, elle avait fait des erreurs. D'énormes erreurs. Mais pas par malveillance. Elle avait juste eu tellement peur qu'il trouve une autre fille à l'université et l'oublie complètement. Elle n'avait pas vraiment réfléchi à sa décision de tomber enceinte intentionnellement ; elle ne s'était certainement pas attendue à ce qu'il doive renoncer à sa bourse. Elle avait simplement pensé qu'elle l'accompagnerait à l'université et resterait dans un petit appartement pendant qu'il irait en cours et jouerait au ballon. Elle ne savait rien d'une clause de moralité dans son contrat, et elle ne s'attendait certainement pas à ce que son père insiste autant pour un mariage avant la naissance du bébé. Bon sang, tout le monde savait que Juliet Chambers et Tanner Wentworth seraient ensemble pour toujours. C'était aussi inévitable que de respirer. Ils se marieraient plus tard. Quand il aurait fini ses études et qu'ils pourraient avoir un vrai mariage, une vraie maison et une vraie famille.

Mais ensuite, elle avait perdu Keegan et eu quelques complications elle-même. C'est pourquoi, dans son état affaibli avec des émotions hormonales folles, elle avait lâché cette petite bombe sur sa grossesse intentionnelle.

Tanner l'avait vu comme l'ultime trahison. Elle l'avait considéré comme le signe ultime de son amour pour lui.

Certes, avec le recul plus d'une décennie plus tard, elle comprenait que ç'avait été une chose incroyablement égoïste et irréfléchie à faire pour eux tous, y compris le bébé. Mais quand elle avait essayé de s'excuser, Tanner n'avait rien voulu entendre. Et il ne lui pardonnerait certainement pas, bien qu'elle ne soit pas si sûre que ce soit pour la grossesse et non pour la fausse couche.

Tanner avait voulu ce bébé.

Elle s'engagea dans la circulation.

— On doit revoir notre histoire.

— Bon sang, Juliet, tu mens à tout le monde ou je suis juste le chanceux ?

Elle compta jusqu'à dix avant de répondre. Elle avait donné à Tanner une raison de faire ça pour elle, mais il pouvait s'en détourner en un instant grâce à son fonds fiduciaire. C'était elle qui avait besoin de lui, pas l'inverse.

L'histoire se répétait.

— Écoute, Tanner, Nana n'est pas stupide. On doit faire en sorte que ça marche. Nos histoires doivent être parfaitement synchronisées ou on va juste lui causer plus de chagrin.

— Correction : c'est *toi* qui vas lui causer plus de chagrin. Ce n'est pas moi qui ai eu cette idée, et franchement, je ne suis pas sûr de devoir y adhérer. Ce qui peut te sembler être un acte de bonté pourrait être bien pire si la vérité éclate.

— C'est pourquoi nous devons nous assurer que ça n'arrive pas. Nous devons savoir exactement ce que nous allons dire et être crédibles.

— Oh, crois-moi, Juliet, tes talents d'actrice sont les meilleurs. Fais juste attention à ne pas te laisser emporter par une crise de larmes et ton secret devrait être en sécurité. Moi ? Eh bien, je ne suis pas acteur, mais pour Nana, je ferai de mon mieux. Je ne veux pas lui faire plus de mal que toi.

Le cœur de Juliet se serra. Elle avait vraiment espéré qu'il éprouve encore quelque chose pour elle. Elle l'avait espéré. Que peut-être, en faisant cela pour sa grand-mère, ce serait bon pour eux. Que cela pourrait lui montrer qu'il l'aimait encore, et qu'elle aurait l'occasion de lui montrer qu'elle avait changé.

Et elle avait changé. Le regarder descendre de cet avion, la laissant partir seule vers l'un des endroits les plus romantiques sur terre, l'avait forcée à affronter la vérité.

Tout comme la pitié du concierge, de la femme de chambre et du personnel de service. Elle avait passé les deux premiers jours dans le hamac surplombant l'océan dans un brouillard alcoolisé de maï-tais. Les deux suivants avaient été remplis d'auto-récriminations, et les trois derniers avaient été un temps de réflexion. De réflexion sur ce qu'elle voulait faire de sa vie — une vie qui n'allait pas inclure Tanner.

Oh, elle prévoyait de le reconquérir, mais en tant que femme avec laquelle il voudrait être, pas la fille insécure qui l'avait piégé non pas une, mais deux fois. Si elle devait finir avec Tanner, elle devait être digne de lui.

Alors elle était allée à l'université. Nana l'avait soutenue, mais son père avait été sceptique ; Juliet n'avait jamais été portée sur les études. Mais elle s'était accrochée et avait obtenu non seulement sa licence, mais aussi un MBA au cours des sept dernières années.

Cela n'aurait pas pu arriver à un meilleur moment. Elle apprenait les ficelles du métier quand Nana avait eu son AVC, et maintenant Papa voulait — et pouvait — être là pour sa mère. Donc *elle* dirigeait maintenant les entreprises familiales. Pétrole, bétail, transport... Elle s'était immergée dans chaque aspect au point que ses amis avaient été surpris d'apprendre qu'elle était toujours en ville parce qu'elle était devenue une recluse — encore plus qu'elle ne l'avait été quand Tanner était parti — se plongeant dans les contrats, les tableurs et les bilans.

Elle avait trouvé l'hypothèque du père de Tanner que son père avait achetée à la banque — quelques jours avant qu'il ne les surprenne tous les deux au lit. Elle avait grimacé ; cela lui avait donné le parfait moyen de pression. Et bien sûr, cela avait fonctionné ; Tanner l'avait épousée.

Et puis l'avait quittée.

Elle ne le blâmait pas. Non, tout cela était de sa faute. Et par conséquent, c'était à elle d'arranger les choses.

Mais arranger les choses ne signifiait pas perdre Tanner de sa vie. Ils étaient faits l'un pour l'autre et si seulement elle avait eu confiance en ce qu'il ressentait pour elle à l'époque, ils le seraient.

Eh bien, elle avait cette confiance maintenant ; la confiance que ce qu'il avait ressenti autrefois était toujours là et qu'il lui suffirait de voir qu'elle avait changé.

— Alors, quelle est notre histoire ? Comment vas-tu expliquer les sept années de silence entre nous ?

Juliet s'engagea sur l'autoroute et accéléra la Mercedes. — Ton nom n'était pas beaucoup prononcé à la maison.

— Ouais, je suis sûr que t'abandonner à l'aéroport m'a rendu très populaire auprès de ton père et de ta grand-mère.

— Ils ne sont pas au courant de ça.

Il se tourna sur son siège et arqua un sourcil. — Tu ne leur as pas dit ?

— Ce n'était pas exactement mon plus grand moment dans une carrière de moments brillants en ce qui concerne notre relation, tu sais ?

— Oh, je ne sais pas, Jules. C'était bien pendant un moment.

Avant qu'elle ne gâche tout. Il ne l'avait pas dit. Mais il n'avait pas besoin de le faire ; cela flottait entre eux comme un troisième passager.

Mais le fait qu'il se souvienne qu'il y avait eu de bons moments était prometteur. Cela lui donnait de l'espoir — quand l'espoir était à peu près tout ce sur quoi elle pouvait compter.

— Alors, qu'est-ce que tu leur as dit quand je ne suis pas rentré avec toi ? Il tripotait le bord de son chapeau noir.

Il était si séduisant avec des chapeaux de cowboy. Il en avait eu un préféré au lycée — porté si souvent qu'il avait pratiquement été décoloré par le soleil pour s'accorder avec ses cheveux. Il avait été prêt à le jeter alors, disant qu'il avait l'air trop féminin, mais elle lui avait dit qu'il ressemblait à de l'or — une couronne pour son prince. Il le lui avait donné.

Elle l'avait toujours.

— Je leur ai dit que nous avions besoin d'espace. Que la douleur de ce que nous avions traversé et les années où tu étais à l'université étaient difficiles à surmonter pour nous. Que nous avions besoin de temps.

— Sept ans ? Qu'ont-ils dit quand je ne suis pas venu pour les fêtes ? Quand je n'ai jamais appelé ?

Juliet grimaça. — Euh... en fait, tu as appelé. Et je t'ai rendu visite pour les fêtes. Dans n'importe quel pays où tu travaillais.

Il se tourna sur son siège. — Tu as menti. Encore.

— Je les protégeais.

Il pointa son chapeau de cowboy vers elle. — Tu te protégeais toi-même.

Oui, ça aussi. Mais pas sa réputation ; celle-ci avait été traînée dans la boue quand elle était tombée enceinte. Non, elle protégeait son cœur parce que si elle faisait croire à tout le monde que Tanner et elle arrangeaient les choses, peut-être qu'ils le pourraient vraiment.

— Tu n'as pas changé du tout.

— Si, j'ai changé.

Il soupira et tambourina des doigts sur le haut du chapeau en regardant par la fenêtre. — Non, tu n'as pas changé. Tu manipules toujours les gens et les situations pour que ça t'arrange. La preuve. Il la transperça du regard avec ces magnifiques yeux bleus dont elle avait toujours rêvé. — Si ce n'était pas pour ta grand-mère...

— Je sais. Je comprends. Et je l'apprécie, Tanner. Vraiment. Mais j'ai changé.

Il regarda à nouveau par la fenêtre, murmurant un « Ouais, eh bien je le croirai quand je le verrai » entre ses dents.

Il le verrait ; elle le lui montrerait.

— Alors, quel est le plan ? Pourquoi avons-nous gardé notre réunion secrète de tout le monde ?

Elle avait beaucoup réfléchi à cette histoire et une chose à retenir en créant un mensonge : il valait mieux s'en tenir le plus près possible de la vérité. — Nous avions besoin de régler les choses. De nous retrouver en dehors de ce qui s'était passé entre nous. C'est pour ça que tu es parti ; trop de gens nous connaissent ici.

— Et tu n'es pas venue avec moi parce que... ?

— Parce que je suis allée à l'université.

— Quoi ? Sa tête pivota pour lui faire face. — Tu es allée à l'université ? Comment vas-tu t'en sortir avec ça, Jules ? Tu sais, il y a des frais de scolarité qui ne disparaissent pas comme ça. Des diplômes qui ne peuvent pas être falsifiés si quelqu'un y regarde de près.

— Je suis allée à l'université. J'ai même obtenu un diplôme. Deux, en fait.

— Deux. Toi. Il arqua ses sourcils. — Tu es allée à l'université.

— Hé, ce n'est pas parce que j'ai pris quelques décisions stupides que je suis stupide. Je suis en fait plutôt douée académiquement quand je m'y mets. Je ne suis pas une écervelée. Cela lui avait procuré une grande satisfaction de le prouver. Et pas seulement à elle-même.

— Je n'ai jamais dit que tu l'étais. Il la fixa du regard. — Tu as vraiment obtenu un diplôme ?

Elle hocha la tête, heureuse que ce ne soit pas un mensonge. — Une licence en économie et un MBA en finance.

— *Toi*, tu as un MBA.

— Oui, moi. Et c'est une bonne chose parce que maintenant je peux gérer l'entreprise pendant que mon père s'occupe de Nana. Il est semi-retraité.

Tanner la fixa encore quelques secondes avant de secouer la tête. — Je ne t'aurais jamais imaginée à la tête de l'empire.

Elle sourit au surnom qu'ils avaient donné à l'entreprise de son père.

Ensemble, leurs familles avaient eu un partenariat d'élevage bovin pendant des générations, mais son père en avait voulu plus alors il s'était diversifié. Elle et Tanner en avaient plaisanté chaque fois que Papa était rentré avec une nouvelle entreprise.

Ils avaient également profité de quelques avantages de ces entreprises, notamment les cabines de plus d'un camion quand il n'y avait nulle part d'autre où être seuls ensemble.

Ces souvenirs ravivèrent cette même chaleur que les pensées de Tanner avaient toujours allumée en elle. Même quand il l'avait quittée, il suffisait d'un souvenir de son sourire pour qu'elle le désire à nouveau. Cela n'avait jamais disparu.

Il n'avait pas changé d'un iota. Toujours aussi beau, toujours aussi grand, toujours aussi fort et charismatique qu'il l'était quand elle était tombée amoureuse de lui il y a tant d'années.

— Papa n'était pas vraiment enthousiaste à l'idée de me mettre aux commandes, mais son directeur financier a eu une urgence familiale alors il n'y avait personne d'autre en qui il avait assez confiance. Il avait prévu que ce soit Tanner, mais, grâce à elle, cela ne s'était pas produit. Elle avait *dû* intervenir et aider. — Et de cette façon, il peut surveiller ce que je fais d'une manière qu'il ne pourrait pas faire avec un autre employé tout en permettant à cette personne de gérer réellement l'entreprise.

— Je croyais que tu n'aimais pas l'entreprise.

Elle haussa les épaules. — Je ne savais pas ce que je voulais faire de ma vie à part être ta femme. J'ai dû me décider.

Bien qu'elle veuille toujours être sa femme. Dans tous les sens du terme.

Juliet le regarda du coin de l'œil. Mon Dieu, elle pouvait se souvenir comme si c'était hier de ce que ça faisait d'être enveloppée dans ses bras. De l'avoir qui pose son menton sur sa tête et la serre contre lui. Son odeur, son contact. Son goût...

Ouais, mieux valait ne pas aller par là. Cela faisait sept ans que ça ne s'était pas produit entre eux - et quatre ans avant ça. Heureusement qu'elle avait une très bonne mémoire.

Si seulement lui n'en avait pas.

Tanner bougea sur son siège et posa son chapeau sur le pli de son genou. Elle voulait brosser les cheveux de son col - y passer ses doigts. Ils étaient plus longs que lorsqu'il vivait ici et elle aimait ça.

Cela dit, il n'y avait pas grand-chose qu'elle n'aimait pas chez Tanner. Même son entêtement à croire le pire d'elle. Tanner avait un code moral très strict et elle appréciait cela. Elle avait appris la valeur d'en avoir un.

Donc une fois que cette supercherie pour sa grand-mère serait terminée, elle ne mentirait plus jamais.

Mais elle n'aurait plus jamais Tanner non plus.

À moins qu'elle puisse lui prouver qu'elle avait changé.

Chapitre Cinq

— Tu ne m'as pas demandé pourquoi je travaille dans un club de strip-tease.

Il n'avait rien dit depuis une demi-heure — ne sachant pas quoi dire, mais il réalisa qu'elle ne lui avait pas reproché son choix d'emploi.

Ce qui était ironique étant donné que c'était *elle* qui avait obtenu un MBA. Oh, il en préparait un aussi, d'où le strip-tease pour payer ses frais de scolarité et de subsistance puisqu'il n'avait pas pu compter sur son fonds fiduciaire. Les horaires convenaient à son emploi du temps et la paie était bonne. Quant aux conditions de travail et aux gars... Il mentirait s'il disait que ce n'était pas amusant. Gage et Bry géraient un endroit chic, donc il n'y avait pas de stigmate à y travailler. Et s'il avait voulu des nanas, elles auraient fait la queue devant la porte de sa loge — enfin, peut-être pas là puisque le club avait une règle de non-fraternisation, mais plus d'un numéro de téléphone s'était retrouvé dans son string avec les billets.

Dommage qu'il n'ait pas porté le string quand elle était arrivée — bien qu'en fait, il était content qu'elle ne l'ait pas vu comme ça. Il n'avait pas honte de ce qu'il faisait, mais il y avait quelque chose de gênant à ce que quelqu'un avec qui il avait été si intime le voie faire en public ce qu'il avait fait en privé.

Mais Juliet se contenta de hausser les épaules à sa question — inhabituel pour elle. Bien qu'ils aient été inséparables au lycée, Juliet avait toujours été jalouse. Il avait aimé ça à l'époque. Avant de réaliser que cela signifiait qu'elle était insécure dans leur relation. Qu'elle était tellement incertaine qu'elle ferait quelque chose de stupide comme tomber enceinte intentionnellement pour s'assurer qu'il reste avec elle.

Si elle lui avait simplement demandé, il lui aurait dit qu'il l'aimait. Bon sang, il *lui avait* dit qu'il l'aimait. Il le disait à quiconque voulait bien *l'écouter*. Il avait entendu ce que les gens disaient de lui tout le temps : qu'il était magnifique, le garçon typiquement américain, un homme de rêve, le fantasme de toutes les filles ; il aurait pu avoir n'importe quelle fille qu'il voulait. Il comprenait que son physique plaisait au sexe opposé, mais le truc, c'est qu'il ne voulait que Juliet. Et il avait été tout aussi émerveillé que Juliet le choisisse qu'elle l'avait été qu'il l'ait choisie. La différence était qu'il l'avait crue quand elle avait dit qu'elle l'aimerait pour toujours.

Il passa son doigt le long du bord de son chapeau. Si seulement elle avait eu la même foi et confiance en lui, les onze dernières années auraient été si différentes.

— Je n'ai aucun droit d'avoir mon mot à dire sur ce que tu fais comme métier. Je m'en rends compte.

Elle se déporta sur la voie de gauche pour doubler le conducteur devant eux, accélérant pour le faire.

Tanner fut surpris ; Juliet avait toujours eu peur de conduire sur l'autoroute. Elle disait que la vitesse l'effrayait, alors elle avait toujours insisté pour qu'il conduise.

Cela dit, c'était quand ils étaient au lycée et puis pendant les deux semaines qu'il lui avait fallu pour le convaincre de la reprendre dans son lit après l'université et les trois mois qu'ils avaient passés ensemble avant que le reste ne se produise.

Pas qu'il ait eu besoin de beaucoup de persuasion. Perdre le bébé les avait liés et il avait voulu lui pardonner d'être tombée enceinte parce que, finalement, après quatre ans loin d'elle, les perdre tous les deux avait été trop dur. Juliet avait été sa vie, son avenir. Keegan un bonus. Alors il avait voulu que ça marche avec elle. En fait, ça ne l'avait pas dérangé que son père les ait surpris cette nuit-là et ait été si catégorique sur le fait qu'ils devaient se marier — jusqu'à ce qu'il l'entende dire à Tricia ce qu'elle avait fait.

Il s'était senti comme une marchandise. Un bout de viande. Ça avait tué toute émotion tendre qu'il ressentait pour elle.

Ou du moins c'est ce qu'il pensait.

Il jeta un coup d'œil vers elle. Vers ce profil parfait. Vers la façon dont ses lèvres se courbaient en un sourire naturel. Les pommettes hautes, les longs cils dont la Nature l'avait dotée et que tant de femmes collaient. Les ondulations parfaites de ses longs cheveux blonds dont il se souvenait qu'ils traînaient sur ses cuisses quand elle lui faisait une fellation —

Merde. Il n'avait pas besoin de se rappeler ça. Il avait essayé de le bloquer et avait réussi. Ou du moins c'est ce qu'il pensait. Il suffisait d'une demi-heure en sa présence et il recommençait à l'imaginer nue.

— Qu'est-ce que tu comptes dire exactement sur le fait que je débarque maintenant ? Et où suis-je censé loger ? Je ne resterai pas au ranch avec toi.

— Non, en effet. Je n'y vis plus.

— Je ne resterai pas avec toi, point final, Juliet.

— Tanner, tu dois le faire si nous voulons que ça ait l'air réel.

Il ne voulait pas que ça ait l'air réel. Il aurait aimé n'avoir jamais accepté ça.

— Comment va Nana depuis la semaine dernière ?

Juliet le regarda et le sourire qu'elle lui adressa lui coupa le souffle. Le temps avait rempli son visage, rendant la transition de fille à femme stupéfiante.

— Quand je lui ai dit que tu venais, elle s'est ragaillardie. Elle a insisté pour qu'on la ramène à la maison. Nous avons des infirmières à domicile, mais elle a refusé des soins 24h/24. "C'est à ça que sert ton père", dit-elle. Mais elle est tellement excitée de te voir. Je savais que c'était une bonne idée.

— Tu lui as dit ? Et si je n'étais pas monté dans l'avion à la dernière minute ?

Comme il avait pensé le faire.

— Tu n'aurais pas fait ça. Je savais que tu viendrais.

Ce serait plus facile de se mettre en colère si elle avait eu un air suffisant, mais ce n'était pas le cas. Parce qu'elle n'avait pas besoin de l'être — il *était* venu ; il n'y avait pas eu d'autre option parce qu'il avait donné sa parole.

— Je pensais qu'on t'installerait chez moi, puis qu'on irait lui rendre visite cet après-midi. Elle se fatigue facilement et le meilleur moment est vers quinze heures, juste après sa sieste. Les matinées sont difficiles avec les infirmières, le bain et les efforts pour lui faire manger quelque chose, puis Papa aime l'emmener se promener dans les jardins derrière. Il a fait venir un paysagiste pour planter plus de ses roses préférées, et a ajouté un chemin en béton pour pouvoir pousser facilement son fauteuil roulant. Tu te souviens comme elle aimait son jardin ?

Un autre souvenir refit surface. Ils avaient fait l'amour dans la remise à outils plusieurs fois. Quand Nana avait emménagé, elle avait fait quelques rénovations à l'intérieur et à l'extérieur de la maison. Les jardins étaient sa fierté et sa joie. Elle avait été catégorique sur le fait que les paysagistes ne devaient pas toucher à ses fleurs, alors quand elle quittait la maison pour faire des courses, la remise du jardin était le seul endroit où Juliet et lui savaient qu'ils ne se feraient pas prendre. Leur couverture de pique-nique préférée avait vu beaucoup d'action à l'intérieur de cet endroit, et jusqu'à ce jour, Tanner ne pouvait pas sentir l'odeur des roses sans se souvenir de cette remise.

Ça l'avait tué plus d'une fois au cours des sept dernières années.

— Ils ne trouvent pas ça étrange que je revienne maintenant ? Pourquoi ne serais-je pas revenu dès que c'était arrivé ? Ça ne me montre pas sous mon meilleur jour.

— Je leur ai dit que je ne t'avais pas prévenu. Que je voulais que tu veuilles être avec moi pour moi, pas à cause de Nana.

— Exactement le contraire de la vérité, Juliet. Ce qui, je crois, s'appelle un mensonge.

Ses doigts se crispèrent sur le volant et un muscle tressaillit dans sa mâchoire. Elle mit quelques secondes à lui répondre. — C'est un mensonge pour une raison, Tan. Écoute, je fais ça à cause de Nana. Tu m'as dit ce que tu allais faire le jour de ton anniversaire — j'aurais pu simplement attendre un mois et demi de plus et obtenir l'argent pour l'hypothèque et les papiers du divorce et laisser tomber tout ça. Tu crois que ça me plaît de te voir, sachant ce que tu penses de moi ? Après tout ce qu'on a représenté l'un pour l'autre et que j'ai tout gâché, tu penses vraiment que je me mettrais dans cette position si ce n'était pas important ? Nana a tellement fait pour moi ; c'est quelque chose que je peux faire pour elle pour apaiser son inquiétude. Si j'avais pu fabriquer un autre mari de toutes pièces, crois-moi, je l'aurais fait. Ça aurait été beaucoup plus facile pour moi que de te ramener dans ma vie.

Elle mentait éhontément. Encore. Mais ce mensonge était une question de survie. Elle ne pouvait pas plus prétendre être avec un autre homme — et encore moins *être* avec un autre homme — qu'elle ne pouvait oublier Tanner. Il était tout pour elle. Il l'avait toujours été et, elle s'en rendait compte, le serait toujours. Ce qu'ils avaient eu — avant qu'elle ne gâche tout — était digne des contes de fées.

Malheureusement, elle ne s'appelait pas Cendrillon et les seules souris qu'elle avait vues ne travaillaient certainement pas pour elle.

Elle voulait la fin heureuse. Elle voulait le Prince Charmant.

Elle voulait Tanner.

Le truc, c'est qu'elle devrait probablement se sentir coupable d'utiliser la santé de Nana, mais ce n'était pas le cas. C'était ce que sa grand-mère voulait pour elle. Là où Papa avait détesté Tanner dès qu'il avait appris sa grossesse, Nana voulait simplement qu'elle soit heureuse, et elle savait que Tanner la rendait heureuse. Et Tanner était bon, gentil et moral. C'était pour ça qu'il était parti ; il s'était senti trahi. Menti. Il ne pouvait plus lui faire confiance. Toutes des choses qu'elle comprenait.

L'ironie étant que, là où sa mère avait trahi son père en partant, Juliet avait fait la même chose à Tanner en essayant de le retenir. Elle n'aimait pas du tout la comparaison avec cette nullité qu'était sa mère. C'était cela, autant que la nécessité de faire quelque chose de sa vie, qui l'avait poussée à s'inscrire à l'université. Elle n'allait *pas* être comme sa mère ; Juliet devait devenir sa propre femme et quelqu'un en qui Tanner pourrait avoir confiance.

C'est pourquoi elle ne lui avait pas parlé de l'AVC de Nana quand c'était arrivé. Elle ne voulait pas qu'il pense qu'elle utilisait la santé de sa grand-mère à des fins personnelles, mais quand Nana n'avait pas fait de progrès, Juliet avait commencé à penser qu'elle devrait le faire. Puis Nana avait dit qu'elle souhaitait que Tanner puisse revenir pour alléger un peu le fardeau de Juliet, et cela lui avait donné une raison légitime.

— Alors pourquoi suis-je ici si ce n'est pas pour rendre ta grand-mère heureuse ? Bon sang. Il expira et passa une main dans ses cheveux. — C'est mensonge sur mensonge et je ne vais pas être capable de me souvenir lequel est lequel pour garder tout ça cohérent. Tu pourrais le regretter, Jules.

Il avait glissé si facilement dans son surnom pour elle. Elle n'avait jamais laissé personne raccourcir son nom comme ça — sauf lui. Il le disait généralement doucement à son oreille quand ils faisaient l'amour, ou dans un endroit bondé quand il voulait qu'elle sache qu'il pensait à lui faire l'amour.

Dommage que ce ne soit pas dans son esprit maintenant. Elle serait définitivement partante pour ça.

— J'ai dit qu'on essayait d'arranger les choses. Alors agis simplement dans le meilleur intérêt de Nana et tout ira bien, Tan. On veut qu'elle pense qu'on s'est réconciliés et qu'on est heureux pour qu'elle puisse aller mieux. Ça nous a vraiment tous effrayés et on ne sait pas combien de temps il lui reste.

Ses doigts se crispèrent sur son genou. — Mon Dieu, Jules. Je suis désolé.

— Merci. Elle serra un peu plus le volant, ses excuses la remplissant d'une chaleur qui allait lui manquer quand tout serait fini. Elle devait se rappeler que ce n'était que du semblant. Temporaire. Un mensonge.

Mais si ça donnait de l'espoir à sa grand-mère pour qu'elle aille mieux, ça en valait la peine.

Et si ça faisait rester Tanner, c'était encore mieux.

* * *

— Sont-ils déjà là ? Penelope Chambers glissa son dentier dans sa bouche et le mit en place avec sa langue. Elle voulait être prête pour la visite de Tanner. Il fallait que ça se passe bien. — Burt ? Qu'est-ce que Juliet a dit ?

Son fils leva les yeux du plateau qu'il préparait pour elle. Elle avait enfin eu une raison de sortir de ce fichu lit de malade. Il avait fallu assez longtemps à Juliet pour comprendre le maudit message...

— Elle a dit qu'elle venait juste d'arriver à l'aéroport. Laisse-leur un peu de temps, Maman.

— Je n'ai peut-être pas le temps. Penelope détourna le regard de son fils. La culpabilité n'était pas une émotion agréable, mais il fallait bien que quelqu'un fasse quelque chose pour cette famille et, que Dieu lui vienne en aide — et Il le faisait, elle en était sûrement convaincue avec ce petit AIT — ça allait être elle.

Ç'avait été son argument avec le Dr Jackson, et bien qu'il n'ait pas accepté de mentir, il avait promis de garder son serment de confidentialité médecin-patient au premier plan de son esprit quand il traiterait avec sa famille. C'était la seule façon pour elle d'avoir pu faire durer ce drame de convalescence pitoyable aussi longtemps.

Comme si un petit incident pouvait la terrasser. Ha. Elle avait encore beaucoup de vie devant elle. Et elle était juste un *tout petit peu* agacée que sa propre famille ne le sache pas. Néanmoins, ça lui avait donné l'occasion parfaite de jouer l'invalide pour que Juliet se bouge enfin et aille chercher son propre mari. Ces deux-là ne régleraient jamais leurs problèmes s'ils n'étaient pas au même endroit.

— Donne-leur une heure ou deux. Selon la circulation, le trajet pourrait prendre un moment, et puis ils vont déposer ses affaires chez Juliet et ensuite ils viendront ici.

— Je ne vois pas pourquoi ils ne pourraient pas rester ici.

— Écoute, Maman. Je sais que tu es excitée que Juliet et Tanner aient arrangé les choses, mais je vais réserver mon jugement. Ce garçon a déçu ma fille plus d'une fois et je ne lui fais pas confiance pour ne pas recommencer. On peut utiliser cette distance.

— Tu es trop dur avec lui. Bien que Penelope comprenne certainement pourquoi. Mais Tanner n'était pas Elaine, Dieu-merci-pour-les-petites-faveurs. Son ex-belle-fille était dans une catégorie à part.

— Apparemment, je n'ai pas été assez dure. Sinon, il aurait été là ces sept dernières années au lieu de gâcher leurs deux vies.

Penelope rajusta sa jupe sur ses genoux. Elle estimait que les sept dernières années n'avaient été un gâchis que parce que Juliet et Tanner n'avaient pas eu plus d'enfants, que-Dieu-ait-l'âme-du-petit-Keegan. Mais trente ans, ce n'était pas trop vieux de nos jours, et la maturité que Juliet avait acquise entre-temps valait bien toute cette solitude. Ou du moins une bonne partie. Penelope ne souhaitait pas de mal à sa petite-fille, mais Juliet avait eu besoin d'apprendre à faire autre chose que de courir après Tanner comme s'il était un dieu. Les femmes devaient se tenir sur leurs propres jambes, pas chevaucher les basques de quelqu'un d'autre. Ni se blottir à l'intérieur comme cette traînée de mère qu'avait eue Juliet.

Penelope ne mâchait pas ses mots. Enfin, quand elle les pensait, du moins. Quand il s'agissait de les exprimer... c'était une tout autre affaire car il n'y avait aucun intérêt à blesser davantage les sentiments de Burt qu'Elaine ne l'avait déjà fait. Penelope avait su dès la première fois qu'elle avait rencontré cette petite croqueuse de diamants qu'il suffirait que quelqu'un avec plus d'argent se présente pour qu'elle s'en aille. Dieu merci — encore une fois — la traînée avait laissé Juliet derrière elle. Cela avait donné à Penelope la fille qu'elle n'avait jamais eue.

Et elle était fière de la femme que Juliet était devenue. Et de son fils pour l'avoir permis — une autre chose que son AIT avait accélérée puisqu'il avait été tellement obsédé par l'abandon d'Elaine qu'il avait protégé Juliet de toute dure réalité de la vie qu'il pouvait. Il ne leur avait rendu service ni à l'un ni à l'autre, alors Penelope avait dû le faire quand cette opportunité s'était présentée. Que

Tanner soit entraîné là-dedans était un bonus — un qu'il verrait lorsqu'il apprendrait à apprécier la Juliet qu'il allait connaître au lieu de l'enfant qu'il avait laissée derrière lui.

Penelope le savait bien ; elle avait fait passer son William par ses épreuves avant de finalement s'installer avec lui. Et regardez la vie qu'ils avaient eue. Elle n'avait peut-être pas été aussi longue qu'elle l'aurait souhaité, mais à tous les autres égards, son mariage avait été parfait. Parfois, la gratification différée rendait le résultat final encore plus précieux.

Si seulement elle pouvait sortir de ce fichu fauteuil roulant maintenant. Déjà, la semaine passée l'avait rendue agitée, mais elle le supporterait pour donner à Juliet et Tanner le temps de comprendre qu'ils étaient faits l'un pour l'autre.

Eh bien, quoi qu'il en coûte, elle le ferait. Parce que *cette* fois-ci, il n'y aurait pas de mariage express au palais de justice — elle voulait danser à leur mariage.

Chapitre Six

— C'est chez toi ? demanda Tanner en regardant la petite maison en pierre de style Cape Cod dans l'allée de laquelle Juliet s'était garée. Juliet était le genre de fille à vivre dans une salle de bal grandiose, pas dans quelque chose qui tiendrait dans la salle de bain de son enfance. Ce n'est pas beaucoup plus grand que la remise de jardin de ta grand-mère.

Il n'aurait pas dû dire ça.

L'atmosphère dans la voiture changea instantanément. Ils se souvenaient tous les deux de cette remise de jardin — et ils savaient tous les deux que l'autre pensait à la même chose.

Tanner tira sur la poignée. — C'est verrouillé.

— Hein ? Oh. Juliet chercha frénétiquement le loquet de déverrouillage. — Voilà.

Il prit son chapeau et son sac et sortit de la voiture dans la chaleur épaisse. Un orage approchait ; il pouvait le sentir. Il le ressentait dans l'air — chaud et moite, des choses qu'il n'avait pas besoin de remarquer avec les visions de la remise de jardin et de Juliet sur lui qui dansaient dans sa tête.

Et maintenant, il allait entrer dans la petite maison devant lui avec la femme à ses côtés et devoir prétendre qu'il ne ressentait rien pour elle — tout en faisant semblant de ressentir quelque chose pour elle afin que sa grand-mère ne soupçonne pas qu'ils mentaient.

Merde. Ça lui donnait mal à la tête.

Juliet déverrouilla la porte d'entrée et entra.

Tanner prit une profonde inspiration d'air chaud et la suivit.

La température chuta d'une bonne vingtaine de degrés à l'intérieur, ce qui lui donna la chair de poule — une chair de poule qui n'avait rien à voir avec le fait que le bras de Juliet avait frôlé le sien lorsqu'elle ferma la porte derrière lui.

— Tu peux prendre la chambre d'amis. Évidemment. Elle lui jeta un coup d'œil rapide puis glissa ses cheveux derrière ses oreilles.

Le souvenir d'elle faisant ce geste quand elle était gênée le submergea comme s'il l'avait vue le faire hier. Bon sang, il avait oublié à quel point il la connaissait bien. Et combien il se souvenait. Comme cette tache de naissance à l'intérieur de sa cuisse droite qui ressemblait à l'empreinte d'un baiser. Sa grand-mère avait dit qu'un ange l'avait embrassée à sa naissance ; lui et Juliet disaient que c'était une croix marquant l'emplacement que la Nature avait laissée pour qu'il la trouve.

Merde. Pourquoi avait-il fallu qu'il se souvienne de ça ?

Il laissa son sac pendre devant lui, espérant que cela déplacerait suffisamment son sexe pour lâcher prise sur ce souvenir et se calmer.

Pas de chance.

— C'est, euh, par là. Elle pointa vers la pièce sur le côté gauche du salon/salle à manger combinés où ils se tenaient. Au fond, un demi-mur séparait cette zone de la minuscule cuisine qui était juste assez grande pour les appareils standard et environ soixante centimètres de plan de travail.

— Je suppose que tu ne fais pas beaucoup de réceptions ici. Les mots sortirent avant qu'il ne puisse les arrêter. Il voulait dire des réceptions comme des fêtes, mais si elle le prenait pour signifier autre chose, oui, il aimerait le savoir aussi. Juliet était *toujours* sa femme et il avait honoré leurs vœux de mariage pendant tout le temps où ils étaient séparés.

Il n'était pas tout à fait sûr de savoir pourquoi il l'avait fait puisqu'il n'avait pas prévu de rester marié avec elle et ne lui avait fait aucune promesse quand il était parti, mais il *avait* fait ces promesses devant Dieu et le juge de paix, et il était un homme de parole avant tout.

Mais cela signifiait qu'il avait été frustré pendant très longtemps, et le voilà dans la maison de sa femme, se demandant si elle avait *reçu* quelqu'un d'autre ici.

— Je n'ai vraiment pas le temps d'organiser des fêtes. J'ai étudié tout le temps où je n'étais pas en cours pour pouvoir obtenir mes deux diplômes le plus rapidement possible. Ensuite, j'ai dû apprendre le métier, et maintenant, avec ce qui se passe avec Nana et les exigences au bureau, je n'ai vraiment pas le temps.

Elle n'avait pas répondu à sa question sur les rendez-vous, mais à quoi servirait la réponse ? Si elle *avait* fréquenté quelqu'un, le gars n'était pas là, donc il ne signifiait évidemment pas assez pour elle pour être ce gars. Et le fait que Tanner soit ici...

Attends. Il ne *voulait* plus dire autant pour elle. Ils s'étaient éloignés l'un de l'autre. Leur relation. Leur mariage. Ils allaient tous les deux devoir passer à autre chose, et une fois le divorce prononcé, Tanner *pourrait* passer à autre chose et être libre de poursuivre ce qu'il voulait — et qui il voulait — sans s'inquiéter de briser son vœu.

Le divorce n'est-il pas déjà une rupture de ce vœu ?

Ce serait le cas s'il s'était engagé dans le mariage de son plein gré, mais il y avait été poussé avec un pistolet métaphorique sur la tempe. Quand ce serait terminé, il en aurait fini avec Juliet.

Cette pensée lui brûla la poitrine. — Où est ma salle de bain ?

Elle pointa une porte sur la droite. — *Notre* salle de bain est par là.

— Tu n'en as qu'une ?

— Jusqu'à maintenant, il n'y avait qu'une personne ici. Je suppose que je pourrais louer des toilettes portatives pour ton séjour si tu veux, mais tu devras utiliser le tuyau d'arrosage dehors pour la douche — et je n'ai pas d'eau chaude là-bas.

Ça n'aurait pas d'importance ; il prendrait des douches froides tout le temps qu'il serait ici de toute façon.

Partager une salle de bain avec elle ? Que Dieu lui vienne en aide. Il se souvenait de toutes ses lotions, ses savons et ses shampoings. Ils sentaient tous les bleuets — un parfum qui avait des souvenirs significatifs attachés pour eux deux et un certain champ...

Rester ici devenait une idée de plus en plus mauvaise à chaque minute.

— J'ai mis des draps propres sur le lit et un jeu de serviettes sur ta commode. Elle laissa retomber ses mains le long de son corps. — Donc si tu veux te rafraîchir ou te détendre ou faire une sieste ou quoi que ce soit avant quinze heures, tu peux.

— Et toi, que vas-tu faire ?

— Moi ? Elle avait presque couiné la question.

Hmm, malgré son calme apparent, il parierait que Juliet n'était pas plus à l'aise de partager sa maison avec lui qu'il ne l'était de la partager avec elle.

— J'ai des contrats à examiner.

— Tu vas au bureau ?

— Oh non. La maison n'a peut-être pas l'air de grand-chose, mais elle est équipée d'Internet haut débit. Je travaille beaucoup depuis chez moi.

Génial. Il n'allait pas avoir beaucoup de répit loin d'elle si elle ne quittait pas la maison.

Alors ce serait *lui* qui partirait.

— J'aurais dû louer une voiture à l'aéroport et conduire jusqu'ici. Où est l'endroit le plus proche pour en obtenir une ?

— Tu peux emprunter la mienne. Je te fais confiance pour en prendre soin.

Y avait-il un sens caché à cette déclaration ? Tanner n'en était pas sûr. Mais après tout, la Juliet qu'il avait connue enfant ne connaissait pas la signification du mot *subtil* quand il s'agissait d'eux deux. Elle s'était totalement impliquée dès la première fois qu'ils s'étaient regardés de cette façon. Il n'avait jamais eu à deviner ce qu'elle pensait ou ressentait. Il n'avait surtout jamais douté de ce qu'elle ressentait pour lui, alors il ne comprenait pas pourquoi elle avait douté de lui.

Il secoua la tête. Cela n'avait plus d'importance maintenant. Cette Juliet n'existait plus. Cette Juliet, celle qui avait grandi, était allée à l'université — avait obtenu un MBA avant lui — il ne la connaissait pas. Malgré tout ce qu'il avait dit sur le fait qu'elle n'avait pas changé, elle avait changé sur certains points. Juliet la Reine du bal n'allait pas se plier en quatre pour diriger l'entreprise de Papa ; elle allait épouser quelqu'un qui le ferait, et elle dépenserait l'argent en allant déjeuner et faire du shopping avec ses amies.

Et il avait été prêt à s'engager pour ça.

Tanner secoua la tête. Mon Dieu, comme il avait été naïf à l'époque. Il avait la tête dans les nuages.

Maintenant, il avait les pieds fermement sur terre. — Mais si tu en as besoin ?

— Tanner, où as-tu besoin d'aller ? Tu prévois de retrouver tous nos amis et de traîner pendant des heures comme on le faisait avant ?

Cette idée ne lui avait même pas effleuré l'esprit. Il détestait que les gens sachent ce qui s'était passé entre lui et Juliet. Il détestait qu'ils sachent qu'il avait été sur le point de percer dans le football et que ça ne s'était pas fait. Qu'il avait eu un fils... et puis plus. — Je n'aime pas être coincé. Si je veux sortir, je veux pouvoir le faire.

— D'accord, d'accord. On s'arrêtera en ville sur le chemin du retour du ranch tout à l'heure. Pour l'instant, si tu veux aller quelque part, utilise ma voiture. Elle lui lança les clés. — J'ai des rapports à examiner.

Et juste comme ça, elle le laissa planté là tandis qu'elle se dirigeait vers ce qu'il supposait être soit son bureau à domicile, soit sa chambre, soit les deux. Quoi que ce fût, c'était au coin et elle avait disparu de sa vue.

Il ressentit immédiatement le manque.

Et il détestait ça. Il avait travaillé dur pour sortir Juliet de sa tête. Il arrivait même à passer un jour ou deux maintenant sans penser à elle. Enfin, pas dernièrement à cause du décompte quotidien qui garantissait qu'il penserait à elle, mais ces dernières années, oui. Il avait réussi à ne pas beaucoup penser à elle.

Mais quand il pensait à elle...

Tanner enfonça son chapeau sur sa tête puis hissa son sac, se frappant *délibérément* les parties. Ça apprendrait à sa queue à s'exciter en pensant à Juliet. Fantasmer sur elle était une chose ; être à proximité d'elle et espérer que quelque chose se passe était insensé. Elle avait déjà suffisamment gâché sa vie. Dans trente-huit jours, il la récupérerait.

Chapitre Sept

Elle n'allait pas le lui rendre.

Juliet s'appuya contre le cadre de la porte de son bureau et compta jusqu'à dix. Lentement. Elle devait maîtriser son rythme cardiaque pour que le sang cesse d'affluer à sa tête — et à d'autres endroits. Son corps devait se calmer, bon sang.

Elle n'arrivait pas à croire qu'il était dans sa maison. Ce que ça faisait de l'avoir *dans* sa maison. Elle avait toujours apprécié le côté douillet de cet endroit — elle avait voulu quelque chose de petit et d'intime après l'immense ranch où elle avait grandi. Celui où elle avait prévu de vivre avec Tanner. Cet endroit était aussi différent du ranch que possible. Mais voilà qu'elle l'avait amené ici.

Avec son mètre quatre-vingt-cinq, Tanner remplissait son salon. Bien qu'à vrai dire, Tanner aurait pu mesurer un mètre vingt que son charisme aurait quand même rempli la pièce. Il avait toujours dominé chaque pièce dans laquelle il entrait. Elle avait oublié ça. Ou plutôt, elle ne l'avait pas oublié, elle ne s'en était tout simplement pas souvenue jusqu'à ce qu'il se tienne ici.

Il appartenait à cet endroit. Avec elle. Dans cet espace. Et *pas* dans la chambre de l'autre côté du couloir, mais ici, dans la pièce attenante à son bureau avec son lit king-size — celui que sa grand-mère leur avait acheté pour leur mariage et dont elle n'avait pas pu se séparer. Stupide, vraiment, parce que Tanner n'y avait jamais dormi.

C'était peut-être pour ça qu'elle le pouvait.

Juliet prit une autre inspiration tremblante. Bon sang, ça allait être difficile. Elle devait faire semblant devant lui que sa présence ne la rendait pas folle, mais elle devait prouver le contraire à sa grand-mère. Et toutes les deux la connaissaient si bien, elle espérait pouvoir y arriver, à la fois pour le bien de Nana *et* le sien.

Eh bien, et celui de Tanner aussi. Elle l'avait rendu heureux une fois ; elle pouvait le refaire. Mais ça allait demander beaucoup plus que des regards langoureux sous ses cils ou des déhanchés sexy ou des vêtements mignons qui laissaient deviner ce qu'ils cachaient —

Quoique, pourquoi ne pas profiter de ce qu'elle savait déjà attirer son attention ?

Tanner pensait peut-être la détester — il la détestait *peut-être* vraiment, elle était forcée de l'admettre — mais tout le monde savait que l'attirance physique n'écoutait pas toujours les diktats du cœur et de l'esprit. L'attirance physique avait sa propre volonté et si c'était ce qui allait le faire la voir à nouveau, la remarquer, elle serait idiote de ne pas l'utiliser.

Elle avait cessé d'être idiote il y a sept ans.

Elle se détacha du mur. Elle n'avait pas beaucoup réfléchi au-delà de leur histoire de couverture et de l'amener ici, mais maintenant, la réalité de l'avoir chez elle, jour après jour, commençait à s'imposer. Si elle voulait récupérer Tanner — et il n'y avait aucun doute qu'elle le voulait — elle avait une dernière chance. Elle ne pouvait pas la gâcher.

Tanner souffla en jetant son chapeau sur la commode puis laissa tomber son sac sur le lit avant de s'asseoir au bord du matelas.

L'endroit *criait* Juliet.

Rien d'aussi évident que de mettre sa photo partout — Juliet ne ferait pas ça ; elle n'était pas narcissique. Non, la pièce avait cette ambiance Juliet, parce qu'elle l'avait décorée comme si elle avait su qu'il allait venir ici.

Sa teinte préférée de bleu avait été le bleu ardoise de ses yeux. Oui, il lui avait vraiment dit ces mots ringards, mais ils étaient vrais. La couette était exactement de cette teinte. Les parquets étaient de la couleur du sol de sa chambre quand il grandissait — là où ils l'avaient fait entrer en douce plus de fois qu'ils n'auraient dû risquer. Le fauteuil dans le coin ressemblait à celui du salon de ses parents, et les images sur les murs représentaient les montagnes Guadalupe dont il était tombé amoureux lors d'un voyage de camping en première année. La pièce était masculine sans être ostensiblement ainsi, tout en donnant l'impression d'appartenir à la maison d'une femme. La maison de Juliet.

Il aurait dû rester à l'hôtel. Il aurait dû insister pour qu'ils y restent tous les deux si elle voulait que tout le monde croie qu'ils étaient ensemble. Il aurait loué une suite avec une porte communicante — une qui serait restée fermée. Il n'avait pas besoin de cette tentation. Cela dit, Juliet était pour lui une tentation ambulante.

Il se laissa tomber sur le lit et regarda le plafond. Elle l'avait recouvert de papier peint texturé et peint en gris clair — comme sa mère l'avait fait dans la salle de bains des invités.

Soit Juliet avait prévu de l'amener ici depuis longtemps, soit elle aimait vraiment cette décoration.

Il voulait penser que c'était la seconde option parce que la première signifierait qu'elle recommençait ses vieux tours de lui mentir.

Il se frotta les yeux avec le pouce et l'index, grimaçant. Il n'arrivait toujours pas à croire à quel point elle lui avait menti. Comment elle s'était battue pour le garder alors que tout ce qu'elle avait à faire pour le garder était de l'aimer et d'être honnête avec lui.

Il se redressa. Il n'allait pas aller par là. C'était fini. Terminé. Il avait espéré mettre fin au mariage sans avoir à la revoir, mais il avait un faible pour sa grand-mère, alors le voilà. Il allait gérer ça.

Frappant ses cuisses, Tanner se leva. Il n'allait pas faire une sieste avec Juliet de l'autre côté du couloir. Il n'avait aucune idée de comment il était censé dormir ici cette nuit. Ça promettait d'être amusant.

Pas.

Il déplaça son sac sur la commode — il n'allait pas mettre ses vêtements dans les tiroirs, gardant encore un espoir bizarre qu'un miracle l'empêcherait de devoir rester ici.

Reprends-toi, Wentworth. Tu es coincé pour la durée.

Bon sang — son cœur avait vraiment bondi ou flotté ou peu importe ce que c'était quand il pensait être coincé avec Juliet. Il fut un temps où il ne voulait rien de plus.

Merde. L'histoire ne pouvait pas se répéter ; Juliet était mauvaise pour lui et il devait simplement la laisser partir.

La laisser partir.

Les mots sonnaient durement. Douloureusement.

Vides.

Il secoua la tête. Il avait besoin de s'éclaircir les idées. Il irait se passer de l'eau froide sur le visage. Ses poignets. Sa nuque. *Sa bite.* Ça le réveillerait. Le sortirait de cette torpeur. Ça devait être tous ces voyages. Il s'était levé à une heure indécente ce matin pour arriver ici à une heure raisonnable.

Il passa sa main le long du demi-mur près de la cuisine et marcha jusqu'à l'évier. Plus proche que la salle de bains, et donc, pas aussi proche de Juliet.

— Salut, Tanner.

Juliet apparut au coin de sa chambre au moment où il s'aspergeait le visage d'eau. Ce qui signifiait qu'il avait raté sa cible et qu'il se retrouvait avec la plupart de l'eau sur la tête et dans le dos. Bah, rien de tel que de l'eau froide pour dissiper la chaleur qu'elle avait apportée dans la pièce avec elle.

Enfin, en théorie.

Les jambes de Juliet dans ce short, cependant, firent revenir la chaleur en trombe.

Elle n'était que jambes. Une peau dorée, des mollets et des cuisses galbés... Elle n'avait pas perdu son allure de pom-pom girl.

— Tu *pourrais* utiliser la douche, tu sais.

Elle lui sourit, la fossette au coin droit de sa lèvre faisant son apparition.

Combien de fois avait-il embrassé cette fossette ? L'avait-il tracée de sa langue-

— Je, euh, ne voulais pas te déranger. En faisant couler l'eau, je veux dire.

— Oh, ce n'est pas grave. Ça ne m'aurait pas dérangée.

Ils faisaient la conversation sur l'eau de manière banale. Quelqu'un devait dire quelque chose pour faire avancer les choses ou ils allaient commencer à compter les bosses sur son plafond en popcorn.

— Tu voulais me dire quelque chose ?

— Oh. Euh. Oui.

Elle croisa les bras et pencha la hanche d'un côté, un geste dont Tanner se souvenait bien.

Elle pensait que c'était une pose sérieuse pour quand elle avait quelque chose d'important à lui dire, mais en réalité, c'était sexy en diable la façon dont sa hanche s'incurvait sur le côté et dont ses bras croisés accentuaient sa taille fine — et la poitrine au-dessus.

Il ne lui avait sagement jamais dit ce que ce geste lui faisait.

— Et... qu'est-ce que c'est ?

— Oh. D'accord.

Elle lui fit un faux sourire. C'était son sourire de couverture, quand elle avait besoin de réfléchir à une réponse.

— Allez, Juliet. Qu'est-ce qu'il y a ? Pas besoin de tergiverser. C'est moi, tu te souviens ? Je connais toutes tes astuces.

— Ce n'est pas une astuce, Tan. Je venais juste te chercher parce que mon père a appelé. Nana veut savoir quand on vient. On devrait y aller.

— Oh. D'accord. Pas de problème. Laisse-moi juste, euh, changer de t-shirt.

Il attrapa le col derrière sa nuque.

— Mouillé.

Elle se lécha les lèvres. Bon sang. Pourquoi tout devait-il être rempli de sous-entendus sexuels ? Il y avait eu des moments quand ils étaient ensemble où ils s'étaient amusés sans que chaque syllabe soit sexuellement chargée.

Bien sûr, il y en avait eu tout autant, sinon plus, qui en étaient chargés. Ou, la plupart du temps, carrément de luxure. Juliet n'avait jamais été timide pour faire l'amour avec lui.

Bon sang. Il n'allait jamais s'en sortir s'il ramenait tout au sexe.

— Tanner ?

Il cligna des yeux, clarifiant sa vision.

La même Juliet. Beaucoup trop magnifique dans son short et son t-shirt à encolure dégagée. Cette femme rendrait un sac en toile de jute séduisant.

— Ouais ?

— Ton t-shirt ?

Elle agita ses doigts vers lui.

— Tu allais le changer ? On n'a pas beaucoup de temps avant que Nana ne commence à fatiguer. J'aimerais qu'on y arrive pendant qu'elle peut encore te parler.

— Oh. C'est vrai.

Il s'éclaircit la gorge et contourna le comptoir de la cuisine pour se diriger vers sa chambre.

Il ferma la porte derrière lui, s'assurant qu'elle reste fermée. Il n'avait pas besoin de se déshabiller sans la protection d'une porte entre eux. Certes, c'était une porte creuse en contreplaqué fin, mais la barrière visuelle était suffisante.

Il l'espérait.

Dommage qu'il n'y ait pas de barrière entre eux dans la voiture. Si cela n'avait pas impliqué trop d'explications — d'excuses — il se serait assis à l'arrière. Il ne voulait pas que Juliet sache qu'elle l'affectait encore. C'est tout ce dont il aurait besoin ; que Juliet pense qu'ils pourraient reprendre là où ils s'étaient arrêtés.

On se croit irrésistible, Wentworth ? Peut-être qu'elle ne veut plus de toi maintenant.

Voilà une pensée qui ramenait sur terre.

Il jeta un coup d'œil vers elle. C'était drôle de la voir au volant ; il avait toujours conduit. Bien sûr, le plus souvent, c'était parce qu'elle avait les mains sur sa cuisse et voulait les déplacer ailleurs. Tanner avait appris à conduire très vite il y a toutes ces années.

Mais maintenant, ses mains étaient fermement sur le volant — là où elles devaient être — et elle manœuvrait la Benz comme une pilote de course.

— Depuis quand tu conduis comme ça ?

— Comme quoi ?

Elle tourna la tête pour le regarder puis revint à la route, ses cheveux ondulant autour de ses épaules.

Les cheveux de Juliet étaient incroyablement soyeux. Les mèches dorées s'étalaient sous elle quand il la pénétrait-

Bon sang. Il devait vraiment arrêter de penser au sexe avec elle.

— Comme si tu étais en retard pour un méde... euh, comme si tu avais le diable aux trousses.

Il avait rattrapé le mot avant qu'il ne soit complètement sorti, mais le mal était fait. Comme s'ils avaient besoin d'un rappel trop brutal du jour où ils *avaient* conduit comme des fous pour aller chez le médecin quand elle perdait le bébé.

Juliet s'éclaircit la gorge et fit rugir le moteur en se faufilant sur la voie d'à côté.

— J'ai beaucoup à faire ces jours-ci et pas assez de temps pour le faire. Je devrais probablement déménager plus près du bureau, mais je ne veux pas quitter ma maison.

— C'est une belle maison. Pas ce que j'aurais pensé que tu choisirais, cependant.

— Oui, eh bien, comme je l'ai dit, j'ai beaucoup changé depuis la dernière fois que nous étions ensemble. Je me surprends même parfois.

Tout comme elle commençait à le surprendre.

<h1 style="text-align:center">Chapitre Huit</h1>

— Salut, Nana. Regarde qui j'ai amené.

Juliet afficha son sourire de concours de beauté et entra d'un pas gracieux dans le salon. Elle était bien décidée à ne pas laisser l'évocation de ce terrible rendez-vous médical gâcher sa journée, ni même effleurer l'esprit de sa grand-mère.

Sacré Tanner, tout de même. En moins d'une heure, il avait réussi à lui rappeler l'un des jours les plus tristes de sa vie et le fait qu'elle avait elle-même créé cette situation en perçant un trou dans les préservatifs.

Mon Dieu, ce qu'elle ne donnerait pas pour pouvoir revenir en arrière et changer ce moment. Elle avait été jeune et stupide, à dix-sept ans. Une erreur qu'elle payait depuis onze ans.

— Tanner ! s'exclama Nana en poussant sur les roues de son fauteuil roulant pour se propulser vers lui.

— Nana, fais attention. On ne veut pas que tu te fatigues trop.

Nana avait été si faible que Juliet s'était inquiétée que l'apparition de Tanner ne soit un trop grand choc. C'est pourquoi elle l'avait prévenue de sa venue, mais elle ne s'attendait pas à ce que Nana essaie de bouger son fauteuil roulant. Elle n'avait plus eu de force depuis son AVC. Heureusement, son esprit et sa coordination n'avaient pas été affectés, mais quand même... Nana n'était plus toute jeune. Elle devait faire attention.

C'est pourquoi, quelle que soit la douleur que la visite de Tanner causerait à Juliet — ou plutôt, quelle que soit la douleur que son départ lui causerait — cela en valait la peine pour voir cette étincelle chez Nana.

Ça avait été la partie la plus difficile de tout ça — Nana avait du cran, quelque chose que Juliet avait toujours admiré chez elle. Alors, la voir dans son lit d'hôpital et maintenant, ici à la maison, ne se remettant pas comme ils l'espéraient... Elle ne pouvait pas perdre Nana, elle aussi. Pas maintenant.

C'est pour ça qu'elle était allée voir Tanner. Il avait fallu la santé de Nana pour qu'elle trouve enfin le courage de l'affronter.

Elle n'avait pas pu le faire avant parce qu'il avait mis fin à leur relation. Tout contact aurait été l'impulsion dont il aurait besoin, alors elle avait attendu jusqu'à juste avant son anniversaire. Elle connaissait l'existence de son fonds fiduciaire et savait que l'hypothèque sur la maison de ses parents était ce qui l'avait poussé à se marier. Ce n'était pas difficile de faire deux et deux.

Et bien que la santé de Nana fût son excuse, la réalité était qu'elle voulait le voir et cherchait une excuse. Une dernière fois. C'était tout ce qu'elle voulait.

Enfin, pas tout à fait tout. *Tu aimerais rester mariée à ce type — et en faire un vrai mariage. Pas cette connerie de mariage de nom seulement.*

Ils avaient été trop bien ensemble pour ça.

— Bonjour, Madame Chambers, dit Tanner en entrant dans la pièce, grand et séduisant comme un vrai Texan. Il incarnait parfaitement le stéréotype du gars américain, remplissant aussi bien ce cliché que son jean.

Elle ne devrait *pas* regarder son jean. Surtout pas après cette pensée.

Bon sang, elle ne devrait même pas *avoir* cette pensée.

— *Madame Chambers* ?

Nana se leva de son fauteuil et Juliet faillit tomber à la renverse de surprise. Ça devait être une poussée d'adrénaline due à son indignation ou quelque chose comme ça. Nana avait besoin d'aide rien que pour s'asseoir quand Juliet était là.

— Voyons, Tanner Wentworth. Tu as arrêté de m'appeler Madame Chambers en CM2 et je ne vais pas te laisser revenir en arrière. Madame Chambers, c'est ma belle-mère, que Dieu ait son âme, et tu le sais bien.

Le sourire de Tanner était tout aussi ravageur que dans les souvenirs de Juliet.

— Je suis désolé, Nana.

— C'est mieux. Maintenant, fais-moi un vrai câlin.

Des mots que Juliet voulait lui dire elle-même.

— Je suis si contente pour toi et Juliet, dit Nana en tapotant les biceps de Tanner quand il la relâcha de son étreinte délicate.

Tanner avait toujours été conscient de sa force. Quand Juliet avait eu besoin qu'il soit dur et fort, il l'avait été. Quand elle avait eu besoin qu'il soit doux, il l'avait été aussi. Et elle ne parlait pas que de sexe. Enfin, pas totalement.

Oh, bon sang. Ça allait être beaucoup plus difficile qu'elle ne le pensait. Et elle ne parlait pas de faire semblant devant sa grand-mère — non, il n'y avait pas de faux-semblant là-dedans. Elle voulait récupérer Tanner. Faire semblant devant Tanner qu'elle ne le voulait pas, *ça*, ça allait être le vrai test.

— Tu as l'air en forme. Je vois que la vie dans le Nord te réussit.

Sa grand-mère lui prit le visage entre ses mains et Juliet dut détourner le regard. Nana l'aimait tellement — depuis la première fois où Juliet lui avait dit qu'elle voulait l'épouser quand ils avaient neuf ans. Puis à nouveau à douze ans. Et treize ans. Et pratiquement chaque année depuis.

— Il m'a fallu du temps pour m'habituer aux hivers, mais la chaleur ne me manque pas.

— Mais Juliet t'a manqué, alors tu vas devoir te réhabituer à la chaleur. Nana tendit la main derrière elle pour attraper le fauteuil.

Tanner l'aida à s'y rasseoir.

Juliet essaya de ne pas soupirer devant la tendresse qu'il manifestait envers sa grand-mère. C'était un homme si bon et elle n'aurait jamais dû douter de lui.

— Tu veux un peu de ce cheesecake que tu aimes tant ? Ermalinda l'a fait quand elle a su que tu venais.

— Ce serait super. Merci.

Tanner avait toujours adoré le cheesecake d'Ermalinda. Encore aujourd'-hui, leur gouvernante refusait de leur donner la recette, mais elle le préparait pour les occasions spéciales, et elle considérait effectivement le retour de Tanner comme tel. Elle l'avait aimé autant que le reste d'entre eux.

Une personne de plus dont les espoirs seraient anéantis quand il partirait à nouveau.

— Tanner, dit Papa en entrant dans la pièce et en lui tendant la main. Merci d'être venu.

Bravo à Papa pour avoir dit ça. Il n'avait pas été ravi que Tanner parte, ni la première ni la deuxième fois, et ne se montrait poli que pour sa mère. Et pour Juliet. Mais s'il savait que Tanner allait partir à nouveau, il ne serait probablement pas aussi courtois.

Juliet s'occuperait de ça le moment venu. Pour l'instant, elle avait besoin que les réactions de tout le monde soient aussi réelles et normales que possible dans le scénario qu'elle avait créé.

Maintenant, si seulement elle pouvait maîtriser ses propres réactions.

— Juliet, ma chérie, pourrais-tu demander à Ermalinda d'apporter le cheesecake ?

— Pas besoin, *Señora*. J'ai entendu la voiture arriver, dit Ermalinda en entrant avec le grand plat de la taille d'une pizza dans lequel elle avait cuit le cheesecake. Personne ne savait comment elle réussissait à le cuire si uniformément dans ce grand moule, mais le résultat était toujours le même : incroyable. Miss Juliet, pourriez-vous apporter les assiettes et la limonade, *por favor* ?

Nana avait toujours été *Señora*, tandis que Juliet avait toujours été *Miss Juliet* depuis qu'Ermalinda avait commencé à travailler pour eux après... eh bien, après que Nana soit venue vivre avec eux. Et même après le mariage de Juliet, elle était restée *Miss* pour Ermalinda.

Malheureusement, c'était aussi comme ça qu'elle se sentait elle-même, malgré le fait que son permis de conduire portait toujours le nom de *Wentworth*.

— Bien sûr, répondit-elle en chassant sa mélancolie avant de se diriger vers la cuisine, tout en gardant une oreille attentive à la conversation. Tanner était là maintenant et c'était tout ce qui comptait.

Enfin, ça et le fait de le convaincre de rester.

— Sept ans, c'est long, dit Nana à Tanner, sans jamais mâcher ses mots. As-tu déjà vu tes parents?

— Pas encore.

La voix de Tanner était tendue. Il était en désaccord avec ses parents depuis qu'il avait découvert les problèmes de jeu de son père. Dieu merci, le grand-père de Tanner avait mis en place un trust que personne ne pouvait toucher, car M. Wentworth avait des dettes envers tout le monde, mettant en péril l'entreprise commune de son père et du sien. Papa avait dû le renflouer, prenant l'hypothèque du ranch des Wentworth comme garantie.

Mais il l'avait fait pour aider son ami, pas pour le tenir sous sa coupe. Certes, cela avait contribué à mettre fin à l'accès de M. Wentworth aux comptes de l'entreprise, mais quand Tanner l'avait découvert — et quand Papa l'avait utilisé comme levier pour le forcer à l'épouser — les choses étaient devenues tendues non seulement entre son père et Tanner, mais aussi entre Tanner et son propre père. Il avait dit plus d'une fois qu'il payait pour les péchés de son père à travers ses sentiments pour elle.

Et elle avait rendu cela possible.

— Je suis contente que Juliet et toi ayez réglé vos différends. Perdre un enfant n'est jamais facile et je sais que la situation n'a pas été optimale — voilà Nana avec son don pour l'euphémisme — mais il y a tellement d'amour entre vous deux et il y en a toujours eu que je savais que vous arriveriez à vous en sortir. Je suis juste heureuse d'avoir pu vivre assez longtemps pour le voir.

Juliet serra plus fort le plateau chargé de limonade, d'assiettes et de verres en retournant au salon. C'était pour cela qu'elle avait dû faire ça ; elle avait eu tellement peur que Nana meure. Elle ne pouvait pas supporter une autre perte.

Tanner s'éclaircit la gorge. — Je suis vraiment désolé d'apprendre pour votre AVC. Juliet ne me l'a dit que la semaine dernière.

— Je sais. Je ne voulais pas qu'elle te le dise. Vous deviez régler votre relation par vous-mêmes, pas à cause de moi. Tu ne fais pas ça à cause de moi, n'est-ce pas, Tanner ?

— Mme Chambers... je veux dire, Nana. Il prit la main de Nana entre les siennes. Je fais ça pour Juliet. N'en doutez pas. Tout ceci concerne Juliet et moi.

Bon sang, cet homme était doué, disant tant de choses que sa grand-mère voulait entendre mais signifiant quelque chose de complètement différent pour elle.

Papa, cependant, regardait Tanner avec les yeux plissés. Certes, il le regardait ainsi depuis qu'ils étaient passés d'amis d'enfance à amis avec avantages, mais son père était rusé. Il était peut-être bouleversé par l'AVC de sa mère, mais pour le reste, il était toujours aussi vif d'esprit.

Génial, maintenant elle allait devoir intensifier son jeu de désinformation pour le convaincre, lui aussi, qu'elle et Tanner étaient à nouveau follement amoureux.

Elle posa donc le plateau, puis s'approcha de Tanner pour poser sa main sur son épaule. Elle cherchait une excuse pour le toucher à nouveau. Elle avait toujours voulu toucher Tanner. Lui tenir la main, lui frotter le dos, s'appuyer contre lui... Avant, elle n'avait jamais eu besoin de raison et le touchait constamment. C'était aussi naturel que l'amour qu'elle ressentait pour lui — et cela l'excitait à chaque fois.

Cette fois-ci ne faisait pas exception.

Tanner essaya de ne pas tressaillir quand la main de Juliet se posa sur son épaule. C'était déjà assez difficile de prétendre être le mari heureux de retour pour un troisième round alors qu'il voulait sortir de la pièce et ne plus jamais les revoir.

Nana ne rendait pas les choses faciles, et la colère irradiait du père de Juliet par vagues. Tanner ne pouvait pas lui en vouloir, mais le type avait besoin de reconsidérer la situation et de voir que c'était sa fille qui l'avait créée, non seulement avec le premier arrangement mais aussi avec le second.

Oui, Tanner n'aurait probablement pas dû céder et l'emmener au lit après l'université, mais il essayait de recoller les morceaux de son cœur et Juliet avait su exactement comment l'attirer. Elle l'avait toujours su, depuis ce premier baiser dans la grange quand il avait tant essayé de rester loin d'elle, mais elle n'en avait rien voulu savoir. Puis il y avait eu ces fois où elle l'avait attiré dans les cabines des camions et dans l'arrière-salle de l'entrepôt quand il n'y avait nulle part ailleurs où aller.

Son corps s'échauffa à l'image d'elle à califourchon sur lui dans ce fauteuil de bureau, l'idée d'être découverts aussi excitante que l'acte qu'ils accomplissaient.

Bon Dieu, il l'avait aimée autrefois.

Ses doigts pressèrent son épaule comme si elle lisait dans ses pensées.

Elle pressa à nouveau. Deux fois de plus.

Ah oui. Leur signal.

Merde. Il ne voulait pas s'en souvenir. Il ne voulait pas faire ça, mais sa grand-mère le remarquerait — son père aussi — s'il ne le faisait pas, et il était venu ici pour jouer un rôle pour une femme malade, alors il ferait mieux de le jouer.

Il saisit les doigts de Juliet dans les siens et les tapota contre son épaule trois fois comme ils l'avaient fait pendant des années. Tout le monde savait que c'était leur signal, leurs tapotements signifiant « Je t'aime ». Ils avaient commencé au lycée et c'était devenu une partie de plus dans leur arsenal de couple mignon qui les avait menés à la cour du bal de rentrée et leur avait valu les couronnes du bal de promo ainsi que le titre de Plus Beau Couple dans l'annuaire.

Il avait jeté son annuaire quand il avait déménagé.

Heureusement, Ermalinda distribua alors le gâteau au fromage, ce qui lui permit de relâcher les doigts de Juliet. Il prit l'assiette, n'ayant pas à feindre sa gratitude. Pour plusieurs raisons. Le gâteau d'Ermalinda était vraiment incroyable. Elle lui avait dit qu'elle lui léguerait la recette dans son testament. Il lui avait dit qu'il ne voulait jamais avoir la recette pour qu'elle soit obligée de rester et de la lui préparer pour toujours.

Elle lui avait manqué. Ils lui avaient tous manqué, en fait. Mais s'il était revenu, il aurait vu Juliet. C'était déjà assez difficile de rester loin d'elle à l'autre bout du pays ; alors à l'autre bout de la ville, c'était impossible.

Et qu'en était-il de l'autre bout de sa maison ?

Ouais, ça n'allait pas être facile.

— Alors, qu'as-tu fait ces derniers temps, Tanner ? demanda le père de Juliet.

Juliet s'étouffa avec la limonade.

Il devrait dire la vérité au type. Leur faire savoir à tous qu'il gagnait sa vie comme strip-teaseur. Il n'en avait pas honte, mais eux si, et ce n'était pas juste de faire payer sa colère envers Juliet à Nana. Quoique, en fait, Nana avait toujours appelé un chat un chat ; elle pourrait bien rire de ce qu'il faisait.

M. Chambers, cependant, serait horrifié.

C'était presque une raison suffisante pour leur dire.

Mais c'était Juliet qu'il voulait mettre au courant de ce qu'il faisait comme métier. Il aimerait savoir ce qu'elle en pensait vraiment. Elle avait été si décontractée dans la voiture, disant qu'elle n'avait pas le droit d'avoir son mot à dire, mais il la connaissait. En fait, c'était à moitié pour ça qu'il avait commencé à le faire au début. Elle avait fait son coup parce qu'elle était contrariée que d'autres femmes le veuillent ? Il ne lui en avait pas donné de raison à l'époque, mais maintenant c'était une toute autre histoire.

Probablement puéril, mais le boulot payait vraiment bien et lui permettait de vivre sa vie. Et il avait l'avantage supplémentaire de savoir que ça l'embête-rait — bien que ça ne lui ait pas servi à grand-chose puisqu'elle ne l'avait même pas su jusqu'à ce qu'elle débarque dans le club.

Elle l'avait regardé ; il avait senti ses yeux sur lui. Il avait toujours su quand Juliet le regardait. Est-ce que ça l'avait excitée ?

Réflexion faite, peut-être qu'il ne voulait pas savoir ce que Juliet en pensait.

— Je suis dans l'acquisition de terrains.

Eh bien, maintenant qu'il allait se lancer en affaires avec Gage et Bryan, c'était le cas.

— C'est nouveau. M. Chambers jeta un coup d'œil à Juliet avant de le regarder.

Tanner garda un visage impassible. Juliet et lui auraient dû revoir cet aspect de leur histoire, mais il était trop tard maintenant.

Il était censé s'être associé à son père. La fusion de deux propriétés d'élevage. M. Chambers était proactif quand il s'agissait de développer l'entreprise, et il voulait que la personne qui prendrait la relève à sa retraite ait un intérêt direct à voir le ranch et les autres industries prospérer.

À vrai dire, Tanner avait hâte de travailler avec M. Chambers. De développer l'entreprise pour ses propres enfants et petits-enfants. Des enfants qui avaient été mis en attente depuis le "petit stratagème" de Juliet.

Tanner eut le souffle coupé et dut tousser pour le retrouver. Il ne pouvait jamais penser à son fils sans avoir ce raté cardiaque. Comme si on lui en avait pris un des siens.

— Quels projets as-tu en cours ?

Il se concentra sur la question et repoussa les terribles souvenirs au fond de son esprit. C'était la meilleure façon de les gérer. — Quelques propriétés commerciales. Elles sont dans les phases préliminaires pour le moment. Très préliminaires.

— Je serais intéressé d'en entendre parler. M. Chambers perdit effectivement le ton bourru qu'il avait depuis qu'il l'avait confronté au sujet de la grossesse de Juliet toutes ces années auparavant.

— Je suis sûr qu'on pourra s'arranger. Tanner hocha la tête, sous-entendant qu'il serait dans les parages pour parler des projets.

— Tu as toujours été un battant, Tanner. Nana lui tapota le genou, envoyant un sentiment de culpabilité dans son cœur. — Tu as fait la fierté de cette famille.

Dans une autre vie, ces mots auraient signifié quelque chose pour lui. Mais maintenant... Ils étaient basés sur tant de mensonges de Juliet que Tanner ne sentait pas qu'il avait légitimement sa place dans tout cela.

Alors il se contenta de sourire et mordit dans le gâteau d'Ermalinda, la saluant avec sa deuxième bouchée. — *Maravillosa como siempre, Ermalinda.*

Elle rayonna et déposa un baiser sur le haut de sa tête en prenant l'assiette de Nana qui avait une bonne portion de la tarte de mangée. D'après ce que Juliet avait dit, il pensait que Nana dépérissait au lit, alors la voir dans le salon avec un bon appétit était une bonne chose.

Cela le faisait aussi se demander si Juliet n'avait pas exagéré la gravité de la maladie de Nana.

Il grimaça. Un AVC à n'importe quel âge n'était pas à prendre à la légère. Il devrait être reconnaissant que Nana puisse être là — et il l'était. Mais il détestait devoir se poser la question.

— Juliet ne se débrouille pas mal non plus dans ce domaine, dit M. Chambers, prenant place à côté d'elle et lui tapotant la main. — Elle a fait un excellent travail en dirigeant l'entreprise pendant que, eh bien, pendant que je m'occupais de ma mère.

— Je suis juste triste qu'il ait fallu ça pour que tu ralentisses, Burt. La voix de Nana était tranchante. — Je te dis depuis des années que Juliet était plus que capable de s'occuper des choses.

— Oui, Maman, tu l'as fait.

La voix de M. Chambers était douce d'une manière que Tanner n'avait jamais entendue. Mais peut-être était-ce parce qu'il avait été le destinataire d'un ton interrogateur et sec de la part de l'homme.

— Alors, Tanner. Et voilà : ce ton. — Tu comptes rester cette fois, n'est-ce pas ? C'est pour ça que tu es revenu, pas vrai ?

— Je suis venu parce qu'il est temps que Juliet et moi fassions quelque chose à propos de notre mariage. Et si cela donnait de l'espoir à M. Chambers, c'était parce que l'homme voulait trouver de l'espoir dans cette déclaration. Mais Tanner allait faire de son mieux pour ne pas leur mentir. Cela ne signifiait pas qu'il devait révéler toute la vérité, mais il n'allait pas mentir carrément s'il pouvait l'éviter.

— Le mariage n'est pas facile, mon garçon. Il faut s'engager à le faire fonctionner.

M. Chambers croisa les bras et s'adossa. D'après ce que Juliet avait raconté à Tanner au fil des ans, son père avait été dévasté par le départ de sa femme. Cela l'avait endurci, alors quand il avait insisté pour que Tanner épouse Juliet — les deux fois — ce n'était pas une décision arbitraire. Il s'attendait à ce que Tanner l'épouse et reste.

Tanner avait été tout à fait d'accord — jusqu'à ce qu'il découvre ce que

Juliet avait fait.

— Papa, dit Juliet en s'asseyant sur l'accoudoir du fauteuil de Tanner. Tu n'as pas besoin de dire des choses comme ça.

Parce qu'elle ne voulait pas risquer la réponse de Tanner.

Elle avait saisi les doubles sens dans ses réponses à son père ; elle ne savait pas combien de commentaires de Papa Tanner pourrait supporter avant de révéler la vérité, et c'était quelque chose qu'elle ne pouvait pas permettre. Nana avait un tel sourire sur le visage et était plus alerte que Juliet ne l'avait vue ces trois dernières semaines. Et même avant l'accident vasculaire cérébral.

— Peut-être que je le dois, Juliet. Je suis resté silencieux trop longtemps. Si j'avais dit quelque chose plus tôt, nous n'aurions peut-être pas eu à attendre jusqu'à *maintenant* pour que vous remettiez tout en ordre.

Tanner se tendit à côté d'elle. Oui, sa patience touchait à sa fin. Et elle ne pouvait pas le blâmer, pas vraiment. Il faisait cela parce qu'il aimait sa grand-mère, *pas* parce qu'il l'aimait elle. Elle n'avait aucune illusion à ce sujet.

Il fut un temps, oui... Il l'avait aimée assez pour avoir fait n'importe quoi pour elle. Eh bien, sauf se fiancer. Il avait dit qu'ils étaient trop jeunes. Il avait l'université et espérait une carrière professionnelle, et il voulait attendre de pouvoir le faire correctement.

Pour elle, la bonne façon aurait été de lui mettre une bague au doigt — elle se serait moquée qu'elle vienne d'une boîte de pop-corn au caramel — mais il ne l'avait pas vu ainsi. Ce qu'elle avait vu, c'est qu'il n'avait pas voulu la revendiquer. Elle avait aussi vu la façon dont les autres filles le regardaient. Elle les avait vues le toucher en passant à côté de lui. Tanner était un dieu parmi les dieux du Texas et toutes les filles le voulaient, surtout elle.

Elle avait choisi la mauvaise façon de le garder et elle le regrettait depuis des années.

Pourtant, te voilà, faisant quelque chose de similaire à nouveau.

Non, ce n'était pas une situation similaire. Elle n'avait pas menti sur l'état de Nana. Il s'agissait vraiment, avant tout, de ramener Tanner pour réconforter sa grand-mère. Et si elle avait dû mentir à Nana, eh bien, elle l'avait fait avec les meilleures intentions. Nana comprendrait quand la vérité finirait par éclater, mais Juliet comptait sur le fait que Nana serait redevenue elle-même, pleine d'entrain, avant que cela n'arrive.

Papa, d'un autre côté...

Elle s'occuperait de son père plus tard. Mais *elle* s'en occuperait, pas

Tanner. La responsabilité de Tanner envers elle avait pris fin le jour où il lui avait demandé de l'épouser la première fois. Il l'avait aimée et avait fait ce qui était juste pour elle. Mais ensuite, il l'avait entendue parler avec Papa, et les choses avaient dégringolé — et c'était entièrement de sa faute à elle.

— Papa, Tanner et moi sommes adultes maintenant. Tu n'as plus besoin de mener mes batailles.

— L'amour ne devrait pas être une bataille.

Nana et ses paroles de sagesse. Elle tendit une main à chacun d'eux, l'une moins tremblante qu'elle ne l'avait été depuis des jours. Avoir Tanner ici *était* une bonne chose.

— Prenez soin l'un de l'autre, vous deux. Soyez gentils. Regardez l'image d'ensemble. Celle d'avant l'arrivée de Keegan. Où vous alliez, ce que vous faisiez, qui vous deveniez avant que les circonstances ne vous forcent à prendre des décisions difficiles que personne ne devrait avoir à prendre, encore moins des jeunes de votre âge.

Juliet passa un bras autour des épaules de Tanner. C'était le geste le plus naturel du monde pour elle.

Manifestement pas pour lui, cependant. Il se tendit, mais ensuite il posa une main sur son genou, le serrant doucement, et c'était presque comme si... comme s'il l'avait voulu.

— Ne t'inquiète pas, Nana. Juliet et moi remettrons les choses en ordre.

Ces mots auraient fait sourire Juliet si elle n'avait pas entendu le « Tu me dois une fière chandelle», qu'il lui chuchota en se levant pour aider sa grand-mère à retourner dans sa chambre.

Chapitre Neuf

— Alors, comment es-tu devenu strip... euh, danseur ? tenta Juliet pour garder les premiers mots échangés entre eux depuis vingt-deux minutes qu'ils avaient quitté le ranch de sa famille légers, car le silence commençait à peser. Et aussi parce qu'elle voulait vraiment connaître la réponse. Quand elle avait appris qu'il était stripteaseur, elle avait eu envie de casser quelque chose. Il était toujours son mari et toute cette splendeur lui appartenait — même si ce n'était que pour un court moment.

C'était tellement ironique que ça lui donnait envie de pleurer. La seule chose qu'elle avait crainte — que les femmes le désirent — était maintenant ce qu'il faisait pour gagner sa vie. Le karma était une vraie garce.

— J'avais besoin de gagner de l'argent rapidement. C'était le mieux payé, et les horaires se sont avérés être un bon point. Ça me permettait d'aller à l'école pendant la journée. Il ne me reste qu'un semestre et ma thèse avant d'obtenir mon diplôme, et pas un seul prêt étudiant à l'horizon. C'était important pour moi.

Tanner n'aimait pas avoir de dettes envers les gens — il l'avait dit plus d'une fois quand il avait appris pour son père.

— Et maintenant tu vas utiliser ton diplôme pour gérer le club ?

Si c'était tout ce qu'il allait y faire, elle pourrait être un peu plus tranquille, mais s'il continuait à danser...

Elle avait eu envie de monter sur cette scène et de lui jeter une couverture dessus. Puis elle avait voulu le traîner dans une chambre d'hôtel et lui montrer exactement ce que tous ces mouvements dans ses vêtements serrés et minimalistes lui faisaient.

Juliet ajusta la bouche d'aération sur le tableau de bord, augmentant la climatisation par la même occasion. L'espace confiné de sa voiture n'aidait pas quand elle avait ce genre de pensées alors qu'il était assis à côté d'elle.

— Je vais aider à les gérer. Si on veut s'agrandir, on va devoir former du personnel.

— Les former ? Tu vas apprendre aux gars à danser ?

— Hey, ce n'est pas juste monter là-haut et remuer des hanches. On a des chorégraphies, on crée des personnages, on travaille sur la façon de se projeter vers le public. Ce n'est pas un bar miteux avec des lumières bleues et de l'air enfumé. Tu as vu BeefCake, Inc. C'est un endroit haut de gamme. On parle d'augmenter les options du menu, donc on va avoir besoin de chefs de haut niveau. Ça prend de l'argent et des efforts pour gérer un établissement de classe. Je n'ai pas l'intention de perdre mon investissement et Gage et Bryan non plus. Ils ont des familles à qui penser.

Elle aurait aimé en avoir une aussi. Ce qu'elle ne donnerait pas pour avoir une famille avec Tanner.

Elle ne pouvait pas penser à ça maintenant. — Alors pourquoi m'as-tu envoyé de l'argent, Tanner ? Tu aurais pu l'utiliser pour tes études et avoir déjà fini.

— Tu es ma femme.

Comme si cela avait fait une différence ces sept dernières années... Mais elle se mordit la langue. Ils avaient une conversation agréable ; elle n'avait pas besoin de tout gâcher. — Je n'y ai pas touché, tu sais. À l'argent. Je, euh, n'en avais pas besoin et ça ne me semblait pas correct de le prendre de toi.

— C'est le tien. Je prends soin de ce qui m'appartient.

Elle aurait tellement aimé être sienne dans tous les sens qui importaient. — J'aimerais le donner si tu n'en veux pas.

Tanner haussa les épaules et regarda par la fenêtre. — C'est le tien. Fais-en ce que tu veux.

— Je pensais le donner au Centre Médical pour Enfants. Les mots sortirent plus doucement qu'elle ne l'avait voulu.

Tanner se tourna pour la regarder. — En son nom ?

— Bien sûr.

Il cligna des yeux puis détourna le regard. Juliet dut regarder ailleurs pour ne pas quitter la route. Et parce qu'elle ne voulait pas voir la douleur dans ses yeux.

— Je pense que c'est une bonne idée. La voix de Tanner était tout aussi douce que la sienne l'avait été.

Juliet se concentra sur sa conduite, le silence maintenant plus épais qu'il ne l'avait été avant. Plus inconfortable.

Après un pâté de maisons, elle ne put le supporter. Il pensait à Keegan ; elle pensait à Keegan. Ces pensées étaient toujours douloureuses, et si elle et Tanner allaient aller de l'avant dans leurs vies, ils devaient se concentrer sur l'avenir. Keegan serait toujours dans son cœur, mais elle ne pouvait pas laisser cette perte teinter son futur — ou la maintenir en suspens plus longtemps.

Elle se redressa et s'éclaircit la gorge. — Alors, euh, gérer un club de strip-tease est un peu différent que de faire des affaires avec mon père.

Il expira et tambourina du bout des doigts sur le haut de la portière près de la fenêtre. — C'est lucratif, c'est agréable, et j'aime les gens. C'est mieux que de rester coincé dans un bureau plus de quarante heures par semaine.

Elle lui jeta un coup d'œil. — Ça te donne du temps pour faire d'autres choses.

— Qu'est-ce que tu me demandes, Juliet ?

La question brûlante à laquelle elle voulait une réponse mais ne savait pas comment poser. — Est-ce que tu... y a-t-il... je veux dire —

— Quoi ? Crache le morceau. C'est moi, tu te souviens ?

Comme si elle pouvait oublier. — Y a-t-il quelqu'un... de spécial ?

Il lui fallut deux pâtés de maisons avant de répondre. — Tu veux savoir si j'ai une petite amie ? Il secoua la tête. — Allez, Jules. On est mariés. Je ne ferais pas ça.

C'était la réponse qu'elle voulait, mais l'accusation dans son ton la blessa. — C'est une question honnête. Je veux dire, on n'a pas été ensemble. Ce serait compréhensible si tu étais, tu sais, sorti avec quelqu'un.

Après tout, il avait eu des rendez-vous à l'université ; ç'avait été la principale raison pour laquelle elle avait mis en scène la situation pour que son père les trouve. Son cœur avait été brisé d'apprendre qu'il avait eu d'autres relations et elle avait dû s'assurer que cela ne se reproduise plus jamais.

Mon Dieu, si seulement elle pouvait revenir en arrière et effacer les erreurs qu'elle avait commises. Tanner n'avait certainement pas eu besoin de beaucoup de persuasion pour revenir dans son lit ; il n'aurait probablement fallu que quelques mois — si tant est — avant qu'il ne décide de rendre les choses permanentes. Si seulement elle avait attendu, mais la patience n'avait jamais été son fort.

— J'ai fait un vœu, Juliet. Je prends mes vœux au sérieux. Ma parole est mon engagement. L'implication étant, à juste titre, que sa parole à elle ne valait pas grand-chose comparée à la sienne. — Pourquoi ? Tu l'as fait, toi ?

— À peine. Elle n'en avait pas été capable. Il lui avait fallu du temps pour vouloir pouvoir aller de l'avant après qu'il l'ait laissée dans l'avion, et elle avait construit un mur autour d'elle-même pour faire face aux questions de tout le monde. Et bien sûr, comme il l'avait quittée juste après la lune de miel — elle avait gardé pour elle le petit détail d'y être allée seule — il en serait sorti comme le méchant si elle l'avait dit aux gens. Malgré toute sa colère envers lui, elle n'avait pas voulu qu'il soit dépeint ainsi, alors elle avait fait des pieds et des mains pour expliquer ses absences à ses amis, dont la plupart avaient compris qu'elle ne disait pas toute la vérité. Mais cela ne regardait personne d'autre qu'elle et Tanner, et elle voulait que ça reste ainsi. De plus, s'ils pouvaient arranger les choses, elle ne voulait pas que quiconque le déteste.

Non, elle n'avait eu aucune envie de sortir avec quelqu'un, surtout juste après le départ de Tanner. Puis elle avait été à l'école et apprenait le métier... et son cœur n'y était tout simplement pas. Son cœur serait toujours avec Tanner et elle ne savait pas comment elle était censée trouver quelqu'un d'autre après qu'il l'ait divorcée.

Son estomac se noua. Elle ne voulait pas penser à ça.

Un panneau à l'entrée du centre commercial sur sa gauche attira son attention et lui donna l'excuse parfaite pour changer de sujet.

— Ça ne te dérange pas si je m'arrête ici ? demanda-t-elle en s'engageant dans le parking.

— Ce n'est pas comme si j'étais pressé. Il se tourna légèrement, posant son bras droit sur le haut de la portière et le gauche sur le haut de son siège, sa main serrant le dessus de la sienne. Elle aimait sa Mercedes sportive, mais elle l'avait achetée quand il n'était pas dans sa vie. Et maintenant qu'il était de retour, la voiture était beaucoup trop petite avec lui dedans.

Elle se gara rapidement dans l'une des places les plus proches de l'animalerie. — Je vais probablement en avoir pour un moment. Tu veux que je te retrouve quelque part ou que je t'appelle quand j'aurai fini ?

Il regarda le magasin. — Tu n'as pas d'animal de compagnie.

— Pas encore. Elle sortit de la voiture.

Tanner descendit également et plissa les yeux en regardant l'enseigne. — Tu vas adopter un chaton ? Comme ça ?

Elle ne comprenait pas pourquoi il avait l'air si surpris. Elle adorait les animaux. Ils avaient parlé d'adopter un chien ensemble. C'était le plan avant qu'ils ne commencent à avoir des bébés.

Elle n'avait pas eu le courage d'adopter un chien depuis son départ. Mais un chaton, elle pouvait le faire. Surtout un animal recueilli. Et l'avoir à la maison leur donnerait quelque chose sur quoi se concentrer à part eux-mêmes et le passé.

— J'y pensais depuis un moment, et puis j'ai vu le panneau. Ça me semble être le destin.

Tanner secoua la tête en la rattrapant à la porte. — Tu n'as vraiment pas changé, hein ? Toujours aussi impulsive.

Pendant un instant, ce commentaire la blessa. Mais ensuite, cela la mit en colère. — Il me semble que tu aimais quand j'étais impulsive. Plus d'une fois.

Elle ouvrit la porte d'un coup et entra à grands pas, se fichant qu'il la suive ou non, essayant d'échapper aux souvenirs des moments où elle *avait été* impulsive.

Curieusement, l'un de ces moments *n'avait pas été* quand elle avait percé des trous dans les préservatifs. Ce moment avait été bien réfléchi et planifié. Jusqu'à la stérilisation de l'épingle qu'elle avait utilisée pour qu'ils n'attrapent rien. Enfin, rien à part un bébé.

Mon Dieu, elle avait été si naïve. Si égocentrique.

Si jeune.

Eh bien, elle était plus âgée maintenant et si elle voulait un chaton, elle allait en adopter un et il ne pouvait pas l'en empêcher.

Ouais, ça sonne plus mature.

Ignorant cette petite voix, elle se dirigea vers la femme au comptoir devant les enclos. — Bonjour. J'aimerais beaucoup ramener l'un de ces adorables petits bébés chez moi.

— Et nous serions ravis que vous le fassiez. La femme lui tendit un formulaire. — Nous aurons d'abord besoin de références vétérinaires.

— Des références vétérinaires ? Mais je n'ai pas de vétérinaire parce que je n'ai pas d'animaux.

— Dans ce cas, nous devrons faire une évaluation à domicile.

— Vous voulez dire, comme si vous veniez chez moi pour vous assurer que c'est sûr pour un chaton ?

— Oui, et que vous n'êtes pas envahie de chats. Que c'est un environnement sain. Ce genre de choses.

— J'imagine que vous rencontrez des personnages peu recommandables, hein ?

— Quand nous proposons des animaux gratuitement, nous voulons nous assurer qu'ils vont dans un foyer sûr et aimant.

Juliet soupira. — Donc je suppose que ça veut dire que je ne peux pas en emmener un avec moi maintenant.

— Je suis désolée, pas aujourd'hui. C'est une autre partie du profil d'évaluation. Si vous êtes sérieuse à propos de l'adoption de l'un de nos bébés, vous comprendrez.

— Oh, je comprends. C'est juste que... je voulais en emmener un avec moi maintenant.

— On peut utiliser mon vétérinaire. Tanner s'approcha derrière elle et sortit son téléphone. — Il est dans un autre État, mais je reviens m'installer en ville. Il peut se porter garant pour moi.

Dans un geste qui choqua Juliet, Tanner posa une main sur sa taille. Elle espérait juste que sa bouche ne s'ouvrirait pas sous le coup de la surprise. L'aider était la dernière chose qu'elle attendait de lui.

— C'est très généreux de votre part, dit la femme, mais nous aurons besoin d'une référence de l'endroit où le chaton va réellement vivre.

— Ah, peut-être que je ne me suis pas bien fait comprendre. Je m'installe avec ma *femme*. Il insista sur le mot en la tirant contre lui.

Heureusement, car elle avait besoin d'un soutien pour rester debout.

— Oh, eh bien c'est différent alors. Si vous pouviez juste remplir cette partie du formulaire d'adoption. La femme pointa la partie droite marquée *Co-parrain*.

L'ironie de le voir co-signer pour un animal de compagnie pour elle alors qu'il ne leur restait qu'un mois et demi de mariage n'échappa pas à Juliet. Elle aurait pleuré si cela n'avait pas soulevé trop de questions, à la fois de la femme en face d'elle et de Tanner.

— Certainement. Pas de problème. Il lui serra les épaules. — Juliet ? Ça te va ?

— Euh, bien sûr. C'est une excellente idée. Elle avait probablement mis trop de joie dans sa voix, mais la femme s'attendrait à ce qu'elle soit plus que d'accord puisqu'il venait de dire qu'il revenait s'installer. Elle n'avait pas besoin qu'elle devienne suspicieuse parce que soudainement, Juliet voulait ce chaton de toutes ses forces. Et elle ne l'avait même pas encore choisi.

Tanner finit sa partie puis lui tendit le stylo. — Tiens, chérie. Remplis ça pour qu'elle puisse appeler le Dr Bingham pendant qu'on va voir lequel veut rentrer à la maison avec nous.

Juliet prit le stylo de ses doigts sans force, les "nous" et les "on" qui sortaient de sa bouche mettant ses nerfs en pelote. Il fut un temps où elle méritait ces "nous" et ces "on" et n'avait pas vraiment apprécié à quel point ils étaient précieux.

Elle le savait maintenant.

Elle remplit le formulaire, riant intérieurement de son écriture tremblante, puis le signa en bas à côté de la signature de Tanner. *Juliet Wentworth*. Elle avait depuis longtemps supprimé son nom de jeune fille avec un trait d'union — une nécessité sur laquelle Tanner avait insisté lorsqu'ils avaient rempli la licence de mariage. Probablement pour lui faire savoir qu'ils n'étaient pas vraiment l'équipe qu'ils auraient été quand elle avait dix-huit ans et avait couvert son cahier de signatures fleuries *Juliet Wentworth* dans toutes les couleurs de son arc-en-ciel de Sharpies. Mais après son départ, elle avait voulu garder un lien avec lui, alors elle avait abandonné le *Chambers* et avait apprécié d'être une Wentworth. Certains auraient pu dire que c'était masochiste, mais elle voulait avoir une partie de Tanner avec elle et son nom était la seule option qu'elle avait.

— Très bien alors, dit la femme quand Juliet lui rendit le formulaire. — Je vais juste passer l'appel et nous allons mettre les choses en route.

— Prête, chérie ? Le bras de Tanner glissa de nouveau autour de sa taille et il la dirigea autour de la table d'enregistrement vers les enclos de chatons.

— Uh huh. Hé, elle était juste heureuse qu'un son soit sorti.

Mais quand elle arriva aux enclos, les "Ooooh" sortirent.

— Je veux tous les ramener à la maison avec moi. Elle remit une mèche de cheveux derrière son oreille en se penchant pour ramasser une petite boule de poils grise. — Regarde comme il est mignon.

Elle frotta la joue du chaton contre la sienne en regardant Tanner — et son souffle se coupa devant la façon dont il la regardait...

Oh là là.

Juliet ne détourna pas le regard. Elle connaissait ce regard. Chérissait ce regard. *Voulait* ce regard.

Ce qui expliquait, bien sûr, pourquoi *Tanner* avait soudainement détourné le regard.

Elle faillit lâcher le chaton. Apparemment, Tanner n'était pas aussi insensible à son charme qu'il voulait le lui faire croire — ce qui pourrait avoir des conséquences très intéressantes.

Chapitre Dix

Mais qu'est-ce qui n'allait *pas* chez lui ? Il ne pouvait pas désirer Juliet à nouveau. Juste parce qu'elle était terriblement sexy avec ce sourire sur son visage alors qu'elle tenait le chaton contre sa joue, lui rappelant la nuit où il avait jeté une fausse fourrure sur son lit après que ses parents étaient sortis, avec l'intention de donner à Juliet une première fois qu'elle n'oublierait jamais. La fourrure avait été de la même couleur que ce chaton et Juliet avait ronronné contre elle après qu'ils eurent fini de faire l'amour, avant qu'il ne la prenne dans ses bras et la tienne jusqu'à ce que leur respiration soit redevenue normale - enfin, aussi normale qu'elle ne l'avait jamais été pour lui en sa présence. Ouais, ça avait été une première fois que *ni l'un ni l'autre* n'oublierait.

Bien qu'il aimerait bien l'oublier.

Il n'avait pas besoin de pensées comme celles-là pour saper ses plans. Il voulait sortir de ce mariage pour ne plus jamais avoir à se demander si elle se jouait de lui à nouveau ou ce qu'elle allait inventer ensuite. Ou quand elle le décevrait encore.

Il n'aurait certainement plus à être torturé par sa proximité, la désirant sans pouvoir l'avoir.

Tu pourrais peut-être l'avoir—

— Je crois que c'est celui-ci que je veux.

Sa voix était rauque et il savait qu'elle avait choisi le chaton gris pour la même raison qu'il aurait souhaité qu'elle ne le fasse pas.

Il s'éclaircit la gorge et recula d'un pas, voulant juste sortir de ce foutu magasin, mais il n'allait pas gâcher la chance de ce chaton d'avoir un bon foyer simplement parce qu'il n'arrivait pas à chasser l'image de Juliet nue sur son lit de sa tête.

Elle avait été si belle alors, avec ce doux sourire satisfait qu'elle avait toujours eu après cette nuit-là quand ils faisaient l'amour.

Elle avait été vierge — ils avaient tous les deux été vierges. Cette première fois... Ça avait été maladroit mais tellement rempli d'amour et de désir qu'ils avaient réussi à s'en sortir.

Il ne put s'empêcher de sourire et dut se mordre la lèvre pour l'empêcher de s'étaler sur son visage. Oh oui. Ils s'en étaient définitivement bien sortis.

— J'en déduis que ce sourire signifie que tu es d'accord ?

C'en était fini de ça.

Il se secoua mentalement et ramena son esprit au présent. Se souvenir de la première fois où il avait fait l'amour à cette femme allait à l'encontre de son plan d'être ici. Il avait déjà laissé ses hormones le gouverner quand il était revenu après l'université et regarde où ça l'avait mené. — C'est ton chat. Si tu aimes celui-là, prends-le.

Une expression passa sur son visage. Il connaissait cette expression : la douleur. Bon sang, il connaissait chacune des expressions faciales de Juliet. Depuis le jour où elle avait attrapé la balle de baseball qu'il avait frappée lors d'un match improvisé au parc, il avait été attentif. Elle était passée du statut d'amie à celui de femme à ce moment-là, un moment gravé dans sa mémoire tant il avait été profond. Assez profond pour façonner les vingt années suivantes de sa vie.

Juliet hocha la tête et cala le chaton dans le creux de son cou sous la cascade de ses cheveux alors qu'elle se dirigeait vers la femme au comptoir. Il avait toujours aimé les cheveux de Juliet. Doux et soyeux, assez longs pour se coincer sous elle quand il était au-dessus... Il avait adoré y passer ses doigts après, sa tête sur sa poitrine, ses petits souffles effleurant ses tétons, prolongeant les sensations de leurs ébats.

Dieu, il avait adoré lui faire l'amour. Elle ne s'était jamais retenue. Lui avait tout donné. Pourquoi diable n'avait-elle pas fait confiance à ce qu'il ressentait pour elle pour laisser la nature suivre son cours ? Elle aurait fini par avoir exactement ce qu'elle voulait si elle n'avait rien fait d'autre que l'aimer.

Et il aurait eu exactement ce qu'il voulait.

Il l'observa avec la femme. Juliet n'était jamais immobile ; une partie d'elle bougeait toujours. Sa main quand elle parlait, son pied qui tapotait, ses hanches qui se balançaient comme si elle dansait sur une musique que seule elle pouvait entendre. Il avait adoré la regarder.

Il passa une main sur son visage. Certaines choses n'avaient pas changé.

Elle lui jeta un coup d'œil avec un sourire franc et cela lui coupa littéralement le souffle. Juliet avait toujours été si ouverte, si honnête, chaque émotion se lisait sur son visage. Elle ne pouvait pas lui cacher ce qu'elle ressentait — du moins, c'est ce qu'il avait cru.

C'était pour ça que sa trahison lui avait fait si mal. Il n'aurait jamais cru qu'elle serait capable de quelque chose d'aussi sournois que de simuler une grossesse ou de mettre en scène la situation pour que son père les trouve au lit ensemble. Visiblement, il ne connaissait pas aussi bien qu'il le pensait la femme qu'il avait épousée.

Mais tu veux la connaître.

Cette foutue petite voix. Elle surgissait toujours quand il ne le voulait pas. Quand il préparait le petit-déjeuner dans son appartement et qu'elle se demandait si Juliet faisait ces pancakes souriants qu'elle lui préparait après l'entraînement de football. Ou quand il faisait son lit et se souvenait d'elle penchée sur celui de sa chambre. Ou la façon dont son visage s'illuminait quand elle le voyait. Chaque fois qu'il se regardait dans le miroir, il voyait le visage de Juliet le fixer pendant une seconde, mais c'était assez long pour l'empêcher d'oublier.

En la regardant maintenant, sa hanche droite légèrement relevée, son pied tapotant assez pour faire bouger ses fesses, il savait qu'il ne l'oublierait jamais.

Bon sang. Il le voulait pourtant.

Puis elle se retourna à nouveau avec un sourire aussi grand que l'État dans lequel ils se trouvaient. Le Sourire Juliet comme il l'avait surnommé. Tout le monde l'appelait comme ça au lycée. Juliet était connue pour ce sourire — et tout le monde savait qu'il en était la raison.

Ça faisait mal. Ça faisait physiquement mal de voir ce sourire sur son visage à nouveau, alors que ce qu'ils avaient eu n'avait pas été suffisant pour elle auparavant.

Pourtant, elle sautilla presque jusqu'à lui avec ce sourire, ses cheveux blonds ondulant derrière elle comme s'ils avaient encore seize ans.

— Il est à moi ! Ton vétérinaire t'a donné une super référence et la dame a dit qu'on pouvait le ramener à la maison maintenant. Elle attrapa son bras comme elle le faisait avant, et pendant un instant, c'était comme s'ils étaient de retour au lycée. Avant Keegan, quand le monde était plein de possibilités pour eux.

Puis le chaton miaula, les ramenant brutalement à la réalité, et Juliet retira sa main si vite que c'était comme si elle s'était brûlée.

Non, c'était lui.

— Félicitations. Il essaya d'insuffler un peu de chaleur dans ses mots parce qu'il était heureux pour elle. Autant qu'elle l'ait blessé, il ne pourrait jamais haïr Juliet. Il ne pourrait simplement plus jamais lui faire confiance. — Tu as un nom ?

Juliet leva le chaton, nez à nez avec lui. — Pas encore. J'essaie de comprendre à quoi elle ressemble.

— Un chat.

— Très drôle. Cette fois, elle lui donna une tape sur le bras et cela rendit tout de nouveau normal.

— Donc je suppose que tu vas avoir besoin de quelques fournitures.

— Oh, mon Dieu, oui. Je n'y avais pas vraiment pensé. De la litière, de la nourriture, quelques jouets.

— Un panier. Des gamelles. Un griffoir.

Elle pencha la tête. — On dirait que tu t'y connais en chats. C'est pour ça que tu as un vétérinaire ?

— J'avais. J'avais un chat. Buddy. Il m'a adopté un jour. Il n'arrêtait pas de se présenter sur le pas de ma porte. Il ne se taisait pas tant que je n'ouvrais pas, et à ce moment-là, il se précipitait à l'intérieur et aucune cajolerie ne pouvait le faire sortir. Je suppose que Buddy en avait eu assez de l'hiver, de la pluie et d'être pourchassé par d'autres chats, et il n'était pas prêt à abandonner son nouveau foyer sûr et chaud pour quoi que ce soit. Heureusement, le Dr Bingham faisait des visites à domicile, c'est comme ça qu'elle sait que j'ai un environnement sûr pour les chats.

— Alors qui s'occupe de Buddy maintenant ?

Tanner pointa le doigt vers le ciel. — Il est mort il y a environ six mois.

— Tu n'en as pas pris un autre ?

Tanner haussa les épaules, ne voulant pas vraiment s'engager sur cette voie. Perdre des êtres chers était difficile, alors pourquoi se mettre volontairement dans cette situation à nouveau ? — Ce n'était pas le bon moment. J'ai eu Buddy uniquement parce qu'il m'a trouvé. Avec mon style de vie, les animaux de compagnie ne sont pas vraiment une bonne idée. Mais il était assez heureux.

Il regarda autour de lui et aperçut un énorme sac de litière pour chat. Il ne voulait vraiment pas parler de la perte de Buddy. Ça ne devrait pas faire si mal de perdre un animal qu'il n'avait eu que pendant trois ans, mais c'était le cas. Et ça avait ravivé des souvenirs douloureux. Parfois, la joie d'avoir quelqu'un dont on se soucie est compensée par la douleur de le perdre — une douleur qu'il connaissait bien. — Tiens, je vais prendre la litière. Je suppose que la femme a fait des recommandations pour la nourriture à acheter ?

— Oui. Je vais chercher ça.

— D'accord, je vais prendre le griffoir et le panier, toi tu t'occupes de la nourriture, des gamelles et des jouets, et on se retrouve aux caisses dans dix minutes.

— Je te fais la course.

Elle eut ce fichu sourire espiègle et partit avant qu'il puisse répondre. Pas qu'il en ait besoin ; elle savait qu'il ne pouvait pas résister à un défi.

Des images de sa victoire — ou de sa défaite face à elle, car le prix serait le même — lui traversèrent l'esprit. Juliet sous lui dans le stade de football cette nuit-là. Une autre fois dans la prairie au coin le plus éloigné de leurs ranchs. Ils n'étaient jamais sûrs sur quelle propriété ils s'étaient trouvés cette fois-là, alors ils avaient dû se déplacer plusieurs fois cet après-midi-là pour s'assurer de baptiser les deux propriétés. Le terrain qu'ils allaient unir par leur mariage.

Techniquement, il était uni maintenant. Il n'y avait pas vraiment pensé depuis qu'il était descendu de cet avion. Non, il avait touché le tarmac et n'avait pas regardé en arrière — comme il le faisait depuis sept ans.

Elle ne l'avait jamais contacté. Pas qu'elle aurait pu, supposait-il. Ses parents savaient comment le joindre — enfin, ils avaient son adresse. Il ne leur avait pas dit ce qu'il faisait dans la vie. Il ne voulait pas les scandaliser.

C'était drôle qu'il se soit lancé dans la danse. C'était Juliet qui lui avait appris à danser. À écouter le rythme de son corps et à bouger en conséquence. Le rythme qu'elle avait mis en lui.

Alors, oui, il pensait à elle quand il dansait au début, avant d'avoir mis au point sa routine. Avant d'être à l'aise. Il se remémorait leur temps ensemble, ce que ça faisait de se frotter contre elle. Se souvenant comment elle l'excitait quand elle glissait contre lui. Il détestait se souvenir, mais ses mouvements rendaient folles les clientes du club — il était celui qui recevait le plus de pourboires. Quelques-uns des gars disaient que c'était à cause de son anatomie, mais Bry avait dit qu'il travaillait la foule comme un pro. Comme un naturel.

Aimer Juliet avait été la chose la plus naturelle de sa vie.

Bon sang. Il devait se ressaisir. Il était ici pour une seule raison et une seule. Ensuite, il pourrait obtenir l'acte de propriété du ranch de son père, donner les papiers du divorce à Juliet, et il serait parti. Pour de bon cette fois. Il ne restait plus rien pour lui ici, car tout était entaché par les souvenirs de Juliet.

— Tanner Wentworth, veuillez vous présenter à la caisse. Tanner Wentworth, veuillez vous présenter à la caisse.

Le petit rire espiègle de Juliet suivit à la fin. Peu importe à quel point elle essayait d'avoir l'air sévère, ce rire la trahissait.

Elle avait gagné, bon sang. Pendant qu'il était resté là, paralysé par les souvenirs du passé, Juliet avançait à toute vitesse vers son avenir avec son chaton... et sans lui.

Pour une raison quelconque, même si c'était ce qu'il voulait, cette idée lui faisait mal.

Chapitre Onze

— Que penses-tu de Buttercup ? demanda Juliet en posant le bol d'eau sur le tapis de sa buanderie.

Tanner lui tendit le bol de nourriture. — Elle n'est pas jaune.

— Duchess ? Elle se redressa et épousseta ses mains.

Il pencha la tête — parce que le chaton voulait lui lécher le cou. — Le chat était blanc dans ce film Disney.

Elle passa sa main sur le dos du chaton. — Que dirais-tu de Beauty ?

— Essaie plutôt Beast. Tanner retira les griffes du petit démon de son cou en le rendant à Juliet.

— Elle veut juste un peu d'amour, c'est tout. Juliet prit la boule de poils de ses mains.

— Elle aurait peut-être plus de chance en rétractant ses griffes. Vrai dans tant d'aspects de la vie...

Juliet s'accroupit pour poser le chaton sur le tapis près de la nourriture. — Tu penses qu'on devrait éloigner le bol de sa litière ? Et si les chats n'aimaient pas, tu sais, faire ça près de l'endroit où ils mangent ?

Tanner souleva le bac de litière pour le placer sur l'étagère du bas dans le placard, afin que Juliet puisse s'en occuper après son départ. — Je ne peux pas t'aider là-dessus. Buddy n'était pas si difficile. Tant qu'il avait à manger, peu lui importait où je le mettais. Il était probablement juste reconnaissant de ne pas avoir à se débrouiller seul.

Quelque chose auquel Tanner pouvait s'identifier depuis qu'il était parti.

Bon sang. Il n'avait pas besoin d'aller dans cette direction. Il devait aussi sortir de cette buanderie. Elle était trop petite et le parfum de Juliet était trop puissant.

Essayait-elle de le tuer ?

— Alors, quel est le verdict ? Beast ?

Juliet leva les yeux au ciel. — Je vais devoir y réfléchir un peu plus. Voir à quoi elle ressemble. Elle caressa la fourrure du chaton. — Comment aimerais-tu t'appeler, ma puce ?

Elle l'avait caressé et appelé *bébé* il y a longtemps.

Il devait vraiment sortir de cette buanderie.

Juliet laissa échapper le souffle qu'elle retenait lorsque Tanner quitta la buanderie. Elle n'avait jamais pensé que c'était une pièce particulièrement petite, mais avec lui dedans... Oui. Elle l'était. Et pas seulement physiquement. L'essence de Tanner remplissait la pièce. Elle pouvait encore sentir le savon qu'il utilisait — il ne portait pas de cologne. Il n'en avait pas besoin.

Elle n'avait jamais porté de parfum non plus, préférant la lotion qu'il lui avait achetée après qu'ils aient fait l'amour dans un champ de bleuets. Ils étaient tombés dessus au centre commercial et il avait utilisé son argent de livreur de pizza pour le lui acheter. Elle avait depuis longtemps épuisé le tube original, mais avait continué à en acheter. L'odeur était un puissant rappel et elle n'avait jamais voulu oublier cet après-midi dans le champ ou ce qu'était la vie quand Tanner l'aimait. Maintenant, peut-être que l'odeur l'aiderait à s'en souvenir. Alors elle s'en était appliqué un peu plus ce matin et avait espéré le meilleur. Malheureusement, jusqu'à présent, elle ne voyait aucun signe qu'il ait même *senti* l'odeur, et encore moins qu'il s'en soit souvenu.

Mais elle n'abandonnait pas. Il était là, il était dans sa maison, et si elle avait une chance de le reconquérir, c'était maintenant.

* * *

Deux heures plus tard, elle doutait que le reconquérir se produise un jour. Pour cela, il devrait réellement être près d'elle. Mais pendant qu'elle et le chaton traînaient dans le salon en jouant avec une quantité épuisante de jouets

— elle avait fait une frénésie d'achat similaire lorsqu'elle avait rempli la chambre de Keegan, ce qui avait été un véritable crève-cœur à nettoyer — Tanner n'avait pas quitté la chambre d'amis une seule fois.

Elle lança la balle en plastique avec une clochette au centre pour que le chaton la poursuive et la petite chose gambada, suivant la balle alors qu'elle roulait — oh non. Il y avait une ouverture au bout de la bibliothèque qu'elle n'avait pas réalisé être assez grande non seulement pour le jouet, mais aussi pour un chaton. Et, bien sûr, le chaton s'y faufila.

— Oh, non ! Reviens ici ! Juliet se releva et rampa vers la bibliothèque, attrapant le jouet à plumes au passage. Peut-être qu'elle pourrait attirer le chaton avec.

Quelques mouvements de la plume près de l'ouverture firent sortir une patte et un œil bleu clignant dans l'obscurité, mais l'ouverture n'était assez grande que pour que Juliet puisse y passer ses doigts. Pas moyen d'atteindre et de tirer le chaton.

De la nourriture. C'était toujours une incitation. Et pas cette nourriture sèche qu'elle avait achetée ; les situations désespérées appelaient des mesures désespérées.

Juliet ouvrit une boîte de thon. Aucun chat ne pouvait résister au thon.

Sauf celui-ci apparemment. La patte disparut dès que le thon apparut et l'œil bleu aussi.

— Allez, ma puce. Juliet prit un peu de thon sur son doigt et le glissa dans l'ouverture.

Pas même un coup de langue.

— D'accord, essayons autre chose. Elle retourna à la cuisine et prit un morceau de fromage.

Elle obtint un reniflement cette fois.

Un peu de beurre lui valut un coup de langue, et un morceau de jambon fit mordiller son doigt.

Mais le chaton ne s'approchait pas de l'ouverture. Pas que Juliet aurait pu le faire sortir même s'il l'avait fait. Le petit Houdini allait devoir sortir tout seul.

Juliet se laissa tomber sur ses fesses après avoir saupoudré de la nourriture sèche en un chemin s'éloignant de l'ouverture. Tout ce que cela fit fut de faire sortir la patte pour gratter les morceaux les plus proches à l'intérieur.

Elle croisa les jambes et posa son menton dans sa paume. — Pourquoi était-ce si facile pour toi d'entrer là-dedans mais trop difficile d'en sortir ?

— Tu parles au mur ?

Bien sûr que Tanner la surprendrait quand elle n'était pas à son meilleur : quand elle avait été vaincue par un chaton. — Je parle au chaton, mais je ne sais pas si elle écoute.

— Tu sais qu'elle ne peut pas comprendre ce que tu dis, n'est-ce pas ? Il s'accroupit à côté d'elle. — Ah. Elle a trouvé un trou.

— C'est ce que c'est ? Je pensais que c'était une piqûre d'épingle, mais d'une manière ou d'une autre, elle a réussi à se faufiler.

— Les chats sont comme ça. Il y jeta un coup d'œil. — Ça ne mène nulle part, n'est-ce pas ?

— Mener quelque-? Oh non ! Juliet bondit sur ses pieds. — C'est le coin extérieur de la maison. S'il y a une ouverture- Elle courut vers la porte d'entrée.

Génial. Vraiment génial. Si ce chaton s'échappait, ce serait une chose de plus que Juliet aimait mais qu'elle n'arrivait pas à garder.

Elle courut jusqu'au coin, passant sa paume là où le bardage rejoignait les fondations, glissant ses doigts en dessous, cherchant un trou.

Jusqu'ici, tout allait bien. Au moins, elle n'avait pas de sous-sol à surveiller.

Elle essaya l'autre côté, passant ses doigts sous le bord du bardage, écartant le vinyle autant que possible, mais elle ne sentait aucune ouverture. Tout semblait intact.

Se relevant et repoussant ses cheveux de son visage, Juliet essaya de reprendre son souffle. Elle devait se calmer. Elle exagérait. Ce n'était qu'un chaton coincé dans un coin. Elle trouverait une solution.

Elle retourna à l'intérieur et trouva Tanner allongé sur le ventre, un tour-nevis dans sa main droite, sa main gauche près de l'ouverture.

— Allez, ma belle. Tout va bien. Tu n'as pas besoin d'avoir peur. Je te tiens, roucoulait-il au chaton.

Et juste comme ça, Juliet fut transportée onze ans en arrière, quand il l'avait tenue après qu'elle eut donné naissance à Keegan et que leur monde s'était effondré autour d'eux. Elle avait pleuré — mon Dieu, comme elle avait pleuré — et Tanner avait été là, pleurant avec elle, la tenant, la réconfortant. Lui promettant qu'il y aurait d'autres bébés. Qu'ils traverseraient ça ensemble.

Elle s'était accrochée si fort à lui — son ancre dans le navire à la dérive qu'était alors sa vie. Mais il ne savait pas à l'époque ce qu'elle avait fait. Il ne savait pas que c'était sa culpabilité autant que son chagrin qui la consumait. Elle avait dû avouer. Elle avait dû lui dire pour se libérer de la culpabilité d'avoir conçu Keegan avant qu'ils ne soient prêts.

Et puis tout était descendu à un niveau d'enfer pire que ce qu'elle avait pu imaginer.

— Viens voir papa, bébé.

Ses mots — ils la frappèrent au ventre. La déchirèrent. *Bébé. Papa.* C'étaient des mots si spéciaux et elle en avait fait une parodie.

Elle s'agrippa au dossier de la chaise et s'y assit, essayant de ne pas pleurer.

Ouais, ça ne marchait pas. Elle ne pouvait pas *ne pas* pleurer. Pour tout ce qu'elle avait perdu. Ce qu'*ils* avaient perdu. Ce qu'elle avait coûté à Tanner.

Elle était folle de penser qu'il voudrait même leur donner une autre chance. Elle ne comprenait pas pourquoi il était même ici. Si ç'avait été lui qui lui avait demandé de l'aide, après avoir fait ce qu'elle avait fait, elle aurait pu lui dire d'aller se faire voir, indépendamment de la douleur qu'il traversait.

Tanner était une meilleure personne qu'elle — comme en témoignait le chaton qui sortait du trou et se blottissait dans sa paume.

— C'est ça, bébé. Je te tiens.

Sa main paraissait si grande comparée au minuscule chaton. Si grande et pourtant si douce.

Comme Juliet se souvenait bien de ces mains sur elle. Et elle ne parlait pas seulement de réconfort, bien qu'elles l'aient été aussi. Non, elle se souvenait de ces mains parcourant tout son corps. Comment il touchait son visage si douce-ment, caressait ses seins, agrippait ses hanches, glissait entre ses cuisses —

Elle dut alors serrer les cuisses. Les serrer contre le désir qui naissait toujours quand elle se souvenait de faire l'amour avec Tanner. Même quand elle l'avait vu danser dans ce club, elle avait été excitée bien qu'elle sût qu'il ne dansait pas pour elle. Tout ce que faisait Tanner l'excitait. Jusqu'à roucouler à un chaton.

— Tu devrais trouver une planche ou un livre ou quelque chose pour mettre devant ce trou, dit-il, sans se retourner alors qu'il continuait de caresser le chaton. Maintenant qu'elle sait où il est, elle va vouloir y retourner.

Si ce chaton était malin, il ne bougerait pas de là où il était en ce moment.

— Bonne idée. Juliet se leva et se dirigea vers son garage. Elle avait des chutes de bois là-bas, et ça lui donnerait le temps de se reprendre. Elle ne s'at-tendait pas à être assaillie par les souvenirs à chaque seconde qu'elle passait près de lui. Elle avait espéré qu'ils pourraient se concentrer sur l'avenir, mais leur passé la submergeait constamment.

Six minutes plus tard, elle était de retour avec quelques chutes, des vis, la perceuse sans fil et de la teinture.

Tanner était sur le canapé quand elle entra. — Tiens, prends le chaton et je vais boucher ce trou, dit-il.

— Je peux le faire. Joue avec elle. Elle voulait se concentrer sur autre chose que lui et s'il était assis devant elle, elle ne ferait certainement pas attention au chaton.

Elle aligna les chutes, choisit celle qui convenait le mieux, puis perça quelques avant-trous dans le bas de la bibliothèque pour commencer à visser.

En tout, il lui fallut environ dix minutes pour boucher le trou et appliquer la première couche de teinture — puis protéger cette teinture des pattes curieuses du chaton avec une barrière de livres tout autour.

— Je ne savais pas que tu connaissais l'existence d'une perceuse, encore moins comment l'utiliser.

— Il y a beaucoup de choses que tu ne sais pas sur moi, Tanner. Je te l'ai dit, je ne suis plus la même fille que tu as épousée. *Et quittée*, mais elle n'allait pas ajouter ça. Bien que ça lui fasse mal, elle ne pouvait vraiment pas lui en vouloir d'être parti. Surtout parce qu'elle s'en voulait à elle-même.

Elle épousseta les peluches de la moquette sur ses cuisses, puis ramassa ses outils. — Je reviens tout de suite, ensuite je commencerai le dîner. Je pensais à des côtes de bœuf sur le grill ?

— Mon plat préféré.

Elle le savait. Mais ce n'était pas pour ça qu'elle l'avait choisi. La dernière chose qu'elle voulait était d'être dans la cuisine avec lui, à faire quelque chose de domestique. La terrasse était un endroit plus sûr. — Il y a de la bière dans le frigo si tu veux en prendre une. Tu peux mettre le chaton dans la buanderie. Ferme juste la porte pour qu'elle ne puisse pas sortir.

— Je ne pense pas qu'elle aille quelque part. Il leva la main. La boule de poils y était lovée, sa queue sur son nez, ronronnant.

Chanceux chaton.

— D'accord, alors reste ici et je vais te chercher une bière. On dirait que tu es de corvée de chat-sitting. Ce qui le garderait hors de son voisinage immédiat pendant qu'elle préparait le dîner.

Elle lui donna la bière qu'elle avait spécialement achetée pour lui, lui tendit la télécommande, puis alluma le gril à gaz. Elle prépara les entrecôtes avec du beurre, de l'ail et du sel de mer, prit des asperges et un citron, et éminca quelques oignons avec des pommes de terre qu'elle mit dans une poêle d'huile sur le brûleur latéral de son gril. Elle n'avait jamais eu à apprendre à cuisiner des repas élaborés avec Ermalinda et Nana dans les parages, mais depuis qu'elle avait déménagé, elle et le gril étaient devenus de proches amis. Encore une chose qui avait changé chez elle.

* * *

Vingt minutes plus tard, à lutter contre elle-même pour ne pas rentrer avec Tanner, elle apporta le plat de service depuis la terrasse. — Le repas est prêt.

— Je vais la mettre dans son lit dans la buanderie. Elle est complètement endormie.

— D'accord, je vais mettre la table.

Tout cela sonnait beaucoup trop domestique. Ce qui aurait dû être.

Ce qui devrait être.

Juliet disposa leurs assiettes l'une en face de l'autre, ignorant la tentation de les placer en diagonale l'une de l'autre où leurs jambes pourraient accidentellement se frôler sous la table comme elle l'aurait fait s'ils étaient dans cette maison ensemble pour la bonne raison.

Bon sang, si c'était le cas, elle n'aurait pas été dehors à allumer le gril alors qu'elle aurait pu être à l'intérieur à allumer leur chambre.

Ta chambre, Juliet. Ne nous emballons pas.

Trop tard.

Il entra dans la cuisine, son short kaki pendait bas sur ses hanches.

Elle se maudit de l'avoir remarqué.

— Ça sent bon, dit-il.

Pendant un instant, elle crut qu'il parlait d'elle, et elle se dirigea vers lui avec un sourire sur le visage - mais réalisa ensuite qu'il parlait du dîner.

— Tu as un poil de chat sur le, euh, nez. Elle l'épousseta, gardant ce sourire plaqué sur son visage pour qu'il ne sache pas ce qu'elle avait pensé ou la vérité qu'elle avait réalisée. Dieu merci pour tous ces concours auxquels elle avait participé ; l'expérience s'avérait utile pour garder son sang-froid dans les situations gênantes, et elle venait d'éviter un sacré malaise.

— Il va falloir t'y habituer. Tu vas en avoir partout. C'est la seule chose qui ne me manque pas de Buddy.

— Tu ne te sens pas seul ? Je déteste rentrer dans une maison vide. Les mots lui avaient échappé avant qu'elle ne puisse les retenir. Elle n'aimait pas à quel point ils révélaient sa vie. Mais c'était vrai. Elle détestait rentrer sans personne ici. Détestait être ici toute seule.

— Je suis rarement à la maison. Avec les heures que je fais, je suis là pratiquement juste pour dormir. C'était agréable d'avoir Buddy, mais je me sentais aussi coupable de le laisser. Je n'ai pas besoin de ça dans ma vie.

La culpabilité ou le fait de partir ? Juliet ne demanda pas ; elle ne voulait pas l'entendre dire « les deux ».

Elle saupoudra de sel et de poivre les pommes de terre sautées, puis lui tendit le plat. — Voilà. Ermalinda m'a appris à les faire exactement comme tu les aimes.

— Wow, ça fait des années que je n'en ai pas mangé. Il prit le plat et en versa une bonne quantité dans son assiette.

— Pourquoi pas ? Tu adores les pommes de terre sautées.

— Mais ma taille n'aime pas. Cela ne l'empêcha pas d'en prendre une fourchette et de les glisser entre ses lèvres.

Des lèvres qui avaient embrassé les siennes. Qui avaient parcouru son corps- — Il n'y a rien qui cloche avec ta taille.

Merde. Son esprit était préoccupé, alors il ne surveillait pas ce que disait sa bouche.

Mais c'était vrai. Elle l'avait remarqué quand elle et Sandy étaient au club. Juste un détail parmi tant d'autres.

— C'est parce que je n'en ai pas mangé. Il leva sa deuxième fourchette, heureusement, sans revenir sur ce qu'elle avait *effectivement* remarqué.

Ce qui avait été beaucoup. Tanner avait toujours été en forme - bon, en grande forme - mais rien de comparable à ce qu'il avait été sur cette scène.

Comme il l'était, assis en face d'elle.

Son t-shirt était un peu plus ajusté que par le passé. Ses mollets étaient un peu plus définis. Ses fesses - mon Dieu, ses fesses - étaient un peu plus fermes et rondes, et son visage... Ces sept dernières années avaient sculpté la maturité et l'expérience de vie sur des pommettes ciselées et une mâchoire qui semblait être faite de granit. Tanner avait mûri si bien et de manière si sexy qu'elle avait du mal à rester de son côté de la table. Mais elle resterait. Elle devait gagner le droit de le toucher comme elle le faisait autrefois.

Mon Dieu, elle avait été si idiote de ne pas croire en lui. De ne pas lui faire confiance. Mais elle avait écouté les filles à l'école soupirer après lui. Elle les avait entendues parler quand elles ne savaient pas qu'elle écoutait - ou peut-être qu'elles le savaient - de comment il partirait à l'université et l'oublierait. Comment les pom-pom girls et les autres étudiantes se jetteraient sur le beau gosse du terrain de football. Juliet n'avait aucune raison d'en douter car les filles se jetaient déjà sur lui au lycée - alors qu'elles savaient que Tanner et elle étaient en couple. Que serait-ce quand un campus rempli de femmes ne *saurait pas* que Tanner était à elle ? Et quand elle ne serait pas là pour le leur dire.

Elle avait dû *faire* en sorte qu'il soit à elle. D'une manière que personne ne pourrait nier.

Tanner coupa dans son steak. — Wow, Juliet, c'est génial.

— Merci. Elle coupa dans le sien, mais elle n'avait pas faim. Pas de nourriture. Pas quand il était dans la même pièce.

C'était une mauvaise idée. Elle aurait dû inventer un congrès auquel il aurait dû assister ou un voyage d'affaires en Europe ou une date limite qu'il ne pouvait pas manquer au lieu de le convaincre de venir ici. Elle aimait sa grand-mère, mais la douleur qui suivrait son départ allait durer beaucoup plus longtemps que la dernière fois parce que le revoir n'était pas comme arracher un pansement - cette fois, cela emportait les cicatrices avec.

— Tu gardes contact avec quelqu'un de l'ancien groupe ? demanda-t-il.

Elle savait que ce n'était pas le cas, car ils lui demandaient tous de ses nouvelles quand ils la voyaient. Ce qui n'arrivait pas souvent. Elle n'aimait pas répondre aux questions. Il ne pouvait y avoir tant de congrès et de réunions avec des clients avant qu'ils ne deviennent suspicieux.

— Je les vois parfois. En fait, quand ils ont appris que tu venais, ils ont demandé si on pouvait se retrouver.

Tanner resta silencieux pendant trois autres bouchées de son steak. Et une autre portion de pommes de terre rissolées. — Il y aura beaucoup de questions sur ma présence ici. Nous ne voulons pas que la vérité revienne aux oreilles de ta famille.

— En fait... Elle piqua son steak un peu plus violemment que nécessaire.

— En fait quoi ?

— Eh bien, je ne pouvais pas dire une chose à Papa et Nana et autre chose à tout le monde.

Il posa ses coudes sur la table et couvrit une main de l'autre, laissant pendre la fourchette. — Tu as menti à nos amis.

Au moins, il utilisait le collectif *nos*. — Pas exactement.

— Est-ce comme la grossesse qui n'était *pas exactement* un accident ?

Aïe. — Je ne leur ai pas menti, Tanner. J'ai juste... fait profil bas. Quand je les vois, je dis que tu es en déplacement pour le travail. Ce qui n'est pas, techniquement, un mensonge.

— Pas techniquement, non. Mais implicitement... si. Pourtant, ils savent maintenant que je suis en ville. Il posa sa fourchette sur l'assiette et entrelaça ses doigts. — Pourquoi, Juliet ? Qu'espères-tu gagner en mentant cette fois-ci ?

— Je te l'ai dit, Tanner, ce n'est pas à propos d'eux. C'est à propos de Nana.

— Donc tout le monde pense que je n'ai pas été dans les parages assez longtemps pour nous réunir pendant *sept* ans ? Ils ne sont pas stupides, Juliet. La seule que tu trompes, c'est toi-même.

Et elle ne se trompait même pas elle-même. Elle ne le pouvait pas, pas quand elle avait dû construire une histoire élaborée pour maintenir le prétexte. Il y avait eu les voyages hors de la ville qu'elle avait faits, prétendant le rencontrer. Toutes ces études qui avaient été l'excuse parfaite pour ne pas être avec lui. Puis elle avait commencé à travailler et tout autre chose que des visites le week-end n'était pas possible. Elle s'était couverte elle-même, mais c'était parce qu'elle savait qu'il y aurait une fin en vue avec son anniversaire. Une fin qu'elle ne voulait vraiment pas.

— Ce n'est que pour un peu plus longtemps. Juste jusqu'à ce que Nana aille mieux. Les mots sortirent difficilement entre les larmes qui lui nouaient la gorge. Il partirait alors, et le rêve qu'elle avait porté dans son cœur ces sept dernières années s'en irait avec lui.

Mais s'il y avait une chose que la mort de Keegan lui avait apprise, c'était que la force de volonté ne pouvait pas tout arranger. Que parfois, ce n'était tout simplement pas à elle de décider, peu importe à quel point elle le souhaitait ou ce qu'elle faisait pour que les choses aillent dans son sens. Tanner était son propre homme. Avait sa propre pensée. Son propre cœur.

— Et elle *va* mieux, Tanner. Je ne l'ai pas vue dans un fauteuil depuis avant son hospitalisation, sans parler de la voir debout. Et qu'elle quitte sa chambre pour être avec nous ? Elle devait être tellement excitée parce que d'habitude je lui rends visite dans sa chambre. Et cette part de tarte qu'elle a mangée ? Je pense que c'est le plus qu'elle ait mangé en une seule fois depuis qu'elle est rentrée à la maison. Je t'avais dit que ce serait bon pour elle. Je ne peux pas le regretter. Je ne peux tout simplement pas.

— Je suis content d'entendre que tu vois une amélioration. Tanner piqua une autre portion du faux-filet et mâcha lentement, la regardant comme s'il avait quelque chose en tête.

Elle voulait être ce quelque chose.

— Je veux les voir.

Elle laissa tomber sa fourchette. Elle ne s'y attendait pas. — Qui ? Nos amis ? Mais nous devrons maintenir le prétexte.

Tanner haussa les épaules. — Je ne peux pas défaire ce que tu as déjà fait et j'aimerais voir tout le monde. Je suis de retour maintenant, pour je ne sais combien de temps, et j'aurai besoin de quelque chose à faire à part regarder ces murs et sauver ce chat des trous qu'il y a dedans.

Elle pouvait penser à quelques choses qu'ils pourraient faire...

— Et avec toi au travail, je pourrais devenir fou. J'aimerais renouer des liens. Peut-être que je vais trouver un emploi.

— Comme strip-teaseur ?

Il arqua un sourcil, un geste dont elle se souvenait bien. Surtout pour à quel point cela le rendait sexy.

Ce n'était pas à ça qu'elle devrait penser.

— Non, pas de *danse*. Quoique... en fait, peut-être que je pourrais repérer quelques emplacements pour Gage et Bryan pour voir si ça aurait du sens d'ouvrir un local ici. Peut-être qu'on pourrait se lancer dans la franchise.

S'ils embauchaient des gars comme ceux qu'elle avait vus danser avec lui ce soir-là dans le club, oui, les franchises seraient une bonne idée. Et il y aurait certainement de l'intérêt par ici - surtout s'il allait faire quelques danses.

Elle ne voulait pas penser à ça.

— Donc je vais avoir besoin d'une voiture. On a oublié d'en prendre une.

— Je ferai envoyer une des voitures de la flotte. On ne les utilise pas tant que ça.

Le silence s'abattit à nouveau.

Ils avaient utilisé quelques voitures de la flotte à plusieurs reprises. Et pas pour conduire.

Tanner avala le morceau de steak et le fit passer avec sa bière. Puis il posa son couteau et sa fourchette sur son assiette, laissant quelques pommes de terre rissolées. — Merci, Juliet. C'était bon. Mais je suis crevé. Je vais prendre une douche et me coucher.

Il se leva et c'était comme s'il emportait l'air de la pièce avec lui. Elle avait toujours aimé à quel point il était grand comparé à sa petite taille à elle. Cela la faisait se sentir en sécurité et protégée.

Mais maintenant, alors qu'il se dirigeait vers la cuisine pour laver son assiette puis la mettre sur l'égouttoir, lui faisant un petit signe de tête en se dirigeant vers sa chambre, les différences dans leurs tailles la faisaient juste se sentir insignifiante.

Penelope passa de l'horrible fauteuil roulant au fauteuil à bascule devant sa fenêtre en baie après le départ de Juliet et Tanner, riant d'avoir prétexté qu'elle était "fatiguée" pour les renvoyer.

Elle était si loin d'être fatiguée qu'elle aurait envisagé de courir un marathon si cela signifiait qu'elle n'aurait plus à être dans ce fauteuil, mais ces choses doivent être gérées avec délicatesse. Elle ne pouvait pas récupérer trop rapidement ou les gens allaient devenir suspicieux.

Elle gloussa. Même Burt n'avait pas la moindre idée qu'elle simulait quatre-vingt-dix pour cent de sa fragilité.

Elle préférait ignorer les dix pour cent qu'elle ne simulait pas. Ce fichu AIT n'avait été bon qu'à lui donner l'excuse de jouer l'invalide et faire accourir sa famille. Mais franchement, elle en avait assez. Tanner et Juliet devaient réaliser qu'ils devraient être ensemble pour qu'elle puisse vivre le reste de sa vie en attendant l'arrivée de ces arrière-petits-enfants.

— *Silencio, Señora*. Ermalinda ferma la porte du salon derrière elle. — Si M. Burt vous entend, il va se demander pourquoi vous riez.

— Et nous lui dirons que c'est parce que je suis si heureuse.

— Il sera content de l'entendre. Il s'inquiète pour toi. Ermalinda prit la télécommande à côté du fauteuil inclinable et la lui tendit. — Quel film veux-tu regarder aujourd'hui ?

Penelope mit sa culpabilité de côté. Burt n'apprécierait pas ses motivations, mais il était biaisé contre Tanner. Si son fils n'était pas si aveuglé par ce que son ex-femme avait fait, il verrait que Juliet n'était *pas tout à fait* aussi parfaite qu'il le pensait.

Il fallait une femme pour voir ça. Une qui aimait beaucoup Juliet. C'était pourquoi elle maintenait ce prétexte. Juliet avait assez souffert. Elle méritait d'être heureuse, et Tanner la rendait heureuse.

Juliet rendait aussi Tanner heureux et s'il pouvait simplement s'en souvenir, il serait capable de lui pardonner ses actions désespérées.

— Pas de film. J'en ai assez des films. Je veux plutôt sauter de joie et faire un jogging dans la roseraie.

Ermalinda secoua la tête. — Et puis tu devras expliquer à tout le monde pourquoi tu es soudainement complètement rétablie.

— On peut simplement dire que le Seigneur agit de façon mystérieuse.

— Pas si mystérieuse que ça. Ermalinda lui tapota l'épaule et lui tendit le roman d'amour que la belle-mère d'Ermalinda avait recommandé.

Dès que Penelope avait lu l'histoire de cette grand-mère entremetteuse qui avait manigancé pour que sa petite-fille partage une maison avec le garçon qui avait été son premier béguin afin qu'ils puissent la préparer pour la vente, leur donnant ainsi le temps et l'opportunité de tomber amoureux et de vivre heureux pour toujours, elle avait su que c'était la façon parfaite d'aider Juliet à obtenir son homme.

Non pas qu'elle ait simulé sa petite attaque, mais cela s'était produit alors qu'elle essayait de trouver une maladie crédible dont elle pourrait guérir et qui causerait juste assez d'inquiétude pour faire accourir tout le monde.

Le Seigneur agissait vraiment de façon mystérieuse.

La douleur et la peur en avaient presque valu la peine — et le vaudraient si elle obtenait des arrière-petits-enfants de tout cela.

— *Mi suegra* était si contente que tu aies lu le livre et suivi son conseil. Mais j'espère qu'aucune de vous deux ne me jouera jamais de tour. Vous êtes toutes les deux trop douées. Les dames de votre âge sont censées rester assises à tricoter, pas faire des bêtises.

— Je serais plus que ravie de tricoter une flopée de pulls pour bébé si ces deux-là avaient pu régler ça tout seuls, mais ils sont tous les deux trop têtus. Ou effrayés. Je n'ai pas encore compris ce qu'est Tanner, mais je sais que Juliet avait peur de faire le premier pas parce qu'elle pensait que ça pousserait Tanner à mettre fin à leur mariage. Elle porte sa culpabilité depuis tout ce temps. Mais ça ne peut pas durer éternellement. Elle n'avait pas l'intention de le blesser ;

cette pauvre fille est amoureuse de lui depuis toujours. Il est temps qu'elle passe à autre chose et commence à travailler sur son avenir.

Ermalinda s'assit sur le pouf et serra un coussin contre son ventre. — Tu prends un risque avec Tanner, cependant. Il a été profondément blessé.

— Je sais. Et c'est un si bon garç... euh, homme. J'oublie toujours qu'ils sont tous adultes maintenant. Elle posa le livre sur son genou. — Mais ce n'est pas parce qu'ils sont adultes que je ne peux pas les aider un peu.

— Je ne sais pas, *Señora*. Tu n'agis pas de façon très adulte avec ton jeu de rôle.

Penelope s'adossa et entrecroisa ses doigts, tapotant ses index l'un contre l'autre. — Parfois, Ermalinda, la fin justifie les moyens.

— Je ne suis pas sûre de vouloir comprendre cette expression particulière. Je sais juste que *mi suegra* est une marieuse dans ma ville, donc elle doit savoir ce qu'elle fait.

— Eh bien, ça a fait venir Tanner ici, et lui et Juliet se touchent. Je suis peut-être une vieille dame, mais je me souviens encore de ce que sont les étincelles et si ce n'étaient pas des étincelles qui volaient entre ma petite-fille et son mari, je... eh bien, je resterai dans ce maudit fauteuil roulant pendant un mois de plus après leur prochain mariage.

Ermalinda se signa. — Chut, *Señora*. Ne tentez pas le sort.

— Le tenter ? Penelope s'éventa avec le livre. — Je ne le tente pas, Ermalinda. Je lui donne un coup de pouce.

Chapitre Douze

Ouf. Il y était arrivé.

Tanner ferma la porte de la chambre d'amis derrière lui, résistant à l'envie de la claquer. Il n'aurait pas pu sortir de la cuisine assez vite, les visions de lui et Juliet sur la banquette arrière d'une des Lincoln Town Car de son père le poursuivant tout le long du chemin.

Il tira un short de sport et un t-shirt de son sac et attrapa les serviettes bleues que Juliet avait laissées sur la commode. Il aurait souhaité avoir sa propre salle de bain, mais les souhaits ne faisaient pas la réalité, alors il allait devoir affronter la salle à manger chargée de souvenirs pour atteindre la salle de bain et prendre une douche froide. Entre les souvenirs, l'odeur de la lotion de Juliet, et simplement être près d'elle — sans parler de ses sept années de célibat auto-imposé — la tentation ne faisait pas que montrer sa tête séductrice, elle rugissait à travers cette petite maison, dévorant tout sur son passage.

Il prit une profonde inspiration avant d'ouvrir la porte, puis traversa le salon à grandes enjambées, reconnaissant qu'elle lui tourne le dos. Bien que, *bien sûr*, elle se retourna lorsqu'il passait devant la table.

— Tu voudras peut-être secouer le pommeau de douche si la pression est trop faible. Je dois faire venir quelqu'un pour y jeter un coup d'œil.

— C'est probablement juste un pommeau de douche bouché. Je peux y jeter un œil demain.

— Oh, ce serait super. Merci.

Il sourit — faiblement — ne voulant pas interagir avec elle. Il avait pensé que ce serait plus facile ; que sa colère envers elle serait un tampon suffisant. Que le temps passé loin l'un de l'autre serait un tampon suffisant. Mais, apparemment, les souvenirs étaient plus forts que la distance.

Il poussa la porte de la salle de bain — et s'arrêta net.

Bon Dieu. La pièce ne pouvait pas être plus Juliet que si elle s'y tenait elle-même.

Il se retourna pour s'assurer qu'elle n'était pas derrière lui, aperçut ses cheveux alors qu'elle se levait de la table, et, cette fois, il claqua bien la porte.

Outre le violet qui faisait partie intégrante de sa garde-robe et ce à quoi il pensait quand il pensait à elle, la pièce sentait comme elle. Il aurait dû s'en douter puisqu'il y avait quelques tubes de cette lotion qu'elle aimait dans un panier à l'arrière des toilettes.

Il tira le rideau de douche fleuri. Une bouteille de gel douche aux bleuets était dans le panier en fil de fer accroché au pommeau de douche. Et il parierait que ce loofa sentait pareil aussi. Le loofa qu'elle utilisait sur son corps.

Merde. Putain. Bon sang. Il ne pouvait pas dire assez de mots pour bloquer les images qui assaillaient son cerveau. Ils s'étaient amusés quelques fois sous la douche quand ils étaient adolescents et capables de faire ces contorsions. Dieu, c'était incroyable.

Il déboutonna son jean et baissa la fermeture éclair, enlevant ses vêtements aussi vite qu'il le pouvait, puis tournant le robinet complètement à droite pour obtenir l'eau la plus froide possible. Ce serait la seule chose qui lui permettrait de tenir quelques minutes dans un espace qui sentait comme elle.

Du moins, c'était la théorie. Mais de sa lotion au savon, en passant par ce fichu loofa qui pendait juste au niveau de son nez, il ne pouvait pas échapper à Juliet. Et puis son cerveau se joignit à la fête, l'imaginant ici, nue, mouillée, savonneuse, faisant glisser ce loofa partout sur elle —

Merde. Putain. Bon sang. Il était dur comme de la pierre et il avait le sentiment que même si des glaçons tombaient du pommeau de douche, il voudrait quand même faire irruption dans cette salle à manger, la jeter sur son épaule et la ramener dans sa chambre où il lui ferait l'amour pendant des heures.

Tanner appuya son front contre le carrelage froid, espérant — non, *priant*, et il n'était pas particulièrement religieux — que cette douleur intense disparaîtrait. Que son corps se calmerait, écouterait les ordres de son cerveau et arrêterait son délire de je-veux-Juliet.

Se savonner n'aida pas. Se laver les cheveux non plus parce qu'il voulait ses doigts les peignant. Finalement, il retira le pommeau de douche de son support et dirigea un jet constant d'eau glacée sur une certaine partie de son anatomie pour pouvoir au moins faire les quelques pas nécessaires pour sortir de la douche.

Il utilisa la serviette bleue qu'elle lui avait donnée, parmi sa mer de serviettes violettes, se frottant peut-être un peu trop fort, mais il avait besoin de mettre fin à cette irritation insensée qui courait sous la surface de sa peau. Comme s'il y avait une chose vivante en dessous, essayant de se frayer un chemin vers l'extérieur.

Comment avait-il pu oublier cette réaction insensée qu'il avait envers elle ? Ce désir intense de la tirer contre lui et d'oublier que le monde existait ?

Il avait pensé qu'elle avait tué ça avec ses mensonges, mais apparemment, l'absence rendait les hormones plus affectueuses parce que ce cœur n'était définitivement pas impliqué.

Mon vieux, tu es toujours marié à elle... Pourquoi ne pas profiter de ce fait ?

Génial. Juste ce dont il n'avait pas besoin — la permission de sa libido d'affirmer ses droits maritaux. Il n'était son mari que sur le papier et il ferait bien de s'en souvenir.

Il enfila ses vêtements, se forçant à réciter la litanie qu'elle n'était sa femme que sur le papier. Que juste parce qu'un juge de paix avait dit des mots sans sens sur leurs mains jointes il y a sept ans ne signifiait pas qu'ils avaient un mariage heureux ou qu'il avait le droit à ces droits maritaux de quelque manière que ce soit.

Que dirais-tu de ces formes contorsionnées sous la douche ?

Il ouvrit le robinet du lavabo et mit ses mains en coupe, s'aspergeant le visage d'eau froide.

Non, il la désirait toujours.

Il passa la serviette sur son visage, épongeant l'eau. Bon sang, peut-être que c'était cette fameuse démangeaison des sept ans. Puisqu'il ne s'était pas gratté depuis les trois quarts d'une décennie, elle se manifestait. Exigeant d'être soulagée.

Un soulagement serait agréable...

Merde. Putain. Bon sang.

Il frotta la serviette dans ses cheveux, tirant un peu plus fort que nécessaire, espérant se concentrer sur la douleur sur *cette* tête plutôt que sur celle qui sautait de joie à l'argument de sa libido. Il n'avait pas besoin d'une fête dans son pantalon la prochaine fois qu'il ferait face à Juliet.

Ce qui serait dans environ deux minutes — dès qu'il aurait son bazar sous contrôle et marcherait calmement hors de la pièce.

Elle était assise dans le salon, le chaton recroquevillé sur ses genoux, son ordinateur portable ouvert sur une table d'appoint devant elle, un livre à la main, et les informations murmurant en arrière-plan.

— Depuis quand portes-tu des lunettes ?

Merde. Il aurait dû garder sa bouche fermée et aller dans sa chambre où il aurait pu passer le reste de la nuit à lire des états financiers. Rien ne tue une érection comme des feuilles de calcul. Il le savait ; ça avait été sa principale source de lecture ces derniers mois alors qu'il essayait de comprendre son avenir, et même s'il n'avait pas de petite amie après laquelle il languissait — parce qu'il avait une femme, une qu'il avait essayé de bloquer de ses pensées — parfois son corps exigeait de l'attention.

Au moins, il n'avait pas cédé et acheté de la lotion pour les mains aux bleuets pour aider à régler ce problème. Principalement parce que cela aurait créé un plus gros problème. Littéralement et au figuré.

Un peu comme celle qui recommençait à se manifester dans son short.

Bon sang.

— Oh, j'ai, euh... Elle glissa les lunettes dans ses cheveux, dégageant la cascade dorée de son visage.

Bon sang, Juliet était jolie. Naturellement jolie. Comme la plupart des femmes, elle portait du maquillage, mais contrairement à la plupart des femmes, elle n'en avait pas besoin. Elle était tout aussi belle sans. Certes, ses lèvres et ses joues étaient un peu plus pâles, mais cela ne faisait que faire ressortir davantage ses yeux bleus. Il avait toujours aimé se perdre dans ses yeux.

Il détourna son regard et jeta un coup d'œil par la fenêtre.

Grosse erreur. Il faisait sombre. Un cocon de noirceur qui les enveloppait ici, ensemble dans cette maison.

Il déglutit. Difficilement.

— Fatigue oculaire à cause de toute la paperasse et du travail sur ordinateur. Je trouve qu'elles m'aident quand je suis fatiguée. Elles rendent mes yeux moins irrités.

— Ah. Bien. C'est logique. Au moins quelque chose l'était. — En parlant de fatigue... Il pointa du doigt la porte de sa chambre. — Bonne nuit.

Il était presque sûr d'avoir entendu un « Bonne nuit » en atteignant sa chambre, mais son cœur battait trop fort, le sang rugissait trop bruyamment dans ses veines pour qu'il en soit certain. Et c'était une bonne chose. Parce que, peu importe comment il le voyait, être dans la même maison — surtout s'ils étaient à l'opposé l'un de l'autre — ne constituait *pas* une bonne nuit à ses yeux.

Juliet ferma le livre. Elle n'avait de toute façon pas lu les mots. Elle avait essayé, mais la vérité était qu'elle l'avait écouté dans sa salle de bain. Elle avait entendu le glissement des anneaux sur la tringle du rideau de douche. Entendu le grincement du robinet quand il avait ouvert l'eau. Entendu le rideau de douche se refermer, et entendu le changement dans le bruit de l'eau quand il s'était mis sous le jet.

Et puis son imagination s'était emballée. Et elle l'avait laissée faire.

Bien qu'elle se souvienne très bien de l'apparence de Tanner nu, ce petit spectacle d'il y a une semaine et demie n'avait fait qu'affiner ses souvenirs. Les perfectionner. Les aiguiser. En faisant le projectile parfait pour transpercer son cœur.

Le chaton s'étira contre ses cuisses, ses propres petits projectiles s'enfonçant dans la chair de Juliet, faisant un travail fabuleux pour la sortir de sa stupeur induite par les hormones.

— Que veux-tu, ma puce ? Elle souleva le chaton et frotta son nez contre le sien, puis le blottit dans le creux de son cou. Elle savait ce que ce chaton voulait ; la même chose qu'elle : quelqu'un avec qui se blottir ce soir. Pour se sentir en sécurité. Pour se sentir aimée.

Soupirant, elle poussa la table d'appoint et éteignit la télé. Elle avait généralement la télévision allumée comme bruit de fond, mais les informations étaient trop déprimantes. Dieu savait qu'elle n'avait pas besoin de plus de choses déprimantes dans sa vie. La mort de Keegan, la maladie de Nana, et la fin de son mariage étaient son triple coup dur. Trois coups et elle était hors jeu. Les choses ne pouvaient que s'améliorer à partir de là.

Mais alors sa sonnette retentit.

Chapitre Treize

— Hé, Juliet ! Ça fait plaisir de te voir !

Delia, une ancienne pom-pom girl, dauphine de la reine du bal de promo, et celle que Tanner avait qualifiée de « Juliet wannabe » pendant les douze années qu'ils avaient passées ensemble à l'école, lui fit signe depuis le perron, puis s'approcha pour lui faire un câlin comme si la dernière fois qu'elles s'étaient vues remontait à quelques jours et non à plus d'une décennie.

Pourquoi Juliet pensait-elle que cette visite impromptue juste après le retour de Tanner en ville n'était pas un hasard ?

— Bonjour, Delia. Que puis-je faire pour toi ?

— Eh bien, tu sais. Delia prit une pose légèrement sautillante en croisant les bras et en décalant sa hanche sur le côté. Un groupe d'entre nous était sorti dîner ce soir, on parlait de l'école, et quelqu'un a mentionné avoir entendu que Tanner était dans le coin, alors je me suis dit, puisque je passais par ton quartier sur le chemin du retour de toute façon, que je devrais m'arrêter pour prendre de vos nouvelles à tous les deux. Vous étiez tellement visibles au lycée, et vous êtes devenus de véritables ermites depuis qu'on a été diplômés. Tu es sûrement prête à le partager avec le monde après tout ce temps ?

Elle sourit et fit un clin d'œil, prétendant qu'elles étaient les meilleures amies du monde et qu'elle avait le droit de dire ces choses. Mais même si tout cela était vrai, Delia était la dernière personne à qui Juliet donnerait des détails sur son mariage.

— Je dirige maintenant l'entreprise de mon père, donc ça me prend la majeure partie de mon temps. Et Tanner est occupé aussi. Il voyage encore beaucoup.

— Eh bien, ça doit être embêtant pour toi. Vous n'avez enfin plus besoin de vous cacher, et maintenant il est dans une autre partie du pays. La vie est une sacrée garce, pas vrai ?

Delia l'était sûrement. Cette femme pêchait avec un grand filet, à la recherche d'un scandale. Juliet n'allait certainement pas lui en donner. Elle avait travaillé dur pour maintenir l'histoire de leur relation heureuse auprès de ceux qui la connaissaient le mieux, alors elle n'allait sûrement pas tout gâcher avec quelqu'un qui voulait juste colporter des ragots sur elle. Un seul soupçon de vérité atteignant le nez de Delia et tout serait fini en un instant.

— C'est un numéro d'équilibriste, mais on a réussi à faire que ça marche.

Si on pouvait appeler ça comme ça.

— Eh bien, où est ton grand et beau morceau de mari ? Mon Dieu, je ne l'ai pas vu depuis le jour de votre mariage.

Delia avait toujours voulu poser bien plus que ses yeux sur Tanner. Elle était le barracuda en chef parmi la mer de prédatrices dont Juliet avait dû se méfier.

Ou *n'aurait pas dû* se méfier si elle avait cru Tanner à l'époque. Mais il ne savait pas comment étaient les filles comme Delia. Et ses complices, Savannah, Jamison et Kiley. Toutes les quatre étaient comme Méduse, moins les cheveux effrayants. Mais elles avaient des tentacules dans toutes les directions - des antennes gluantes de commérages qui ne disparaîtraient jamais.

Pourtant, maintenant, cela *pourrait* s'avérer utile... — Tanner est au lit. Il dort.

— Oh, tu es sûre que tu ne veux pas le réveiller ? Delia mit un accent particulier sur *le réveiller* comme si elles parlaient de la conquête de quelqu'un et non du mari de Juliet.

Mari.

C'était si étrange de penser à ce mot en relation avec lui quand il était là. Dans sa maison. Dans sa vie.

Mais il l'était. Son mari.

Un mari sur lequel Delia pouvait garder ses pattes avides d'argent, grimpantes socialement et aux jambes décroisées.

— Pas maintenant, Delia. Il vient juste d'arriver ce matin et il est assez fatigué.

Le sourire glissa juste une fraction sur le visage de Delia, mais Juliet le remarqua. Une autre chose que ces concours de beauté lui avaient apprise : derrière chaque beau sourire se cachaient les yeux d'une vipère attendant de trouver un moment de faiblesse pour frapper. Juliet n'avait aucune intention d'être mordue.

Du moins, pas par Delia. Tanner, en revanche...

— Chérie ?

Quand on parle du loup.

— Qui est là ?

La tête de Juliet pivota si vite que c'était une bonne chose que Delia ne se tienne pas aussi près qu'avant, sinon ses cheveux lui auraient fouetté le visage.

— Tanner ?

— Il devait t'attendre, Juliet, murmura Delia, mettant autant d'insinuation et de suggestion dans sa phrase que ce qui était légalement autorisé dans l'État sans être qualifié d'obscène.

Si seulement ce que Delia pensait était vrai...

— C'est, euh, Delia. Magellan. Du lycée. Tu te souviens d'elle ? Juliet voulait faire un signe quelconque pour lui rappeler leur histoire de couverture, mais elle pouvait sentir les yeux de Delia sur elle comme ceux d'un faucon.

Oui, Delia était venue pêcher.

Tanner bâilla en s'approchant d'elle, son t-shirt moulant une sacrée belle paire d'épaules... et de pectoraux... et d'abdominaux, et son short descendant très bas sur ses hanches.

Il s'appuya contre le chambranle de la porte et posa sa main de l'autre côté, la couvrant efficacement à la fois littéralement et figurativement.

— Bonjour, Delia. Ravi de te revoir.

— Eh bien, c'est vraiment bon de te revoir aussi, Tanner.

Juliet avait envie de vomir face aux vagues d'œstrogènes ondulant de Delia. C'était exactement ce qu'elle avait craint toutes ces années auparavant et dans deux mois, il serait à la disposition de femmes comme Delia. Et peut-être *même* de Delia.

Elle eut un haut-le-cœur à cette pensée.

— Qu'est-ce qui t'amène ici à cette heure-ci ?

— *Cette* heure-ci ? Eh bien, Tanner Wentworth, je me souviens d'une époque où 22 heures était ton heure de départ. Prêt à démarrer comme un cheval de course au Kentucky Derby.

Juliet dut se déboucher les oreilles. D'où venait cet accent du Sud si prononcé ? Depuis quand Delia sonnait-elle comme Scarlett O'Hara ?

— C'était l'époque où je n'avais aucune responsabilité. Maintenant, Juliet et moi sommes tellement occupés avec les entreprises que nous devons nous coucher tôt. Dormir un peu, tu vois ?

Son bras glissa autour de sa taille, renvoyant l'insinuation directement à Delia parce que *dormir* n'était pas ce dont il parlait.

Bon sang, cela rendit les papillons dans le ventre de Juliet complètement fous. Elle aurait aimé qu'ils fassent ce qu'il venait d'insinuer ; elle aurait jeté Delia du perron si vite que la fille aurait été contente d'avoir appris à tomber pendant les entraînements de pom-pom girls.

Delia les regardait comme si elle ne les croyait pas. Alors Juliet glissa aussi son bras autour de sa taille.

Elle dut se retenir de défaillir, cependant. Sérieusement, ses genoux faillirent céder quand elle le toucha. Tous ces muscles durs et nerveux sous sa paume et contre son avant-bras. Et écrasés contre le côté de son sein. Mon Dieu, Tanner était toujours aussi incroyable et cela la tuait de savoir qu'elle allait devoir le lâcher une fois que Delia serait partie.

— Oh, eh bien, je crois que je devrais y aller. Je ne voudrais pas que vous deux, les tourtereaux, ratiez tout ce, euh, sommeil. Mais je voulais vous dire que quelques membres de l'équipe de football et des pom-pom girls se réunissent demain pour un barbecue à quinze heures et nous n'accepterons pas de refus. Vous devez venir tous les deux. Personne ne vous a vus depuis des années et nous voulons rattraper le temps perdu.

Ils voulaient quelque chose, c'était sûr...

Juliet garda le silence. En réalité, ça ne la dérangerait pas d'y aller avec Tanner. D'y être en tant que couple. De maintenir l'illusion. Mais c'était parce qu'elle voulait que ce soit la réalité. Tanner, qui ne le voulait pas, pourrait avoir d'autres idées.

— On verra, Delia. La grand-mère de Juliet est malade, donc on ne fait pas de plans précis ces jours-ci. On vit plutôt au jour le jour.

Delia, bon sang, reluqua le pantalon de Tanner. Enfin, son short. Qui mettait en valeur ses cuisses et, s'il avait gardé ses vieilles habitudes, ne cachait rien en dessous.

Cette pensée menaçait de faire fléchir les jambes de Juliet plus encore que son bras autour de ses épaules.

— Eh bien, laissez-moi vous donner ma carte pour que vous sachiez où nous trouver. On se réunit chez moi. La terrasse à l'arrière est délicieuse. Mon ex-mari était paysagiste.

Quel ex-mari, voulait demander Juliet. C'était bien connu que Delia avait l'habitude de bien se marier. Elle était allée à l'université pour décrocher un diplôme de Madame et avait fini par en obtenir deux.

Tanner ne serait pas le troisième. Juliet s'en assurerait, quoi qu'il lui en coûte.

Tanner prit la carte de Delia avec la main qui n'était pas plaquée contre sa taille. Sans jeter un coup d'œil à l'adresse, il la lui tendit.

Juliet résista à l'envie de froisser la carte en boule. Après tout, elle voulait aller à la fête parce que si le simple fait de voir Delia pouvait lui valoir son bras autour d'elle, imagine ce qu'un groupe d'anciens amis leur parlant pourrait lui apporter.

La main de Tanner quitta sa taille dès qu'il eut fermé la porte sur Delia. — Alors, qu'est-ce que tu en dis d'aller à cette fête ?

Oh que oui, et pouvaient-ils y aller maintenant ? — Je pensais que tu voulais voir tout le monde.

— C'est vrai. Je n'ai pas pensé à Sean, J.D. ou Tank depuis des années. Mais je t'ai demandé ce que tu en pensais, toi.

— Oh. Eh bien, dans ce cas, bien sûr que j'aimerais y aller. Avec un peu d'appréhension. Mais qu'allons-nous dire, Tanner ? À propos de nous ?

— Exactement ce que tu as dit jusqu'à présent. Mais on voudra s'en tenir le plus possible à la vérité. Que perdre Keegan a été difficile, et qu'on avait des choses à régler. Je ne pense pas qu'ils poseront des questions plus pointues après ça.

Probablement pas, puisqu'il serait avec elle. Avant ? Tout le monde voulait savoir où il était et ce qu'il faisait. Pourquoi il n'était pas venu.

— Qu'est-ce que tu leur as dit que j'aurai besoin de savoir ?

Juliet fouilla sa mémoire pour retrouver les mensonges. — Tu avais beaucoup de voyages d'affaires à Napa et Las Vegas.

— Ils n'ont pas demandé pourquoi je ne travaillais pas pour ton père ?

— Si, et je leur ai dit que tu voulais construire ton CV par toi-même et que d'autres opportunités s'étaient présentées, alors j'ai pris le relais pour aider Papa.

— Plausible, je suppose. Alors qu'est-ce que tu leur as dit que je faisais ?

— De l'import-export. C'était la seule chose à laquelle je pouvais penser qui justifierait que tu voyages autant et dont on n'attendrait pas que je connaisse les détails. Et comme j'étais à l'école et que j'apprenais à gérer l'entreprise de Papa, ça semblait les apaiser. Je veux dire, combien pouvait-on s'attendre à ce que j'en sache sur deux entreprises, pas vrai ? Ça avait été pratique que tout le monde pense qu'elle était une blonde écervelée. Elle ne l'était pas - en fait, elle ne l'était pas *maintenant* - mais avant, sa plus grande aspiration avait été d'être la femme de Tanner et ils le savaient tous. Elle les avait suffisamment surpris avec l'idée qu'elle allait non seulement à l'université mais aussi poursuivre un master, ce qui les avait empêchés de poser trop de questions sur Tanner.

— Et maintenant je suis dans les transactions immobilières. Tanner se frotta la mâchoire. — Ouais, je peux faire avec ça. Dire que j'ai trouvé une opportunité et que j'ai pris cette direction. Il se décolla du mur et étira ses bras droit au-dessus de sa tête, soulevant le bas de son t-shirt de quelques centimètres pour révéler cette planche à laver qu'il appelait un ventre. — Bon, j'espère qu'on n'aura plus de visites surprises. J'ai vraiment besoin de dormir. Il baissa les bras. — Bonne nuit, Juliet.

Elle dut se lécher les lèvres avant de répondre parce que tout ce truc d'étirement... Wow. Juste... wow. — Bonne nuit, Tanner.

Oui, elle le regarda retourner dans sa chambre. Et, oui, elle aurait aimé l'accompagner.

En expirant, elle s'assura que la porte d'entrée était verrouillée, éteignit la lumière du porche, ramassa le chaton de la chaise mais réalisa ensuite qu'elle devrait déplacer la litière dans sa chambre pour que le petit Houdini n'ait pas à errer dans la maison pendant qu'elle dormait. La dernière chose dont elle avait besoin était de devoir chercher le chaton et de tomber sur Tanner au milieu de la nuit dans le short minuscule et le t-shirt qui constituaient son pyjama.

Ce qui, bien sûr, arriva exactement.

Bon, ce n'était pas le milieu de la nuit et elle n'était pas encore en pyjama, mais quand elle sortit de la buanderie, la litière sous un bras, le chaton sous l'autre, Tanner arrivait du coin de la cuisine avec un verre d'eau à la main et, eh bien...

La litière heurta le sol, dispersant de petits morceaux croquants qui, heureusement, n'avaient pas encore été utilisés, suivie de près par le verre d'eau, qui se brisa, et le chaton réussit à bondir de ses bras et à se précipiter dans le salon sans atterrir sur le désordre, évitant au moins une catastrophe.

— Merde ! Juliet voulait taper du pied mais ne le fit pas puisqu'elle était pieds nus et Dieu sait où étaient les éclats de verre. Tout ce qu'elle voulait, c'était entrer dans sa chambre et s'éloigner de Tanner, et pourtant elle lui était littéralement rentrée dedans.

— Ne bouge pas. Tanner leva les mains. — Laisse-moi chercher de quoi nettoyer ça.

— Fais attention où tu marches.

— J'ai des chaussons. Ça ira. Où est le balai ?

— Dans le placard du garde-manger à gauche du frigo. La pelle est accrochée à l'intérieur de la porte. Elle se pencha pour allumer l'interrupteur au coin du mur. — Attention à tes yeux.

Elle aurait dû faire attention aux siens. Il avait enlevé son t-shirt.

Elle avait tout vu avant - notamment il y a une semaine - mais rien ne pouvait la préparer à un Tanner torse nu dans sa maison, la nuit, debout à un mètre d'elle, ses cheveux tout ébouriffés comme s'il y avait passé ses doigts un peu trop de fois.

Ou quelqu'un d'autre l'avait fait.

Non. Il avait dit qu'il avait été fidèle à ses vœux, et s'il y avait une chose qu'elle avait retenue du gâchis de leur passé, c'était qu'elle pouvait faire confiance à Tanner.

— Ça va ? Tanner revint au coin, balai et pelle à la main, ayant l'air beaucoup trop séduisant pour être la femme de ménage de quelqu'un. — Pas de morceaux sur tes pieds ?

— Je n'en sens aucun. Elle ne pensait pas vraiment à ça non plus. Pas avec lui en train de balayer le désordre, les muscles de ses bras et de ses épaules se contractant joliment.

— D'accord, ne bouge pas. Je vais passer le balai sur tes pieds.

— Je n'y songeais pas. Elle appuya sa paume contre le mur et gloussa un peu quand les poils du balai lui effleurèrent la peau.

— Toujours chatouilleuse, hein ? Il inclina la tête pour la regarder, son sourire faisant des choses pas si drôles à ses entrailles.

— Je ne pense pas qu'on arrête un jour d'être chatouilleux.

Il la fixa pendant un battement de cœur ou deux, cligna des yeux à plusieurs reprises avant de détourner le regard et elle sut qu'il se souvenait de la même chose qu'elle. Un soir, après que ses parents étaient sortis, il l'avait invitée, et ils s'étaient donné pour mission de découvrir où se trouvaient leurs zones chatouilleuses respectives — et avaient découvert pas mal de zones érogènes au passage.

Dieu merci, ses parents étaient partis pendant des heures et son père pensait qu'elle dormait chez Tricia. Tricia avait été son alibi à de nombreuses occasions.

Elle avait presque autant pleuré quand Tricia et son mari avaient déménagé dans le Dakota du Nord — de tous les endroits — que lorsque Tanner l'avait laissée dans cet avion parce que c'était une personne de plus qu'elle aimait qui la quittait.

Elle s'éclaircit la gorge et plaqua un sourire sur son visage. Elle ne voulait pas penser à perdre des gens. Tanner était là maintenant et elle ne voulait pas être un désastre émotionnel devant lui ou il serait content de la sortir de sa vie. Non, elle devait être la Juliet ensoleillée, pétillante, amusante et joyeuse qu'il avait connue avant qu'elle ne commence à prendre de mauvaises décisions. Bien intentionnées, mais certainement mal avisées. *Cette* Juliet était quelqu'un dont il pourrait retomber amoureux.

Il s'éclaircit la gorge aussi, puis s'accroupit pour balayer les débris dans la pelle. — Laisse-moi vider ça et donner un dernier coup de balai avant que tu ne bouges. As-tu une paire de pantoufles que je peux aller chercher pour toi ?

— Dans le placard de ma chambre. Côté droit. Elles sont violettes.

Il lui sourit. — Bien sûr qu'elles le sont.

Elle lui rendit son sourire, la blague récurrente les mettant sur la même longueur d'onde.

Il se dirigea vers sa cuisine pour vider la pelle dans la poubelle, puis revint, donnant un rapide coup de balai sur le sol. Il posa la pelle sur le comptoir de la cuisine. — Ne bouge pas. Je reviens tout de suite.

— Je n'y songeais pas. Principalement parce qu'elle profitait de la vue de son départ.

Ce short faisait de très jolies choses à son postérieur. Ou peut-être était-ce son postérieur qui faisait de très jolies choses à ce short. Quoi qu'il en soit, elle n'aurait pas été contre l'idée d'enlever le short et de poser ses mains sur son postérieur.

Ses paumes la picotaient effectivement à cette pensée, et Juliet secoua la tête. Sept ans de célibat et l'homme de ses rêves était à moitié nu dans sa maison et —

— Je les ai trouvées. Il brandit sa paire de pantoufles ridicules — celles avec les tiares sur les orteils que Nana l'avait forcée à acheter quand elle les avait vues à la télévision. Comme elles avaient rendu Nana heureuse, Juliet les avait achetées.

Et avec Tanner à ses pieds, lui glissant une pantoufle comme le Prince Charmant, elles la rendaient heureuse aussi.

— Pas besoin d'avoir un bazar sanglant à nettoyer en plus. Il tapota sa cheville et posa son pied au sol. — Tu peux donc aller à la recherche de ton chaton. Je vais remplir la litière. Je suppose que tu allais l'apporter dans ta chambre ?

— Oui. Je ne voulais pas qu'elle se promène la nuit et te dérange.

— Oui, ce désagrément était tellement mieux. Son sourire atténua le piquant de ses mots tandis qu'il poussait sur ses cuisses pour se tenir debout devant elle.

Juste devant elle.

Le temps s'arrêta. Sa respiration aussi.

Son cœur, cependant, tonnait dans ses oreilles.

Il était si proche. Trop proche — non, pas assez proche. Pas assez proche pour qu'elle puisse enrouler ses bras autour de lui et le tirer contre elle et l'embrasser jusqu'à ce que leurs genoux cèdent.

Ce que les siens menaçaient de faire.

— Juliet... Sa main se leva et pendant une seconde — une brève seconde pleine d'espoir — elle crut qu'il allait lui prendre la tête et l'attirer pour ce baiser.

Au lieu de cela, sa main retomba le long de son corps, ses biceps se contractant comme s'il avait serré les poings, et il fit un pas en arrière.

Puis un autre.

— Va au lit, Juliet. Maintenant.

Va au lit. Pas *viens* au lit. Ce seul mot faisait toute la différence.

Elle s'éclaircit la gorge — encore. — Bonne nuit, Tanner. Elle le contourna, faisant attention de ne pas frôler ne serait-ce qu'un poil de son avant-bras, puis se souvint qu'elle avait besoin de la litière. — La litière —

Il marmonna quelque chose dans sa barbe. Elle penchait pour « merde » ou « putain ».

— Je vais te l'apporter. Va. Trouve le chaton.

Elle courut dans sa chambre et alluma la lumière, regardant autour d'elle pour — quoi ? Que devait-elle trouver ? Ah oui, le chaton. C'est vrai.

— Viens, bébé. Elle ferma presque complètement la porte derrière elle, ne voulant pas que le chaton s'échappe. C'était déjà assez pénible qu'elle doive faire face à Tanner une fois de plus pour la litière ; elle n'avait pas besoin de le faire en courant après le chaton. Avec sa chance, le chaton trouverait son chemin dans *sa* chambre, et cela déclencherait une autre série de fantasmes qu'elle ne voulait pas avoir.

— Viens, minou. Juliet se mit à quatre pattes pour regarder sous le lit.

Non. Pas là. Super, un autre tour de disparition. Le chaton avait choisi son propre nom : Houdini.

Juliet ouvrit le placard, déplaça ses chaussures. Le chaton était assez petit pour avoir pu se glisser dans l'une d'elles.

Puis elle entendit un bruissement derrière elle et elle se retourna. Voilà la petite artiste de l'évasion, marchant le long de la tête de lit, ses pattes déplaçant les livres et les magazines.

Juliet se leva puis se laissa tomber sur son lit, tendant la main vers elle. — Viens ici, petite chose mignonne. Elle la prit dans ses bras et frotta sa joue contre la sienne en se retournant —

Tanner se tenait dans l'embrasure de sa porte avec une expression sur son visage...

Elle se précipita hors de son lit — puis se réprimanda. Elle aurait dû rester. Le tenter.

— Voici la litière. Il leva la boîte, sa voix plate. Monotone. Tendue. Contrairement à lui.

Peut-être qu'elle *l'avait* tenté...

— Euh, merci. Pose-la simplement. Je trouverai un endroit où la mettre.

Il s'exécuta. Puis il se releva, la fixant du regard, et si Juliet ne laissait pas l'espoir se mettre en travers de la réalité, elle aurait juré voir un feu dans ses yeux.

Comme elle se souvenait bien de ce feu. Elle y avait pensé chaque jour depuis sept ans.

— Bonne nuit.

C'était la troisième fois qu'il le lui disait, mais cela ne signifiait pas pour autant que la nuit serait bonne.

Parce que Tanner retournait dans sa chambre et qu'elle serait seule dans la sienne.

Chapitre Quatorze

Tanner ouvrit brusquement les yeux, la lumière du soleil le faisant grimacer.

Il les frotta, faisant disparaître les taches, puis observa son environnement.

Dieu merci, il était toujours dans son lit.

Enfin, son lit dans la maison de Juliet.

Tanner passa ses mains sur les draps. Il agrippa le bord du matelas.

Il passa sa main sur le bas de son abdomen.

Il portait toujours son short.

Dieu merci. Ce rêve qu'il avait fait n'était que ça : un rêve.

Sa main descendit plus bas et trouva...

D'accord, ç'avait été un rêve érotique, mais quand même, un rêve.

Mais bon sang, pourquoi avait-il dû rêver qu'il faisait l'amour à Juliet ?

Il secoua la tête, puis regarda autour de la chambre. Comment aurait-il pu *ne pas* rêver de Juliet ? Il séjournait dans sa fichue maison, bon sang, et la chambre était imprégnée d'elle. Merde, les draps sentaient comme elle. Et il n'était qu'à quelques mètres de sa chambre.

Il avait été dans sa chambre la nuit dernière et il lui avait fallu toute sa force de caractère pour en sortir. Elle était étalée sur son lit, ses cheveux en désordre — exactement comme il les aimait — ses jambes — Seigneur, ses jambes —

suffisamment écartées pour qu'il ait un flashback instantané et parfait de toutes ces fois où il l'avait prise dans cette position...

Bon sang. Il recommençait à durcir. Il n'avait pas eu de rêve érotique depuis des années, et sa première nuit sous le même toit qu'elle, il en avait un. Ça allait être beaucoup plus difficile à gérer qu'il ne l'avait pensé car il était facile d'oublier qu'il était en colère contre elle quand elle n'essayait pas de le manipuler.

Et si elle jouait avec toi ?

Il s'assit. Il devait sortir du lit maintenant.

Et il avait besoin d'une autre douche. Après avoir réparé le pommeau de douche.

Il attrapa son t-shirt qu'il aurait dû garder après s'être couché, mais il ne s'attendait pas à ce qu'elle se tienne dans le couloir juste devant sa chambre quand il était allé chercher un verre d'eau. Et puis, eh bien, elle y était et il avait fait ce commentaire sur le fait d'être chatouilleux, et, eh bien... Merde. Il y avait tellement de souvenirs enchevêtrés avec Juliet qu'il était inévitable qu'il en croise au moins un avec une remarque innocente.

Il prit sa serviette, la drapant sur son avant-bras et la croisant devant lui au cas où sa petite "émission nocturne" aurait laissé une tache révélatrice.

Il s'avéra qu'il n'avait pas à s'inquiéter. Juliet lui avait laissé un mot sur la table de la salle à manger.

Tanner ~

J'ai dû passer au bureau un moment. Le chaton est dans la buanderie avec la litière. Sers-toi de tout ce que tu veux dans la cuisine. La plaque est dans le placard à droite de la cuisinière. Je me souviens que tu aimais les pancakes. Je devrais être de retour vers 14h si tu veux toujours aller chez Delia.

~Juliet

Il aimait effectivement les pancakes. Ermalinda leur avait donné plusieurs cours de cuisine en préparation de leur mariage — le premier — et les pancakes avaient été son plat préféré. Ceux à la banane et aux pépites de chocolat étaient ses préférés. Et Juliet avait tous les ingrédients.

Il se tapa le ventre quand il s'assit à table après sa douche et avoir cuisiné son petit-déjeuner accompagné de bacon et de tranches de pêches. Heureusement qu'il n'allait pas danser pendant un moment, même si retrouver la forme allait être un calvaire.

Il devrait probablement faire quelques exercices pour rester en forme.

Il ouvrit le journal que Juliet avait laissé sur la table et chercha une salle de sport locale. La première chose à faire serait de prendre un abonnement.

Tu t'enracines, Wentworth ?

Il se rassit. Non, il ne s'enracinait pas, mais il devait admettre que tout ce scénario était un peu trop parfait. Sa nourriture préférée, le journal, le petit mot de Juliet... Définitivement trop domestiqué à son goût.

Ou plutôt... pas vraiment. Il avait voulu du domestique à l'époque. À vrai dire, ça ne le dérangerait pas maintenant. Mais pas avec elle. Il ne pouvait pas lui faire confiance et sans confiance, ils n'avaient rien.

Comme tout ceci, par exemple. Essayait-elle de le manipuler ? De mettre tout ça en place pour lui montrer que ça pourrait marcher entre eux ?

Il lâcha le journal. Il détestait ça. Détestait ne pas pouvoir lui faire confiance même pour les choses les plus simples. C'était la femme avec qui il avait pensé un jour — espéré, avait été excité à l'idée de — passer sa vie, et maintenant il ne pouvait même pas lui faire confiance pour le petit-déjeuner.

C'était nul. Il l'avait aimée autrefois. Tellement fort.

Cette pensée lui serra le cœur, un sentiment qu'il ne connaissait que trop bien et dont il ne voulait plus. Plus maintenant. Lui et Juliet, c'était fini. Du passé.

Sauf qu'il allait devoir faire semblant que ce n'était pas le cas au barbecue de Delia aujourd'hui.

Cette emprise sur son cœur diminua. Ce qui l'effrayait plus qu'il ne l'aurait voulu.

* * *

Juliet arborait son sourire de miss si réaliste que Tanner l'aurait cru sincère s'il ne la connaissait pas si bien.

Quoique... la connaissait-il vraiment ? La Juliet qu'il avait quittée n'avait aucune intention ni désir d'aller à l'université. Tout ce qu'elle voulait, c'était se marier et avoir des enfants. Lui préparer son dîner, réchauffer son lit et élever ses enfants. Pour être honnête, il voulait qu'elle fasse ça aussi. Il ne l'avait jamais imaginée derrière un bureau ou en réunion ou dirigeant l'entreprise de son père.

Pourtant, quand elle était rentrée à 13h30, il avait été époustouflé par l'exécutive dans sa jupe moulante et son chemisier rose pâle professionnel mais sexy en diable.

Elle avait enlevé ses talons en entrant dans sa chambre, lui rappelant la nuit où elle, membre du conseil des élèves, l'avait traîné pour l'aider à repérer des lieux pour le bal de promo. C'était une autre nuit où ses parents étaient sortis — pour jouer, il le savait maintenant, mais à l'époque il s'en fichait tant qu'ils ne rentraient pas avant un moment — et lui et Juliet avaient fini chez lui où elle avait fait tout un numéro de strip-tease pour lui jusqu'à sa chambre, jetant sa robe sur son épaule, drapant sa culotte sur le dossier du canapé et son soutien-gorge sur la poignée de la porte de sa chambre. Ses talons avaient été les premiers à partir.

— Chéri, tu veux une autre bière ?

Il chassa ce souvenir et jeta un coup d'œil autour du jardin de Delia avant de baisser les yeux sur Juliet qui se tenait à côté de lui, aussi belle que toujours dans sa robe d'été rayée bleue et blanche.

La couleur mettait en valeur ses yeux bleus qui ne contenaient pas la moindre once de subterfuge. Personne ne soupçonnerait qu'elle ne pensait pas ce *chéri* pas plus qu'il ne pensait ce qu'il dit ensuite.

— Bien sûr, ma puce. J'adorerais en avoir une autre.

Bon, d'accord, il aimerait vraiment une autre bière, mais ce *ma puce*...

Le plus effrayant était la facilité avec laquelle ils retombaient dans leurs vieilles habitudes, comme si les onze dernières années n'avaient jamais existé.

— Bon sang, mec, j'aurais pensé que toi et Juliet vous seriez un peu refroidis, mais les étincelles volent toujours, hein ? Tank, son coéquipier de l'époque glorieuse du football, lui donna un coup d'épaule alors que Juliet se dirigeait vers la cuisine extérieure en pierre de la pool house de Delia. Tu es un sacré veinard. J'aimerais ressentir encore pour ma femme ce que tu ressens pour la tienne.

Tanner garda ce fichu sourire sur son visage en portant le reste de sa bière à ses lèvres. Il n'avait aucune idée de comment répondre à ça.

— Alors. Tank fit craquer son cou, d'un côté puis de l'autre, puis roula des épaules tout en reluquant les fesses de Candy Simpson qui passait. Certaines choses ne changeaient jamais, surtout le fait que Candy Simpson se déhanchait maintenant tout autant qu'avant. Pas étonnant que cette femme soit à la recherche de son quatrième mari.

Tank s'éclaircit la gorge, puis regarda de nouveau Tanner. — J'ai des abonnements pour les Cowboys cette année. On pourrait peut-être aller voir quelques matchs. Qu'est-ce que tu en dis ?

Tanner avait toujours adoré les Cowboys, mais il ne serait pas là pour la saison de football. Personne d'autre n'avait besoin de le savoir pour le moment, cependant. — Ouais, faisons ça.

— Tu comptes être en ville plus souvent maintenant ? Sara et moi, on adorerait vous avoir, Juliet et toi, à la maison.

Autant lui donner une pelle pour qu'il creuse sa propre tombe. Il comprenait ce que Juliet voulait dire par garder les apparences. Il ne pouvait pas avouer la vérité maintenant. Il ne savait pas ce que Juliet allait faire quand il finirait par partir et qu'elle devrait assumer ce qu'ils avaient fait.

Peut-être qu'elle dirait simplement qu'ils avaient divorcé et s'en tiendrait là. Avec le taux de divorce du pays, ce ne devrait pas être difficile à croire — sauf que Tank voyait des étincelles là où il n'y en avait pas.

Ou, eh bien... Oubliez ça. Les étincelles étaient toujours là, c'était juste que la logique derrière elles n'avait plus de sens.

— J'ai entendu mon nom ? Sara, la femme de Tank, s'approcha de son mari et glissa son bras autour de sa taille, son ventre de femme enceinte faisant une entrée remarquée.

Bon sang, il avait adoré quand Juliet était enceinte. Avait adoré sentir Keegan donner des coups à l'intérieur. Avait adoré ce que la grossesse avait fait à sa poitrine —

Merde. Ce n'était vraiment pas là où il voulait aller avec ses pensées.

— Bonjour. Je suis Sara. La femme de Tank tendit la main.

— Tanner Wentworth. Ravi de vous rencontrer. Il lui serra la main, heureux d'entendre que sa voix ne tremblait pas. Il était devenu meilleur pour masquer ses émotions face aux femmes enceintes au fil des années.

Juliet, cependant, ne semblait pas l'être. Elle s'approcha d'eux avant que la grossesse de Sara ne soit enregistrée et Tanner sut le moment où cela se produisit.

— Juliet, ma chérie. Il devait la couvrir. Rien n'était pire que la pitié. — Voici Sara. La femme de Tank.

— Ah, oui. Je me souviens. Nous nous sommes rencontrées l'été dernier, je crois. Juliet lui tendit sa bière et plaqua ce sourire de reine de beauté sur son visage si rapidement que la seule raison pour laquelle il avait vu l'angoisse dans ses yeux était parce qu'il la connaissait si bien.

— À la douche nuptiale de Maryellen ?

— Je pense que c'était à la fête de remise de diplôme de Tim Jackson. Son MBA ?

— Oh, c'est vrai. J'avais oublié. Trop de fêtes, et maintenant avec toutes ces hormones qui me traversent... Sara se frotta le ventre. Je serai contente quand celui-ci sera né et que tout ce syndrome du cerveau placentaire disparaîtra.

— Cerveau placentaire ? Juliet pencha la tête.

Tank soupira et passa son bras autour des épaules de sa femme. — Sara est convaincue que ses oublis sont dus au fait qu'elle est enceinte. Elle dit que sa mère lui a dit qu'une fois enceinte, ton cerveau se transforme en bouillie.

Tanner aurait donné n'importe quoi pour changer de sujet, mais il ne savait pas quoi dire. Ni comment. Sara et Tank étaient visiblement très heureux de la naissance imminente — et qui pourrait les blâmer — mais ça faisait tellement mal. Et il pouvait sentir Juliet se tendre sous sa paume quand il glissa un bras autour de ses épaules.

— Oh, tais-toi, Tank. Ne me fais pas passer pour une idiote. Tout le monde sait que les femmes enceintes sont un peu oublieuses. C'est ce qui arrive quand on fait grandir une personne à l'intérieur de soi. Vous avez des enfants ? demanda-t-elle si innocemment à Juliet.

Il sentit le souffle que Juliet prit. Sentit ses épaules se raidir.

Et fut fier comme tout de la stabilité de sa voix quand elle répondit.

— Pas encore, non. Mais nous avons hâte.

C'était la chose parfaite à dire. Si elle avait dit *non*, comme il l'avait souvent fait, il y aurait eu les commentaires du genre « Oh, vous ne savez pas ce que vous manquez », et s'il avouait avoir perdu Keegan, eh bien, ce serait gênant pour tout le monde. Dire qu'ils avaient hâte un jour était un dénominateur commun et personne ne s'en offensait jamais.

Mais il pouvait sentir combien cela coûtait à Juliet d'agir de manière si désinvolte. Son dos était aussi raide qu'il l'avait été ce matin.

Probablement pas une bonne comparaison à faire pour lui.

Bien sûr, Delia choisirait ce moment pour apparaître. — Salut, vous tous. Vous vous amusez bien ?

— Énormément. Tanner avala la moitié de sa bière.

— Allons, Tanner Wentworth, est-ce du sarcasme que j'entends ? Tu as toujours été le roi des répliques cinglantes, n'est-ce pas ?

— Vraiment ? Il prit une autre gorgée. Ils auraient dû arriver en retard. Attendre que tout le monde soit là — en fait, ils l'avaient prévu, mais Delia leur avait « accidentellement » donné la mauvaise heure puisque la fête commençait à seize heures trente. Dieu merci, Tank et J.D. étaient aussi en avance, donc ils avaient eu des gens à qui parler en dehors de Delia la Commère.

— Vous savez, j'ai oublié de vous demander si vous avez eu d'autres enfants depuis le lycée ?

Tanner posa sa bière sur le muret à côté de lui. C'était soit ça, soit frapper la femme avec.

Ils n'auraient pas dû venir. Il avait laissé son désir de renouer avec de vieux amis lui faire oublier qui et ce qu'était vraiment Delia.

— Oh, mais je croyais que vous aviez dit que vous n'aviez pas d'enfants ? La pauvre Sara semblait extrêmement confuse. Et le pauvre Tank avait l'air de vouloir boire un fût entier.

— Allons chercher quelque chose à manger, Sara. Tank tapa sur l'épaule de Tanner. — Désolé, mec. Juliet. Il hocha la tête vers elle puis emmena sa femme.

— Oh, mon Dieu, ai-je dit quelque chose de mal ? Delia avait aussi participé à des concours de beauté, mais elle n'avait pas maîtrisé le sourire comme Juliet.

— Tu sais exactement ce que tu as dit —

— Tanner. Juliet posa sa main sur son bras et serra.

Trois fois.

— Delia, comme tu n'as pas eu d'enfants, je vais croire que tu ne comprends pas à quel point c'est un sujet douloureux pour Tanner et moi. Alors s'il te plaît, n'en parlons plus, et si tu pouvais ne plus l'aborder, Tanner et moi t'en serions très reconnaissants.

Il n'avait jamais été aussi fier de Juliet qu'en cet instant. Il n'y avait aucune raison d'excuser Delia ; cette femme savait exactement ce qu'elle faisait. Elle avait toujours voulu battre Juliet dans tant de domaines au fil des ans et, ayant toujours fini deuxième, elle avait saisi cette occasion de blesser Juliet et l'avait saisie.

Pourtant Juliet, qui aurait été tout à fait justifiée de s'en prendre à elle, ne l'avait pas fait. Elle n'avait pas donné à Delia plus de combustible pour alimenter son feu, et elle avait gardé son sang-froid tout en lui adressant une remarque extrêmement voilée mais terriblement cinglante. Ce qui était bien plus charitable que ce que lui aurait voulu dire.

Delia lui jeta un coup d'œil et le premier signe de remords apparut sur son visage botoxé. — Je... je suis désolée. Tu as raison ; je n'ai pas réfléchi.

Oh, elle avait réfléchi ; elle n'avait simplement pas pensé à la réaction exacte qu'elle obtiendrait. Aux émotions qu'elle déchaînerait.

Si ce n'était pas si douloureux d'imaginer une vie sans Keegan, il aurait pu laisser passer sa remarque. Parce que pour l'instant, dans cette conversation, Juliet et lui étaient ensemble comme ils prétendaient l'être. Mais il ne pouvait pas laisser Delia s'en tirer comme ça ; cela ouvrirait simplement la porte à plus d'insultes et de méchanceté.

— Je pense qu'on devrait y aller. Il glissa sa main dans le bas du dos de Juliet, le tissu de sa robe d'été assez fin pour qu'il puisse sentir la chaleur de sa peau. — Ma chérie ? Si tu veux...

— Non. Le dos de Juliet se raidit encore plus, bien que Tanner ne sache pas comment c'était possible. — Je ne vais pas laisser un commentaire irréfléchi me faire partir. Tu voulais voir tes amis, alors nous resterons. Elle prit sa bouteille de bière et la lui tendit. — Si tu veux bien nous excuser, Delia, je vois que les Markinsons sont arrivés.

Tanner retint les mots qu'il voulait dire, suivant l'exemple de Juliet. Mais si Delia — ou qui que ce soit d'ailleurs — essayait de blesser Juliet en mentionnant à nouveau Keegan, ils auraient affaire à lui.

Juliet laissa échapper le souffle qu'elle retenait une fois de l'autre côté de la terrasse de la piscine. Delia était une vraie garce. Elle avait fait plein de commentaires sarcastiques déguisés en inquiétudes après que Juliet soit tombée enceinte, mais Juliet s'en fichait parce que le bébé était de Tanner. Rien n'aurait pu l'atteindre à l'époque. Sa vie se déroulait exactement comme elle le souhaitait.

Et maintenant ce n'était plus le cas, alors bien sûr, Delia allait fondre sur elle comme le charognard qu'elle était. Dieu merci, cependant, elle avait révélé sa vraie nature à Tanner. C'était une femme que Juliet pouvait rayer de la liste des futures épouses potentielles de Tanner...

Oh, mon Dieu. Et s'il revenait s'installer ici et épousait quelqu'un d'autre ? Il avait dit qu'il chercherait un emplacement pour BeefCake, Inc. en ville ; resterait-il pour le diriger ?

Cette pensée la frappa au ventre et elle trébucha.

Son bras l'entoura immédiatement. — Ça va ?

L'inquiétude sur son visage était sincère et cela lui donna un semblant d'espoir qu'il tenait peut-être encore à elle.

— Ça va. Maintenant. Elle fit un pas en arrière. Un seul. Mais il aurait pu y en avoir mille pour le gouffre que cela ouvrit entre eux.

— Delia est une garce.

— Tu as raison.

— On n'aurait pas dû venir. Il passa une main dans ses cheveux puis massa sa nuque. Il faisait ça quand il était en colère.

Souvent, elle lui avait enlevé la main et avait massé sa nuque elle-même. Mais c'était le bon vieux temps. — N'importe quoi, Tan. On ne l'a jamais laissée nous définir à l'époque ; on ne va pas commencer maintenant.

— *On* ne l'a pas fait ? Il arrêta de masser et la regarda. — Ce n'est pas comme ça que je m'en souviens.

— De quoi tu parles ?

— Tu ne peux pas honnêtement me dire que tu ne t'en souviens pas ?

— Me souvenir de quoi ? Elle se souvenait de beaucoup de choses.

— De la façon dont tu me harcelais de questions à son sujet. Si elle était venue à l'entraînement de football, ou si elle s'était montrée au restaurant de pancakes après ces matchs tardifs.

— Je... Elle ferma la bouche. Elle lui avait effectivement dit ces choses. Lui, cependant, en avait ri. Lui avait dit qu'elle imaginait des choses.

Ce n'était pas le cas. Delia le voulait à l'époque et elle le voulait maintenant.

Mais la différence était que... Tanner ne voulait pas de Delia. Et n'en avait pas voulu non plus à l'époque. Juliet pouvait le voir avec onze ans de recul. Delia avait été le serpent, et Tanner sa proie non consentante.

— Je te dois des excuses, Tanner. Beaucoup, en fait. Mais je suis désolée de l'avoir jamais écoutée. *Et* de ne pas t'avoir écouté à son sujet.

— Je t'avais dit qu'elle ne présageait rien de bon. Qu'elle voulait *être* toi. Elle le veut toujours.

Cela fit rire Juliet, mais pas d'une bonne façon. — Dommage qu'elle ne connaisse pas la vérité.

— La vérité ?

— Que ma vie n'est pas du tout ce qu'elle pense, et que tu n'es ici que pour Mamie. Mais bon, elle pourra jeter son dévolu sur toi une fois que... eh bien, une fois qu'il n'y aura plus besoin de notre subterfuge.

— Si tu penses que j'aurais le moindre intérêt pour elle, tu n'as vraiment pas changé du tout. Il vida le reste de la bouteille. — J'ai besoin d'une autre bière.

Il ne lui demanda pas si elle en voulait une quand il partit.

Bon sang. Pourquoi n'arrivait-elle pas à dire ou faire la bonne chose avec Tanner ? Pourquoi fallait-il qu'elle ramène le passé sur le tapis ?

Un éclat de rire près du grand barbecue intégré lui fit regarder autour d'elle tous leurs amis du lycée. La moitié de l'équipe de football était là, allongée sur les chaises longues ou jouant aux boules sur la pelouse presque parfaite comme un terrain de golf ou traînant au bar tiki hors de prix attenant à la pool house. Bon sang, être ici avec eux tous, Tanner et elle étaient *enlisés* dans le passé.

Tant pis pour aller de l'avant.

— Hé, Juliet. Tamra, la femme de J.D., s'approcha d'elle et lui fit un câlin. Tamra avait compris il y a un moment que les choses n'étaient pas ce qu'elles semblaient être, mais elle avait promis de ne rien dire — même pas à J.D.

Juliet n'était pas sûre de ce qu'elle pensait du fait qu'un mari et une femme aient des secrets l'un pour l'autre, mais que savait-elle ? Le mariage de Tamra était solide après dix ans et celui de Juliet n'avait jamais décollé.

Ce maudit voyage en avion en solo. Elle n'oublierait jamais l'humiliation d'être en lune de miel toute seule. D'avoir dû récupérer leurs bagages sur le carrousel et les amener à leur villa. Les regards de pitié du personnel — et de devoir voir les valises de Tanner chaque jour des sept qu'elle avait passés là-bas. *Et* de les ramener à la maison. Seule.

Alors si ne rien dire à J.D. était un bon plan selon Tamra, Juliet ne pouvait pas argumenter. Peut-être qu'elle devrait prendre des conseils auprès de Tamra.

— Je vois qu'il a été attentionné toute la soirée. Est-ce que ça veut dire que vous allez essayer d'arranger les choses ?

Sandy était la seule à connaître toute la vérité, mais Sandy était célibataire et n'avait pas été là pour toute l'histoire telle qu'elle s'était déroulée il y a toutes ces années. Tamra y avait été, donc il avait été facile de se confier à elle, mais c'était aussi une humiliation de plus ajoutée à d'autres humiliations. Juliet n'était pas d'humeur pour un autre round.

Mais quand l'inévitable arriverait, quand le bruit se répandrait qu'elle et Tanner s'étaient séparés, certaines vérités éclateraient au grand jour. Ce n'était pas comme si elle allait pouvoir se cacher des commérages. Autant profiter de la positivité et du bonheur maintenant avant que tout ne disparaisse. — On parle.

— Et il a accepté de venir ici avec toi.

— En fait, il voulait venir plus que moi. Elle tripota le bouton du haut du corsage de sa robe. — Je ne pouvais pas dire non.

— Bien sûr que non. Ça aurait été faire cinq pas en arrière. Et s'il veut renouer avec ses vieux amis, c'est peut-être qu'il pense à long terme.

Mais long terme ne signifiait pas long terme avec elle.

— On verra. On prend un jour à la fois. Juliet attrapa une coquille Saint-Jacques enrobée de bacon d'un serveur qui passait. — Et toi, comment ça va ? Que deviennent les enfants ?

Les enfants étaient toujours un sujet douloureux pour elle, surtout si la personne à qui elle parlait connaissait l'histoire de Keegan, mais ignorer les enfants des autres ne faisait qu'amplifier le problème. Et elle ne voulait pas faire comme si Keegan n'avait jamais existé, parce qu'il avait existé.

L'agonie lui tordit les entrailles ; c'était immanquable. Et le pire, c'est que quoi que les gens lui promettent, la douleur ne s'atténuait jamais. Non pas qu'elle le veuille vraiment. Parce que la douleur — avec la même intensité — maintenait Keegan en vie pour elle. Elle le gardait avec elle, comme si c'était hier. Ces quelques précieux instants où elle l'avait tenu dans ses bras et où il avait été si beau, et où elle pouvait prétendre qu'il dormait.

Elle attrapa une coupe de champagne du prochain serveur qui passa. Elle n'avait pas l'intention de se saouler, mais un peu d'alcool pouvait aider à atté-nuer la douleur.

Hmm, peut-être devrait-elle prendre quelques caisses à garder à la maison pour les prochaines semaines. Dieu sait qu'elle allait en avoir besoin.

— Bon sang, ça fait plaisir de te voir. Rick Stangler donna une tape sur l'épaule de Tanner et lui serra la main. — Tu es le dernier qu'on pensait voir filer en douce après l'obtention du diplôme. C'est sympa de montrer ton visage.

— Hé, j'ai été occupé, tu sais. Beaucoup à accomplir. Des souvenirs douloureux dont il fallait s'échapper.

Peut-être aurait-il dû rester. En regardant autour de lui la plupart des membres de l'équipe de football, il réalisa qu'il s'était isolé. Peut-être aurait-il été préférable de traîner ici parmi ses amis. Noyer son chagrin avec ses potes, les gars qui le comprenaient, plutôt que de s'enfuir et d'essayer d'oublier son passé. Faire semblant qu'il n'existait pas.

Mais ici même, c'était la preuve qu'il existait. Bon sang, Keegan et Juliet étaient la preuve qu'il existait. Il ne pouvait pas fuir son passé plus qu'il ne pouvait fuir la douleur. Il l'avait mise hors de vue, certes, mais elle était toujours là, planant sous la surface.

— Je n'arrive pas à croire que tu aies pris un boulot qui te fait autant voyager. Je veux dire, merde, Tan, tu as Juliet. Enfin. Rien qu'à toi, bien légalement. On pensait sûrement qu'on ne t'avait pas vu parce que vous étiez, tu sais... Il lui donna un coup de coude.

— Yo, Rick. Ça suffit. C'est ma femme. Les mots sortirent de sa bouche comme si c'était la chose la plus naturelle à dire.

Malheureusement, c'était le cas.

Quelle douleur.

— Sans déconner, Tan. Rick inclina sa bouteille de bière vers lui. — C'est pourquoi je n'arrive pas à croire que tu aies tellement voyagé que tu n'aies même pas pu te réunir une seule fois au cours des, quoi ? Sept dernières années ? Je veux dire, ce n'est pas comme si vous aviez déménagé dans un autre État ou quelque chose comme ça.

Ouais, c'était — J'ai eu, euh, quelques... trucs à gérer. À régler. Tu sais. Il but une autre gorgée de bière.

Rick avait l'air de quelqu'un qu'on venait de frapper dans les parties. — Oh, merde, Tan, je suis désolé. Je suppose que c'était insensible de ma part. Molly dit toujours que je parle avant de réfléchir. Je n'ai pas réfléchi. Je suis désolé, mec.

Tanner continua à boire sa bière. — Ouais, merci.

— Hé, Tan. Alcon James lui donna une tape sur l'épaule et prit une bière dans la glacière posée sur le rebord à côté de lui. — T'as entendu parler de Mickelson ? Il a été sélectionné au dixième tour, puis a crashé la voiture qu'il avait achetée avec la prime à la signature. Il était out avant même d'avoir joué. Un coup dur, tu sais ?

Tanner en savait long sur les coups durs. Néanmoins, ce n'était pas une raison pour infliger sa misère aux autres. — Que fait-il maintenant ?

La conversation continua sur eux et leurs amis. Qui faisait quoi, qui était marié à qui — qui divorçait de qui — mais Tanner se sentait détaché de tout ça. Comme s'il n'appartenait plus à ce monde.

Juliet ne s'amusait pas non plus. Il l'avait vue boire au moins trois flûtes de champagne. Elle n'avait jamais été une grande buveuse et il avait remarqué qu'il n'y avait pas de vin chez elle quand il avait cherché un verre pour l'eau hier soir. Au moins, ça n'avait pas changé chez elle.

Donc, qu'elle boive maintenant n'était probablement pas une bonne idée. Surtout pour garder les secrets qu'elle voudrait garder.

Il n'aurait pas dû venir. Il aurait dû laisser les choses en l'état, traîner chez Juliet ou aller à la salle de sport, et faire son devoir envers sa grand-mère. Juste patienter jusqu'à ce que ce soit fini et qu'il puisse rentrer chez lui.

— Excusez-moi, les gars. Il posa sa bouteille vide sur l'un des plateaux disposés autour de la piscine pour récupérer les ustensiles, assiettes et verres usagés, puis se dirigea vers sa femme.

Sa femme.

Ces mots lui semblaient étranges. Il avait l'habitude de les répéter devant le miroir — si l'un des gars l'avait su, ils l'auraient chassé de la ville en riant. Juliet avait écrit *Juliet Wentworth* partout sur ses dossiers et cahiers en cursive girly et bouclée ; s'il avait fait ça, ses coéquipiers lui auraient retiré sa carte de Mec, mais il était tout aussi dingue d'elle. Alors, oui, il s'était entraîné à l'appeler sa femme dans l'intimité de sa chambre, imaginant ce que ce serait quand ils seraient enfin mariés.

Jamais dans ses rêves les plus fous il n'avait imaginé ce scénario.

— Hé, ma chérie. Il plongea pour un baiser dans son cou pour la distraire pendant qu'il lui prenait la flûte des mains pour qu'elle ne se plaigne pas.

Cette rougeur sur ses joues quand il remonta pour respirer indiquait qu'il n'y aurait pas de plaintes.

Ou ça pouvait être simplement les effets du champagne.

Mais quelle était *son* excuse à lui ?

— Content de te voir aussi, Tanner. Tamra lui fit un sourire en coin. — Sacré accueil pour la femme à qui tu es marié depuis sept ans.

Il la regarda. Savait-elle quelque chose ? — Tamra. Il passa le bras de Juliet autour de sa taille. — Ça te dérange si j'enlève Juliet ?

— Je t'en prie. Elle haussa les sourcils tandis qu'il guidait Juliet vers une petite table de café dans un bosquet de palmiers en pot que Delia avait probablement loués pour l'occasion.

Ouais, Tamra savait quelque chose.

— Tanner, ce n'était pas gentil. Les mots de Juliet étaient un peu pâteux.

— Se saouler à la fête de Delia non plus. Il posa sa main dans le creux de son dos pour la stabiliser. Du moins, c'était son excuse.

— Je ne suis pas saoule.

— Faisons en sorte que ça reste ainsi.

— Lâche-moi.

Elle le poussa, mais il avait son bras fermement enroulé autour d'elle.

— Juliet, ne fais pas de scène.

— Pourquoi pas ? Elle repoussa ses cheveux de son visage avec la paume de sa main, n'étant plus la Juliet délicate et gracieuse qu'il avait toujours connue. — Delia adorerait ça. Et puis personne ne sera surpris quand tu partiras. Je devrais faire un vrai spectacle. Et peut-être même que tu pourrais partir maintenant. Je peux dire à Nana que tu as été appelé pour affaires. Elle me croirait. Elle me croit toujours.

— Je ne vais pas faire ça et tu le sais. Sinon, tu ne m'aurais pas demandé de venir en premier lieu. Tu aimes ta grand-mère ; tu ne ferais rien pour lui faire du mal. Et moi non plus.

Les grands yeux bleus de Juliet se remplirent de larmes et cette lèvre inférieure pulpeuse qu'il aimait tant sucer fit la moue. — Je ne veux jamais faire de mal à personne. Jamais au grand jamais.

Oh là là. Ces trois verres de champagne lui étaient montés directement à la tête. Elle avait toujours été une petite nature ; il ne savait pas pourquoi il avait pensé que le temps aurait changé ça.

Parce que le temps avait changé d'autres choses chez Juliet.

Il n'allait pas penser à ça. — Allez, Jules. Je pense qu'on devrait partir.

— Je veux pas. Elle sauta sur l'un des tabourets.

Sa robe remonta sur ses jambes, révélant davantage de cuisses bronzées et toniques-

— Jules.

Elle drapa ses bras nus sur ses épaules. — J'aime quand tu m'appelles comme ça, Tanner. Personne d'autre ne le fait.

C'est parce qu'elle détestait ce surnom. Il avait commencé à l'appeler comme ça quand il ne savait pas comment lui dire qu'il l'aimait bien en cinquième. Alors il l'avait agacée.

Stupide, vraiment, mais les garçons pré-pubères n'étaient pas connus pour leur logique et leur pensée analytique. Ça avait attiré son attention, alors il avait continué à le faire.

Plus tard, c'était devenu un terme affectueux qu'elle aimait. Quelque chose juste entre eux. Comme les trois tapotements.

Elle l'avait tapoté plus tôt de cette façon. Il n'avait pas répondu. Parce que ces trois tapotements avaient directement frappé son ventre avec un *boum*. Pas tant son toucher — parce que c'était un toucher à peine perceptible — mais ce que ces tapotements signifiaient.

Dieu, s'il pouvait encore faire confiance à ce sentiment.

— Rentrons à la maison, Jules. J'en ai assez.

— Toi ? Tu en as assez ? Tanner, tu ne bois jamais trop.

— Je ne parlais pas d'alcool.

Elle plongea son regard dans le sien, ses lèvres parfaites se tordant sur le côté alors qu'elle essayait de comprendre ce qu'il voulait dire.

— Ohhhhh... Elle lui tapota les lèvres. — J'ai compris. D'accord, alors, on peut y aller. On devrait dire au revoir à Delia. Elle sauta du tabouret et aurait filé, mais il la rattrapa par la taille.

— Vraiment ? Tu veux lui donner l'occasion de commenter sur la quantité de champagne que tu as bue ?

Juliet mit son poing sur sa hanche. — Je n'ai pas bu beaucoup de champagne.

— Pour d'autres personnes, non, tu n'as pas beaucoup bu. Mais ta limite est d'un verre et tu as bu trois fois cette quantité.

— Tu comptais ?

— Je regardais. L'alcool a tendance à délier les langues et on ne veut pas faire sauter notre couverture.

Elle se lécha les lèvres. — Est-ce que ça va délier *ta* langue, Tanner ?

Il ne dit rien. Il ne pouvait pas.

Il lui fallut quelques secondes avant de réaliser ce qu'elle avait dit.

Sa main vola à ses lèvres et ses magnifiques yeux bleus s'ouvrirent en grand.

— Oups. Je ne voulais pas-

— C'est bon, Jules. Sortons d'ici.

Pendant une seconde, la plus brève seconde possible, il entendit ces mots et imagina un sens complètement différent.

Un sens qui le hanta durant tout le trajet de retour chez elle.

Chapitre Quinze

— Ça ne me dérangerait pas, tu sais. Si la bière déliait ta langue, dit Juliet en laissant glisser sa main le long du capot de sa Mercedes en se dirigeant vers sa porte d'entrée. Je veux dire, nous sommes *toujours* mariés après tout.

Sujet dangereux. Mieux valait ne rien dire. C'était le champagne qui parlait pour Juliet, mais s'il parlait, ce serait entièrement lui. Et avec ce qu'il aimerait dire...

Bon sang, si seulement ils *pouvaient* simplement coucher ensemble. Juste sauter au lit et assouvir ce besoin, pour ainsi dire.

— Tanner ? Tu m'as entendue ? Elle posa ses deux mains sur le capot de la voiture derrière elle et se pencha en arrière, essayant d'être provocante si sa déclaration était un indice...

Et elle réussissait, bon sang. Mais ce n'était pas une surprise. Juliet était sexy quoi qu'elle fasse. Elle pourrait être couverte de boue qu'elle serait toujours belle.

Merde. Il n'avait pas besoin de ça. C'était déjà assez dur qu'il soit encore attiré par elle, mais qu'elle lui offre pratiquement tout ce qu'il désirait —

Et tout ce qu'il ne voulait pas. Il ne pouvait pas lui faire confiance. La confiance était cruciale. L'élément le plus important d'une relation après l'attirance et le respect.

Donc tu es attiré par elle et tu respectes qui elle est devenue. La confiance peut se reconstruire.

Encore sa fichue libido. S'il l'écoutait, il ne sortirait jamais du lit.

Et en quoi serait-ce une mauvaise chose ?

Parce qu'il ne profitait pas des gens, et faire quoi que ce soit avec Juliet maintenant serait profiter d'elle.

Tu t'entends ? Mec, elle a profité de toi. De tes sentiments, de ta confiance, de ton avenir. La vengeance est un plat qui se mange froid.

Il fit taire cette voix. Fit taire les images. Fit taire la tentation.

— Tanner ?

Il fit taire Juliet — en saisissant un de ses bras et en l'entraînant après lui dans sa maison, ignorant le bouton du haut qui s'était défait, menaçant de lui donner plus qu'un aperçu de ce qui se cachait sous le corsage. — Du café, Juliet. Maintenant.

Elle trébucha derrière lui. — Je n'ai pas de café.

— Du thé, alors. Je sais que tu as du thé.

— Je ne veux pas de thé. Il fait déjà trop chaud dehors.

Il faisait trop chaud *à l'intérieur*, mais ça ne semblait pas lui venir à l'esprit. Ou peut-être que si...

— Tu as trop bu de champagne.

— Y a-t-il vraiment une chose telle que trop de champagne ? Elle gloussa après ça, laissant glisser ses doigts le long du dos de la rampe menant à son porche.

— Oui. Il y en a. Et tu en es l'exemple parfait. Il tendit la main. — À l'intérieur.

Elle fit tout un spectacle en expirant alors qu'elle essayait de le dépasser avec sa meilleure révérence de belle du Sud. Il avait toujours adoré la regarder faire ça parce qu'elle était tellement mignonne quand elle le faisait.

Les choses n'avaient pas changé dans ce domaine.

— Tu es plutôt autoritaire. Et ce n'est même pas ta maison. Elle s'appuya contre le dossier de la chaise qui séparait son salon de son entrée et croisa les bras.

Ce geste avait été conçu par le diable pour tenter les hommes plus que n'importe quelle pomme n'aurait pu le faire. Et il n'était pas un saint.

— Juliet, s'il te plaît. Tu as un peu trop bu. Prenons un thé et tu te sentiras mieux.

— Je me sens très bien, merci beaucoup. Elle croisa les bras dans l'autre sens et le corsage s'ouvrit dangereusement. — Et je n'ai pas besoin de thé.

— Si, tu en as besoin.

— Pourquoi ? Qu'est-ce que tu vas faire si je n'en bois pas ? Tu vas me punir, Tanner ?

Le commentaire projeta des images d'elle sur le ventre, avec ce doux postérieur en l'air et —

Non, il ne pourrait jamais faire de mal à Juliet. Même si elle le suppliait.

Bon sang, mec, tu es vraiment accro. La question est, qu'est-ce que tu vas faire à ce sujet ? La femme te fait carrément des avances. Tu vas la rejeter ?

Aussi douloureux que ce soit — et il le pensait littéralement — oui, il allait la rejeter. Ce serait une chose si elle était en pleine possession de ses moyens, mais compromise ?

Pas question.

Tanner Wentworth ne profitait pas des femmes ivres.

Il n'avait jamais eu à le faire et il n'allait pas commencer maintenant. Surtout pas avec sa femme.

Juliet s'entendit prononcer ces mots et se demanda d'où lui venait son audace.

Euh, du fond de trois verres de champagne ?

En fait, ça pouvait être quatre.

Probablement pas la meilleure idée de boire autant, mais avec les commentaires de Delia et le fait de devoir faire bonne figure devant leurs amis... bon sang, ça faisait du bien maintenant.

Tanner faisait du bien maintenant.

Elle se leva et décroisa les bras. Tanner aimait sa poitrine. Et elle aimait qu'il l'aime. Et s'il pouvait se concentrer sur elle plutôt que sur le passé, s'il pouvait être dans le moment présent, peut-être, juste peut-être, ils pourraient dépasser les erreurs qu'elle avait commises et aller de l'avant. Ensemble.

C'était une chance qu'elle voulait désespérément saisir et si le champagne lui donnait le courage de dire ce qu'elle voulait dire, qu'avait-elle à perdre ?

— Alors, qu'est-ce que tu vas faire, Tan ? Quoi ? Tu ne trouves rien ? Ce n'est pas ton genre. Elle s'avança vers lui et laissa glisser son doigt le long de sa ceinture. — Ce ne serait pas mal, tu sais.

Il ferma les yeux et elle s'assura de frôler son biceps avec ses cheveux. Il avait toujours aimé qu'elle laisse traîner ses cheveux sur sa peau. Principalement dans d'autres endroits, euh, plus sensibles, mais Tanner adorait ses cheveux. Aimait les rassembler dans son poing pour la garder en place...

— Juliet. Sa voix était tendue. — Arrête.

— Comme tu veux. Elle s'arrêta en effet. Juste à côté de lui. Face à lui. De sorte que ses seins étaient de chaque côté de son bras.

Un muscle tressaillit dans sa mâchoire. — Où est le thé ?

— Dans la cuisine. Mais je n'en veux vraiment pas.

— Mais *moi*, je veux vraiment que tu en prennes.

C'est ce qu'il disait, pourtant il ne fit pas un pas en arrière.

Elle pencha la tête et ses cheveux glissèrent sur son épaule, les pointes frôlant à nouveau son bras.

Elle perçut un léger frisson. — Pourquoi ?

— Pourquoi ?

— Oui, pourquoi ? Pourquoi veux-tu que je prenne du thé ?

— Pour te dégriser.

— Eh bien, peut-être que je ne veux pas être dégrisée. Pas encore en tout cas.

Il baissa les yeux vers elle, les sourcils arqués et, si elle ne se trompait pas, avec de l'intérêt dans le regard.

Elle ne voulait pas se tromper. Elle ne voulait pas non plus imaginer des choses. C'était une chose s'il était intéressé ; c'en était une tout autre s'il l'encourageait par politesse.

Il déglutit. Difficilement.

Il ne l'encourageait pas par politesse.

Il ne l'évitait pas non plus.

Elle voulait faire le premier pas. Mais même avec tout le champagne, elle ne pouvait pas. Cela devait venir de lui. Sinon, il l'accuserait de l'avoir entraîné.

— Juliet...

— Je promets de ne rien dire si tu ne dis rien. Elle ajouta un sourire pour lui faciliter la tâche. Pour qu'il ne voie pas tous ses espoirs et ses rêves liés à cette conversation.

Un baiser. C'était tout ce qu'elle voulait. Tout ce dont elle avait besoin. Tout ce dont ils avaient besoin. Il prendrait un baiser et il verrait-

— Non. Il secoua la tête et s'éclaircit la gorge, et cette fois, il recula. Non.

— Vraiment ? Rien de tel qu'un tue-l'ambiance pour tuer son ivresse. Et elle n'en revenait pas. Il s'était vraiment détourné d'elle ? Il ne voulait vraiment pas l'embrasser ? Eh bien, Dieu merci, elle avait bu ces quatre verres de champagne. Elle pourrait bien aller en chercher quelques autres pour noyer le reste de son chagrin puisque l'effet des trois premiers avait soudainement - et drastiquement - été réduit grâce à son manque d'intérêt.

Tanner déglutit à nouveau difficilement. Serra les poings. Roula la tête comme il le faisait autrefois pour la détendre avant un match pour soulager la tension.

Peut-être n'était-il pas aussi désintéressé qu'il essayait de le paraître.

— D'accord, Tanner, je suppose que je ne peux pas te forcer à vouloir m'embrasser. Elle rejeta ses cheveux en arrière et laissa glisser la bretelle de sa robe sur son épaule, mettant autant de *désinvolture* dans son petit discours qu'elle le pouvait. Qu'il pense que ce n'était pas important. Il ruminerait là-dessus. Et puis il-

L'embrasserait.

En l'attirant vers lui d'une main sur sa nuque, ses lèvres s'écrasant sur les siennes, et son torse dur comme du roc pressé contre ses seins douloureux, il passa sa main le long de son dos et empoigna ses fesses pour la serrer contre lui où elle sentit-

Oh oui. Il la désirait.

Juliet soupira dans sa bouche, donnant à sa langue l'entrée qu'ils désiraient tous les deux. Elle glissa ses doigts dans ses cheveux, aimant la façon dont ils s'enroulaient autour d'eux, un peu plus longs qu'avant. Elle caressa sa mâchoire de son pouce, sentant sa bouche s'ouvrir pour dévorer la sienne, sa langue balayant la sienne, exigeant qu'elle danse avec elle.

Dieu, elle avait toujours adoré embrasser Tanner. La seule fois où elle avait joué à la bouteille et avait dû embrasser J.D. et Rick n'avait rien eu à voir avec le premier baiser avec Tanner. Des étincelles avaient jailli, des couleurs avaient éclaté derrière ses paupières, et des frissons avaient envahi toute sa peau.

Tout comme maintenant.

Elle tira sur ses cheveux, essayant de se rapprocher. Elle agrippa ses fesses, le tirant contre elle et - bon sang - elle voulait faire beaucoup plus avec Tanner que ça.

Il la poussa contre la chaise, la faisant presque se pencher dessus avec la force de son baiser.

Elle voulait ses mains sur ses seins. Voulait qu'il lui enlève son haut et les lèche et les taquine et les embrasse et les suce jusqu'à ce que ses jambes cèdent.

Elle voulait être nue et se tortiller avec Tanner et elle voulait lui donner tant de plaisir qu'il ne penserait plus jamais à partir.

Il essaya de détacher ses lèvres des siennes. — On doit arrêter.

Elle ne le laissa pas partir, suçant sa lèvre inférieure dans sa bouche en secouant la tête. — C'est la seule chose qu'on ne devrait pas faire.

Il agrippa ses bras et Juliet eut le sentiment que, quoi qu'elle dise, elle ne le ferait pas changer d'avis.

Alors fais quelque chose...

Elle pressa ses seins contre son torse. Enroula une jambe autour de son mollet. Gémit en ouvrant sa propre bouche sous la sienne, prête à le supplier pour ça. Une nuit. C'est tout. Juste une nuit de plus.

Tanner glissa à nouveau sa main dans son dos en approfondissant le baiser.

Mais seulement pour quelques secondes.

Puis il s'écarta, se redressa et passa une main sur sa bouche.

Effaçant son goût ?

Eh bien, merde. Juliet laissa retomber son pied au sol.

— C'était une très mauvaise idée.

— Je ne pensais pas. Elle n'allait pas prétendre que cette flamme n'existait pas entre eux. Son cerveau avait peut-être pris le dessus à la fin et mis un terme à leur baiser, mais son corps avait reconnu ce qu'il voulait et était en train de l'obtenir. Et elle l'aurait laissé faire.

Elle posa sa paume contre sa joue. — Tu m'excites toujours, Tanner. Et nous sommes tous les deux adultes. Il n'y a pas d'illusions sur ce que c'est. Tu divorces dans quelques semaines ; ça n'a pas besoin d'être plus que cette nuit.

Il ouvrit la bouche pour dire quelque chose mais la referma.

Il recommença.

— Je... La troisième fois fut la bonne lorsqu'il réussit enfin à formuler une phrase complète. Je ne sais même pas quoi répondre à ça.

— Peut-être que tu n'as pas besoin de répondre. Peut-être que tout ce que tu as à faire est de m'embrasser à nouveau et la réponse nous viendra.

— On ne peut pas s'impliquer, Juliet.

— Oh, Tanner, n'essaie pas de te leurrer. Nous sommes déjà impliqués. Nous le sommes depuis que nous sommes enfants et même si tu divorces, nous le serons toujours. Nous sommes une partie importante de la vie l'un de l'autre ; ça ne changera jamais.

— Alors nous ne devrions pas compliquer les choses.

— Qu'est-ce qu'il y a de compliqué ? Je te veux ; tu me veux. Rien de compliqué du tout.

— Les émotions-

— Alors laissons les émotions de côté. Des paroles courageuses alors que tout n'était *qu*'émotions pour elle. Et si elle pouvait juste les faire aller au lit ensemble, cela pourrait arriver de lui-même.

Oh, mon Dieu. Que faisait-elle ? Essayer de manipuler ses sentiments à nouveau ? Utiliser leur intimité pour le garder ? Cela n'avait pas bien fonctionné avant ; ça ne fonctionnerait certainement pas maintenant.

— Tanner, je... je suis désolée. Cette fois, c'était *elle* qui recula. C'était elle qui serra les poings et redressa les épaules. Celle qui plongea longuement son regard dans ses yeux et vit le combat qui se déroulait en lui, et ce fut elle qui s'en alla.

Si Tanner la voulait, cela devait être de son plein gré, pas parce qu'elle l'avait contraint, manipulé ou forcé à la désirer.

— Juliet. Attends.

Chapitre Seize

Elle se figea. Ne se retourna pas, ne prit pas une respiration.

N'espéra pas.

Elle l'entendit soupirer. L'entendit se gratter la tête de cette façon brusque qu'il avait quand il réfléchissait intensément.

L'entendit s'approcher derrière elle.

— Je te veux.

Gloire à Dieu et alléluia ! Elle voulait le crier sur tous les toits.

Au lieu de cela, elle prit une profonde inspiration et se retourna lentement pour lui faire face. — Et… ?

Il arqua un sourcil. — Et ? Je pensais que cette déclaration était assez explicite.

— Eh bien, Tanner, ce n'est pas vraiment un secret que tu me veux. Il y a certaines choses que tu n'as jamais pu me cacher. Elle résista à l'envie de baisser les yeux vers son pantalon, mais uniquement parce qu'elle voulait voir ce qu'il y avait dans ses yeux. Voulait voir s'il y avait de la colère ou du mépris ou, Dieu nous en garde, du dégoût, mais ce qu'elle vit…

Lui coupa le souffle.

— Pas d'attaches. Il fit un pas de plus et posa sa paume sur sa joue. — Ça ne changera rien entre nous. Nous divorcerons toujours quand tout cela sera terminé.

Elle ne voulait pas penser à quoi que ce soit qui se termine, mais la maladie de Nana lui avait fait prendre conscience qu'elle ne pouvait rien tenir pour acquis. Qu'il n'y aurait peut-être *pas* de lendemain, alors elle ne devrait pas vivre avec des regrets. Et si tout ce qu'elle pouvait avoir de Tanner était cette nuit, elle allait la saisir.

Elle ne pouvait *pas* ne pas la saisir. — Je comprends.

— Ne va pas t'imaginer que ce sera un conte de fées avec une fin heureuse. J'ai une vie ailleurs à laquelle j'ai l'intention de retourner.

Sauf qu'il parlait d'ouvrir une franchise ici.

Mais elle n'allait pas mentionner ça. Pas maintenant.

— Je comprends, Tanner.

— Vraiment ? Tu es sûre ? Ou est-ce le champagne qui parle ?

Elle réfléchit à cela. Passa sa langue sur ses dents et l'intérieur de ses joues. Pas une trace de champagne et son esprit était clair comme de l'eau de roche. Quelque part en chemin, le brouillard de l'alcool avait cédé la place au brouillard de la séduction et c'était celui qu'elle préférait de loin. — Pas une goutte de champagne. M'embrasser à en perdre la tête a l'avantage supplémentaire de me dégriser, tu te souviens ?

C'était comme si elle avait prononcé une formule magique ou quelque chose du genre parce que Tanner fut sur elle si rapidement qu'elle ne put reprendre son souffle.

Pas que ça importait ; elle l'aurait perdu de toute façon.

Dieu, qu'elle aimait l'embrasser. Aimait être tenue par lui, prise dans ses grands bras forts qui l'avaient soulevée plus de fois qu'elle ne pouvait compter.

Elle en ajoutait une de plus à la liste parce qu'il la souleva en effet.

Et puis il bougea. À travers le salon et poussant la porte de sa chambre du pied, puis marchant à grandes enjambées vers le lit et la déposant dessus.

— À genoux, femme, grogna-t-il lorsque ses mains glissèrent vers ses fesses.

Elle enroula ses bras autour de son cou et s'abaissa sur ses genoux pour que leurs bouches soient à la hauteur parfaite.

Tanner s'en empara comme s'il était affamé. Elle devait le savoir parce qu'elle l'était.

Il avait un goût incroyable là-bas dans le salon, mais ç'avait été un baiser interrogateur. Un dont elle n'était pas sûre qu'il serait répété. Celui-ci, cependant... Il était ici, dans sa chambre, et il resterait aussi longtemps qu'il leur faudrait pour profiter pleinement l'un de l'autre.

Pour Juliet, ce serait environ quatre-vingts ans.

— Touche-moi, Tanner. Ça *pouvait* être les restes du champagne qui parlaient, mais Juliet en doutait. Elle n'avait pas besoin de faux courage pour désirer Tanner, et maintenant qu'il était là, d'accord avec le plan, elle n'en avait *vraiment* pas besoin. La chimie entre eux s'occuperait du reste.

Sa main glissa sur sa clavicule, ses doigts dansant le long délicatement, mais avec assez de feu pour la faire brûler. Et assez de délibération pour la rendre impatiente.

— Plus bas.

— J'y arrive, bébé. Ne sois pas si pressée.

Sept ans et il n'était *pas* pressé ? Soit elle ne lui faisait pas le même effet qu'il lui faisait, soit l'homme avait des projets pour elle.

Elle frissonna, priant pour que ce soit la deuxième option.

Puis elle frissonna à nouveau parce que ses lèvres se déplacèrent vers sa gorge, y déposant des baisers, suivant le chemin que ses doigts avaient tracé.

Les doigts qui descendaient enfin plus bas.

Ses seins lui faisaient mal, gonflant sous son toucher, ses mamelons se dressant avant même qu'il ne les atteigne, le feu crépitant à travers elle et descendant en spirale jusqu'à son centre. Dieu, comme elle le voulait.

— Bon sang, Juliet, tu sens toujours pareil. Ces fichues lupins.

Elle ne savait pas pourquoi ils étaient maudits ; il les avait toujours aimés avant. Aimé le souvenir de ce champ où ils avaient fait l'amour.

Elle frissonna à nouveau quand il fit glisser la bretelle de sa robe de son épaule.

— Je te veux nue.

Eh bien, elle aussi.

Juliet lâcha ses épaules — à contrecœur, mais c'était pour le bien de tous les deux. Plus vite elle serait nue, plus vite il le serait aussi, et alors ils seraient tous les deux heureux.

Elle déboutonna sa robe à partir de sa taille, ses doigts rencontrant sa bouche entre ses seins.

Il mordilla ses doigts et elle les glissa dans et hors de ses lèvres pendant quelques secondes avant que la tentation d'être nue ne l'emporte, et elle retira ses doigts pour pouvoir se dégager des manches de sa robe.

— Magnifique. Son souffle chaud glissa sur ses seins, ses mamelons tendus contre le tissu de son soutien-gorge.

Elle leva les mains pour défaire l'attache avant, mais Tanner les écarta. — Permets-moi.

Oh, elle lui permettrait tout ce que son cœur désirait.

Une torsion de ses doigts et son soutien-gorge était ouvert et puis, Dieu merci, ses mains étaient sur ses seins, les caressant, les empoignant, tirant sur ses mamelons.

Elle avait toujours eu des mamelons sensibles, mais cela faisait sept longues années — s'il continuait comme ça plus longtemps, ce serait fini avant qu'elle ne soit prête à ce que ça le soit.

— Je veux te toucher. Elle fit glisser ses mains le long de ses côtés, froissant le polo au niveau de l'ourlet et le remontant, passant ses mains sur ses abdominaux. — Tu as de superbes abdos.

— Ravi que tu approuves.

Il y avait un rire dans sa voix — ils avaient toujours été joueurs pendant le sexe, mais elle n'était pas d'humeur à rire. Elle était d'humeur à grogner. À mordiller. À avoir envie de lui arracher ses vêtements.

Elle ne déchira pas exactement sa chemise, mais elle la lui enleva brusquement par-dessus la tête et la jeta quelque part dans sa chambre. Elle s'en soucierait plus tard.

— Oh, mon Dieu, Tan. Ça fait si longtemps.

Elle n'avait pas voulu mentionner le temps écoulé car elle ne voulait pas qu'il réfléchisse à la durée exacte, mais elle n'avait pas pu s'en empêcher. Elle avait gardé ses souvenirs, mais rien — pas même le spectacle qu'il avait donné pour la vingtaine de femmes dans la boîte de nuit — ne pouvait se comparer à l'expérience réelle de parcourir de ses paumes ces muscles lisses et fermes et cette fine toison blonde qui se sentait si bien contre sa poitrine.

Et contre ses lèvres.

Tanner gémit. Puis il aspira une bouffée d'air quand elle trouva son téton.

— Bon sang, femme.

— Tu aimes ça.

Ce n'était pas une question car elle savait exactement ce qu'il aimait.

Il grogna quand elle le caressa.

Gémit quand elle fit glisser sa main sur toute sa longueur.

Siffla quand elle le caressa à travers son short.

— Enlevons ça.

Elle avait besoin de le toucher. Besoin d'être collée contre lui et de sentir à quel point il la désirait.

Besoin de le sentir en elle... et de ne jamais le laisser partir.

À qui voulait-elle faire croire quoi que ce soit ? Elle ne l'avait jamais laissé partir même quand elle aurait dû, et elle ne le ferait probablement jamais. Le divorce serait difficile, mais elle aurait ce souvenir pour l'aider à le surmonter.

Elle s'attaqua au bouton de sa ceinture, adorant la façon dont ses abdominaux se contractaient quand ses phalanges l'effleuraient.

— Tu me tues, Jules.

— Tu ne vas *pas* mourir, Tanner Wentworth. N'y pense même pas.

Sa respiration devint rauque tandis qu'elle descendait la fermeture éclair, faisant très attention car elle savait qu'il ne portait souvent pas de sous-vêtements.

Aujourd'hui ne faisait pas exception.

— Oh, mon Dieu, souffla-t-elle en sentant son poids dans sa paume.

Oh mon Dieu, en effet. C'était le sien. *Il* était sien. Et elle devait le lui faire comprendre. Ils étaient trop bien ensemble pour divorcer. Et elle ne parlait pas seulement du physique. Mais c'était son point de départ, alors elle allait s'y tenir.

— Merde.

Ou pas...

Juliet leva les yeux vers lui.

— Quoi ?

S'il te plaît, ne me demande pas d'arrêter. S'il te plaît, s'il te plaît, s'il te plaît, ne demande pas ça. Tout sauf ça.

— Préservatif.

Préservatif. Merde. Elle savait qu'elle aurait dû en acheter, mais elle ne voulait pas avoir l'air d'avoir préparé ça. De l'avoir manipulé pour en arriver là.

— Je n'en ai pas.

— Moi si.

Ses yeux se tournèrent brusquement vers les siens.

— Tu en as ?

Osait-elle espérer ? Avait-*il* prévu ça ?

Il hocha la tête et se dégagea de son emprise.

Elle dut le laisser partir.

— Risque professionnel. Si je dois remplacer quelqu'un et changer de costume, je ne veux pas que mes parties intimes entrent en contact avec un tissu qui a été en contact avec celles de quelqu'un d'autre. Alors je porte des préservatifs.

— Eh bien.

Elle s'assit sur ses talons et poussa sa robe jusqu'à ses genoux.

— Les faits méconnus sur les danseurs exotiques. La plupart des gens penseraient que vous êtes tous adeptes du sexe débridé et que vous vous montrez sans retenue. C'est intéressant de savoir que tu te, euh, couvres, pour ainsi dire.

— C'est ce que tu penses, Juliet ? Que je suis pour l'amour libre avec n'importe qui ?

— Tanner, si je pensais ça, nous ne serions pas ici en ce moment. Tu peux aller chercher ces préservatifs, s'il te plaît ?

— Préservatifs ? Au pluriel ?

Elle pencha la tête, laissant ses cheveux tomber sur un sein.

— Quand nous a-t-il fallu un seul préservatif ?

— Bon point.

Elle le pensait aussi. Elle pensait aussi aux préservatifs au *pluriel* pour pouvoir lui faire l'amour jusqu'à ce qu'il ne puisse plus voir droit et qu'il ne soit plus jamais capable de partir. Elle espérait qu'il en avait apporté assez.

Peut-être devrait-elle acheter quelques boîtes la prochaine fois qu'elle sortirait, au cas où il n'en aurait pas assez.

Tandis qu'elle se débarrassait de sa robe, son corps vibrait à l'idée de faire l'amour avec lui — pas seulement maintenant, mais demain. Le jour d'après. Chaque jour jusqu'à ce qu'il décide de partir —

Ou qu'il décide de *ne pas* partir.

N'y pense pas, Juliet. N'ouvre pas ton cœur à encore plus de chagrin. C'est déjà assez douloureux de savoir que tu pleureras quand il partira, n'ajoutons pas des attentes irréalistes. Tu es adulte maintenant. Tu sais comment ça marche. Profite du moment présent et laisse l'avenir se débrouiller. Si tu avais fait ça il y a des années, tu ne serais pas dans ce pétrin.

Sa conscience menaçait sérieusement de tuer complètement son excitation — celle sexuelle, pas celle due à l'alcool, car le champagne avait depuis longtemps quitté son système.

Heureusement, Tanner revint dans la pièce à ce moment-là.

— Voilà.

Il brandit quelques sachets en aluminium.

— Tu as une préférence de couleur ?

— Non. Prends-en un et reviens ici.

Elle se redressa sur ses genoux et tendit la main.

Tanner inspira brusquement en déposant les préservatifs dans sa paume.

— Mon Dieu, Jules, tu es magnifique.

— Tu me fais me sentir belle.

C'était vrai. Oui, elle savait à quoi elle ressemblait — elle se regardait dans le miroir après tout, et après avoir participé aux concours de beauté, elle ne pouvait *pas* ne pas être consciente de son apparence — mais Tanner la faisait se sentir belle d'une manière que tous les éloges et les jolis mots ne pouvaient pas. Il la faisait se sentir désirée — et pas seulement pour son physique, même si elle aimait qu'il aime la regarder, qu'il la trouve assez jolie pour la contempler pendant des heures. Ce qu'il avait fait à l'époque. On pourrait appeler ça l'émoi du premier amour, mais ce sentiment n'avait jamais disparu. Peu importe combien de gens lui disaient qu'elle était jolie ou belle, seule l'opinion de Tanner comptait. Elle voulait être jolie pour lui.

Elle posa tous les préservatifs sauf un sur la table de nuit, puis lui tendit la main.

— Laisse-moi te faire sentir beau.

Il fit glisser son short le long de ses jambes et tendit la main vers le préservatif.

— Laisse-moi faire.

Elle déchira l'emballage puis déroula le préservatif sur toute sa longueur, adorant la façon dont il tressaillait sous ses mains. Aimant la force dure et palpitante de son sexe dans son étreinte. Mon Dieu, comme elle le voulait en elle.

Il glissa sa main sous sa nuque et l'attira plus près.

— Bon sang, femme, tu me rends fou.

Elle allait considérer ça comme une *folie* positive plutôt que celle qu'il voulait peut-être dire, parce qu'elle allait profiter de ce moment. La réalité reviendrait bien assez tôt.

Elle enroula ses bras autour de son dos tandis qu'il l'embrassait, sa langue faisant les mouvements qu'elle voulait que cette partie pressée contre ses côtes fasse à l'intérieur d'elle.

Elle agrippa ses fesses et le tira plus près, voulant le déséquilibrer et le faire tomber sur elle, l'entraînant sur le lit, son poids la recouvrant.

— Attention, chérie, dit-il alors qu'il tombait effectivement sur elle, se retenant avec ses paumes plantées sur le matelas. Je ne veux pas te faire mal.

Elle lui agrippa la nuque des deux mains et l'attira sur elle, ne voulant pas penser à se faire du mal. C'était probablement inévitable, mais pas maintenant. Maintenant, il s'agissait uniquement de se faire du bien l'un à l'autre.

— Je te veux en moi, Tanner.

Ces mots déclenchèrent une frénésie à laquelle elle ne s'attendait pas. Oh, elle l'appréciait, mais tout à coup, Tanner était sur elle, son sexe pressé contre son abdomen avec insistance, et il l'embrassait comme s'il ne pouvait pas se rassasier d'elle.

Juliet lui rendit son baiser presque désespérément, mais après tout, peut-être l'était-elle. Il *fallait* que ça se passe bien. Il fallait que ça leur ouvre des portes. Au moins la possibilité de... quoi ? Rester mariés ? Vivre ensemble ?

Juliet ! Reviens à ce *moment. Maintenant. Pas le futur. Tu ne peux pas compter sur l'avenir, alors profite de ce que tu as maintenant.*

— Recule un peu, dit Tanner d'un ton brusque tout en glissant une main sous son dos et en la soulevant vers la tête du lit.

Elle se débattit du mieux qu'elle put pour l'aider à la déplacer, ce qui la mit en contact avec la majeure partie de son corps. Chaque endroit qu'il touchait s'illuminait comme un feu d'artifice. Mon Dieu, elle voulait cet homme. Celui-ci. Aucun autre. Il n'y avait jamais eu personne d'autre pour elle, pas même pendant ces quatre années où il était parti à l'université. Oh, elle était sortie avec quelques garçons, mais elle n'avait jamais fait plus que les embrasser — parce qu'embrasser ces garçons n'était pas mieux qu'embrasser Tanner, et aucun de leurs baisers ne l'avait amenée à perdre la tête de désir comme un seul baiser de Tanner le pouvait.

Et il faisait bien plus que l'embrasser maintenant.

Sa main glissa le long de son bras pour saisir ses doigts. Il porta leurs mains jointes entre eux et embrassa chaque doigt, puis aplatit la paume de Juliet contre sa poitrine. — Touche-moi, Juliet.

Elle n'avait pas besoin d'être plus encouragée. La paume à plat contre son pectoral, elle encercla son mamelon, le sentant se durcir. Tanner aimait qu'elle joue avec ses mamelons et elle était plus que ravie de s'exécuter.

Elle gigota un peu plus, écartant les jambes pour qu'il puisse s'allonger entre elles, et elle porta son autre main à son autre pectoral.

— Mon Dieu, oui, Jules. C'est tellement bon.

Il se souleva sur ses paumes, le dos arqué pour que sa partie inférieure soit en contact direct avec la sienne.

Elle encercla à nouveau ses mamelons, les effleurant quand il gémit.

— Mon Dieu, oui, bébé, c'est ça.

C'était bien ça ; elle pouvait en sentir la preuve grandissante contre elle.

Elle le voulait tellement en elle. Elle l'avait imaginé pendant des années et maintenant... Maintenant... Ça allait peut-être enfin arriver.

Elle écarta un peu plus les jambes, posa un talon sur le mollet de Tanner.

Cela fit l'affaire. Il plaqua un baiser sur sa bouche et s'enfonça en elle.

Juliet se figea. La sensation... C'était presque douloureux. Presque trop serré. Mais la façon dont il la remplissait... Peut-être que ce n'était pas tant un remplissage physique qu'émotionnel. Il la remplissait. De toutes les façons. Son corps, son esprit... son cœur.

Elle n'arrêterait jamais d'aimer Tanner. Jamais. Et tandis qu'il s'enfonçait en elle — tandis qu'il lui faisait l'amour — elle essayait de le lui montrer de toutes les manières possibles sans le dire. Parce que le dire le ferait fuir.

Elle enroula ses jambes autour de lui pour le garder en place et s'accorda à son rythme.

— Ah, Juliet. Tu es si belle.

Elle sourit alors parce qu'elle ne pouvait *pas* ne pas sourire. — J'a... J'aime que tu penses ça, Tanner. Elle cligna des yeux pour refouler les larmes qui s'accumulaient derrière ses paupières. Elle ne pouvait pas pleurer devant lui. Il la connaissait. La connaissait trop bien. L'avait taquinée sur le fait qu'elle pleurait quand ils faisaient l'amour ; avait dit que c'était tout l'amour qu'elle avait en elle qui débordait.

C'était tellement vrai.

Elle se redressa pour l'embrasser, ayant besoin de ne pas parler parce qu'elle ne pouvait pas se faire confiance pour ne pas dire les mots qu'elle voulait tant prononcer.

Il lui rendit son baiser, son corps bougeant plus rapidement contre le sien, ses coups de reins devenant plus profonds, son corps tremblant.

Elle croisa les chevilles et bougea avec lui, sentant la tension monter en elle.

Elle aimait tellement cet homme. Ne voulait rien de plus que d'être ici, comme ça, avec lui pour le reste de leur vie.

— Mon Dieu, Juliet, je ne peux pas... Son souffle était rauque dans son oreille, lui envoyant des frissons. — J'ai besoin...

— Je sais, Tanner, je sais. Elle bougea sous lui, utilisant ses talons comme levier, voulant — non, ayant besoin — qu'il continue.

Il s'enfonça en elle plus vite, sa peau glissante contre la sienne, l'odeur et le son de son amour pour elle l'emportant plus haut, et elle pouvait sentir le désir tourbillonner au creux de son ventre.

Elle se cambra contre lui.

— C'est ça, bébé. Jouis pour moi. Il haletait ces mots comme une litanie à chaque coup de reins et Juliet le sentit monter en elle.

Elle s'accrocha à son dos, griffa sa peau, sa respiration devenant courte et rapide. Voulant dire les mots, mais ne le ferait pas.

Mais elle pouvait les penser.

Je t'aime, Tanner. Je t'aime, Tanner.

— Mon Dieu, oui, Juliet. N'arrête pas.

Elle n'arrêterait jamais de l'aimer. Jamais.

Elle se resserra autour de lui, adorant la sensation qu'il lui procurait là. Adorant ce qu'il lui faisait ressentir partout.

— Oh, Tanner... Elle retint les mots. Mais elle ne pouvait pas arrêter ce qu'elle ressentait à l'intérieur. Son cœur débordait d'émotions pour cet homme, et son corps... mon Dieu, son corps était en feu, voulant l'emmener au septième ciel, voulant lui donner tant de plaisir.

Il l'embrassa alors et ce fut le déclic. Elle ne pouvait pas plus retenir son orgasme que l'amour qu'elle ressentait pour lui, et elle jouit, déversant tout son amour dans le baiser qu'elle lui donna.

Le monde de Tanner fut ébranlé.

Complètement et totalement retourné, mis sens dessus dessous, à l'envers, à l'endroit, de travers et de toutes les autres façons auxquelles il ne pouvait pas penser.

Bon Dieu, Juliet.

Il tressaillit contre elle, le besoin de bouger en elle le poussant bien après qu'il ait joui. Mais il ne pouvait pas s'arrêter. Il avait besoin de la sentir autour de lui. Besoin de savoir qu'il était en elle.

Là où est ta place.

Cette fichue voix. Ce n'était pas sa libido qui parlait cette fois ; sa libido était étalée par terre, frémissante, ronronnant de satisfaction.

Non, c'était sa conscience. Son sens du bien et du mal. Sa moralité. Son sens de soi. Et elle lui disait que sa place était ici ?

Le monde était-il devenu fou ?

Il n'avait *pas* sa place ici — mais il était damné s'il pouvait s'éloigner.

Il exhala et laissa son poids retomber sur Juliet. Ça ne la dérangerait pas. Il le savait d'expérience.

Un autre argument dans l'arsenal de sa conscience.

Tu la connais. Tu l'as toujours aimée. Elle a changé. Elle a grandi. Elle a traversé la même perte que toi. Mets fin à votre misère commune et dis-lui que tu l'aimes toujours.

Non.

C'était là qu'il mettait métaphoriquement son pied à terre. Il n'était pas amoureux de Juliet. Il ne *pouvait pas* aimer quelqu'un qui avait fait ce qu'elle avait fait. Non. Il n'y avait pas d'arguments contraires. Juliet avait menti ; il ne pourrait jamais lui faire confiance. C'était aussi simple que ça.

Et aussi douloureux.

Très bien. Comme tu veux. Et perds la meilleure chose qui te soit jamais arrivée.

Si les mensonges de Juliet étaient la meilleure chose qui lui soit jamais arrivée, Tanner pourrait envisager d'abandonner et de devenir un clochard. Quel était l'intérêt d'avancer s'il ne faisait que reculer ?

— J'entends les rouages tourner dans ta tête.

Elle tourna sa tête ébouriffée vers lui, ses yeux rassasiés et langoureux, son sourire satisfait.

C'était un regard qu'il avait toujours aimé chez elle et maintenant ce n'était pas différent. Certaines choses étaient simplement câblées dans son psychisme.

Ce qui pourrait être la seule explication pour avoir fait ça avec elle.

— Tanner ? S'il te plaît, dis-moi que tu ne regrettes pas.

Il aurait aimé lui dire qu'il regrettait. Lui infliger la même douleur qu'elle lui avait infligée, mais il ne pouvait pas. Ce n'était pas qui il était. Il était fier d'être honnête.

— Non, Juliet, je ne regrette pas. Je me demande cependant comment nous allons continuer à partir de là. Ce qui va se passer ensuite. Je pars toujours, tu sais. Le divorce aura toujours lieu. Je ne peux pas vivre dans le même vide dans lequel j'ai vécu ces sept dernières années. Je veux que ma vie commence. Je veux aller de l'avant. Avoir un avenir. Il y a trop de passé entre nous pour que cela se produise.

Elle cligna des yeux. Plusieurs fois. Rapidement. Mais à son crédit, elle ne pleura pas.

Peut-être que Juliet grandissait après tout.

Alors qu'est-ce que ça signifie pour toi, mon gars ?

Rien. Absolument rien. Trop de blessures. Trop de douleur. Ils ne pouvaient pas revenir en arrière et ils ne pouvaient pas aller de l'avant. Pas ensemble. Ils devaient passer à autre chose.

— Ne suranalyse pas, Tanner. Apprécions simplement pour ce que c'est. Nous avons toujours été attirés l'un par l'autre — ça n'a évidemment pas changé. Tu as ta vie ; j'ai la mienne. Nous sommes ici ensemble à cause de Nana. Laissons-le être juste ça. Pourquoi l'analyser ? Pourquoi nous mettre plus de pression ? Pourquoi s'inquiéter que ce soit quelque chose que ce n'est pas ? Profitons-en simplement.

Elle leva un bras au-dessus de sa tête et s'étira.

— J'en ai certainement profité.

Il la regarda. Étudia ses yeux. Il n'y avait pas de ruse là. Pas de calcul en cours. Juste honnête et ouvert et — ses pupilles étaient dilatées. Les pupilles de Juliet se dilataient toujours quand elle était excitée.

Il se sentit remuer et dut sourire. Certaines choses n'avaient évidemment pas changé en sept ans.

— Tu souris.

Y compris le fait qu'elle pouvait le lire comme un livre ouvert.

— Ça veut dire que tu as apprécié ?

Il saisit sa main et la traîna jusqu'à son entrejambe.

— Qu'en penses-tu ?

Il frissonna quand ses doigts se refermèrent autour de lui.

— Je pense que le jury a besoin d'être davantage convaincu.

Que Dieu lui vienne en aide, il la laissa "convaincre le jury". La laissa le prendre dans sa bouche, et puis, quand il était sur le point de lui retirer la tête et de la retourner, elle prit un autre préservatif sur la table de nuit, l'en revêtit, et grimpa sur lui, et ce fut longtemps avant qu'il ne pense à quoi que ce soit.

Et si son père n'était pas apparu à la porte d'entrée de Juliet, cela aurait pu durer beaucoup plus longtemps.

Chapitre Dix-sept

— Papa ?

Ce seul mot, prononcé sur ce ton, fit bondir Tanner hors du lit de Juliet et enfiler ses vêtements en deux secondes. L'arrivée de son père n'était pas une bonne chose.

Dieu merci, Juliet avait enfilé un short et un t-shirt au lieu d'ouvrir la porte en peignoir, mais cela n'aiderait pas Tanner à sortir de sa chambre sans que son père ne sache exactement ce qu'ils avaient fait.

Quoique... cela pourrait être une bonne chose. Ça renforcerait leur histoire.

Génial. Maintenant, *lui aussi* cherchait comment mentir.

— Qu'est-ce qui ne va pas ? C'est Nana ?

— Ta grand-mère va bien. C'est moi. Je suis venu pour savoir ce que toi et Wentworth essayez de manigancer.

— Manigancer ? De quoi parles-tu ?

Tanner s'approcha de la porte de la chambre, l'oreille collée à l'ouverture.

— Puis-je entrer ?

M. Chambers était un maniaque des convenances et des règles. Cela faisait de lui un bon homme d'affaires, mais un père de petite amie pénible.

Tanner n'était pas sûr de ce que cela faisait de lui comme beau-père puisqu'il n'avait pas vraiment expérimenté cette partie. Mais si le fait de débarquer tard chez eux — bon, chez sa fille, mais le gars pensait qu'ils s'étaient remis ensemble, donc ça devrait être considéré comme *leur* maison et Tanner s'inquiéterait de ce qu'il en pensait plus tard — était une indication, Tanner n'était pas fan. Surtout quand le type l'avait interrompu alors qu'il faisait l'amour à sa femme.

Femme.

Bon sang. Ce mot roulait beaucoup trop facilement sur sa langue.

— Oh. Euh. Bien sûr.

Juliet recula en passant la main dans ses cheveux déjà en désordre. Bon sang, sa coiffure post-sommeil ne pouvait pas crier *sexe* plus fort.

— Mais s'il te plaît, sois discret. Tanner dort.

— Où ça ?

Eh bien, ça allait droit au but.

Juliet détourna le regard et Tanner put voir la rougeur sur sa joue.

Ça aussi, ça allait droit au but.

— Tu *couches* avec lui, Juliet ? Tu n'as toujours pas retenu la leçon ?

— Papa, Tanner est mon mari.

— Tu en es sûre ?

Cette question fit bouillir le sang de Tanner. Comment son père osait-il remettre en question *son* intégrité. Il était sur le point d'ouvrir la porte de la chambre quand Juliet répondit.

— Oui, j'en suis sûre, Papa. Tanner et moi sommes toujours mariés. Et il a honoré ses vœux, tout comme moi.

Elle ferma la porte d'entrée.

— Je sais qu'il n'est pas ta personne préférée, mais notre relation ne te regarde pas.

Si elle disait cela dans le cadre de leur couverture, elle ne pouvait pas être plus convaincante. Si elle y croyait vraiment, elle avait enfin appris à le croire sur parole.

Il sentit un petit frisson dans sa poitrine à cette pensée.

— Tu en as fait mon affaire en mentant à ta grand-mère. Je ne le tolérerai pas, Juliet. Elle a sacrifié sa vie pour m'aider à t'élever. C'est comme ça que tu la remercies ?

— Ça suffit, Burt.

Tanner ne pouvait plus rester dans la chambre de Juliet.

— Juliet ne ferait jamais de mal à sa grand-mère et tu le sais. Je sais que tu es inquiet, mais tu ne devrais pas passer tes nerfs sur ta fille.

— Devrais-je les passer sur toi ?

M. Chambers n'était pas un petit homme, mais il n'était pas dans la catégorie de Tanner. Non pas que Tanner le frapperait jamais, mais le père de Juliet serrait les poings, l'air de vouloir lui asséner plus que quelques coups alors qu'ils se rencontraient au milieu du salon de Juliet.

— Juliet essaie de rendre sa grand-mère heureuse. Moi aussi.

Son père se frotta le côté du cou.

— En lui mentant ? Tu ne peux pas me dire que vous avez soudainement découvert que vous ne pouviez pas vivre l'un sans l'autre. Pas après toutes ces années de séparation.

— Nous... y travaillons.

— Et ensuite quoi ?

Il arqua un sourcil.

— Ma mère guérit et tu repars encore une fois ?

— Papa...

— Non, Juliet. Je veux entendre ce qu'il a à dire. Il t'a déjà quittée deux fois. Pourquoi t'exposes-tu à une troisième fois ? Tu aimes souffrir ? Tu aimes devoir ramasser les morceaux ? Pourquoi diable te laisserais-tu embarquer là-dedans ?

— Je n'ai été embarquée dans rien du tout. Si nous essayions de « manigancer quelque chose » comme tu dis, ne penses-tu pas que je l'aurais fait revenir quand elle est entrée à l'hôpital ?

— Pourquoi ne l'as-tu pas fait ?

— Parce que je ne voulais pas que Tanner *doive* revenir ; je voulais qu'il *veuille* revenir.

Tanner avait sérieusement sous-estimé le talent d'actrice de Juliet. Elle l'avait presque convaincu.

Son père posa ses poings sur ses hanches.

— Tu t'attends à ce que je croie que c'est juste une coïncidence ? Je ne suis pas arrivé où j'en suis aujourd'hui en me mettant la tête dans le sable, Juliet. Je reconnais une arnaque quand j'en vois une.

Tanner voulait avouer ; il avait dit à Juliet qu'ils ne pourraient pas s'en sortir. Mais il avait vu Nana. Elle avait été heureuse de le voir, mais il y avait une fragilité sous son sourire. Si maintenir le mensonge un peu plus longtemps pouvait l'aider à aller mieux, il le ferait. Qui s'y frotte s'y pique...

— Bien sûr que je suis revenu quand Juliet m'a dit ce qui s'était passé — mais c'était parce que je le voulais. Parce qu'il était temps.

Voilà. C'était aussi proche de la vérité sans être un mensonge qu'il pouvait l'être.

— Et que penses-tu qu'il se passera, Juliet, quand il partira ? Crois-tu que ta grand-mère sera heureuse de ça ?

— Qui dit que je vais partir ?

Tanner n'arrivait pas à croire qu'il avait dit ces mots.

Le père de Juliet ne le pouvait visiblement pas non plus. Ses yeux se plissèrent et il pointa Tanner du doigt.

— Toi.

Il se redressa de toute sa hauteur, qui était bien cinq pouces en dessous de celle de Tanner, mais le gars était toujours aussi intimidant qu'il l'avait été quand Tanner avait dix-huit ans.

— Pour une raison que Dieu seul connaît, tu rends Juliet heureuse et ma mère le sait. Je ne permettrai pas qu'elle soit blessée à nouveau. Elle a trop fait pour cette famille pour qu'on joue avec ses émotions. Je ne sais pas ce que toi et Juliet avez concocté, mais vous ne ferez pas de mal à ma mère, c'est clair ? J'ai toujours cette hypothèque.

— Papa...

— Juliet.

Tanner fit un pas en avant. Autant qu'il aurait aimé remettre les pendules à l'heure, il n'allait pas le faire et risquer ce que Juliet et lui avaient déjà mis en place.

Il prit une profonde inspiration et fit quelque chose qu'il n'aurait jamais pensé pouvoir faire.

Il mentit au père de Juliet.

— Juliet et moi avons eu quelques problèmes, mais nous nous devons à nous-mêmes, à ce que nous avons représenté l'un pour l'autre, d'essayer de les résoudre. Oui, je suis ici parce que Juliet m'a parlé de sa grand-mère, mais ce n'est pas la seule raison pour laquelle je suis revenu. Je suis ici pour les bonnes raisons. Je n'ai aucune intention de blesser ta mère ou ta fille, Burt.

Cette partie était au moins vraie. Ils avaient déjà établi les règles de base ; si Juliet était blessée, c'était parce qu'elle avait transformé cela en quelque chose de plus que ce que c'était réellement. Ce ne serait pas de son fait ; il avait été honnête avec elle.

— Mais tu ne le fais jamais, n'est-ce pas ? Tu disparais simplement, et c'est à nous autres de l'aider à ramasser les morceaux.

— Papa, ce n'est pas juste.

— Tu n'as pas entendu, Juliet ? Rien n'est juste en amour et à la guerre. Je n'ai simplement pas encore compris dans quelle catégorie se classe votre relation à tous les deux.

Tanner ne voulait pas essayer de la classifier. — Juliet et moi sommes adultes. Nous avons discuté de la situation sous tous les angles. Tu n'as pas à t'inquiéter pour ta fille. Elle va bien.

Bien ? Juliet n'en était pas sûre. En fait, elle n'était sûre de rien parce qu'entendre ce que Tanner disait...

Elle voulait que ce soit vrai. Et s'ils n'avaient pas eu cette conversation avant d'aller au lit ensemble, elle aurait pu penser que c'était le cas, tellement il était convaincant.

Et il semblait si à sa place en parlant à son père ici dans son salon, en t-shirt, short et pieds nus. Comme si c'était là qu'il devait être.

Son ventre papillonna en l'imaginant. Ce que ce serait de se coucher avec lui chaque soir, de se réveiller avec lui chaque matin, de lui préparer le petit-déjeuner au lit – ou il le lui préparerait ; ils aimaient faire ça l'un pour l'autre pendant ces quelques mois où ils avaient emménagé ensemble avant de perdre Keegan. Elle pouvait l'imaginer assis sur la terrasse arrière, lisant le journal. Cette maison lui avait semblé si minuscule avant et aurait dû, logiquement, sembler encore plus petite avec Tanner dedans, mais ce n'était pas le cas. Elle semblait...

Comme un foyer.

— Il a raison, papa. Tanner et moi avons tout discuté à ce sujet. Tu n'as pas besoin de t'inquiéter.

Il lança un regard noir à Tanner. — J'aimerais avoir un mot avec ma fille.

— Papa, tout ce que tu as à dire, tu peux le dire devant Tanner.

— Non, Juliet, c'est bon. Tanner toucha son épaule et cela semblait... sincère. — Je vais vous laisser seuls. Il se dirigea vers la chambre d'amis.

Adieu la sincérité. S'il pensait vraiment ce qu'il avait dit – ce qu'ils venaient de faire ensemble – il serait retourné dans sa chambre.

Elle devait garder la tête froide. Ce n'était pas ce dont ils avaient convenu avant d'aller dans sa chambre. Elle ne pouvait pas laisser ce qu'ils avaient fait influencer ce qu'ils essayaient de faire : convaincre sa famille qu'ils étaient de nouveau ensemble.

Son père s'assit quand Tanner ferma la porte de sa chambre. Juliet dut prendre une profonde inspiration avant de pouvoir lui faire face. — Papa, tout ira bien.

— Vraiment ? Il se frotta les tempes. — Écoute, ma chérie. Je sais que tu penses faire une bonne chose pour ta grand-mère, mais elle sera bouleversée quand il partira. Tu aurais dû la voir après ton départ aujourd'hui. Je ne l'avais pas vue sourire autant depuis, eh bien, longtemps avant l'AVC. Et elle a mangé ce soir. Je n'ai pas eu besoin de la persuader.

— Tu vois ? Toutes de bonnes raisons d'être content qu'il soit de retour.

Son père se pencha en avant et posa ses coudes sur ses cuisses, ses mains pendant entre ses jambes. — C'est exactement ce qui m'inquiétait, Juliet. Tu es trop vulnérable quand il s'agit de Tanner Wentworth. Tu te fais toujours de faux espoirs et puis tu es déçue. Il n'a pas été présent pendant une période raisonnable depuis sept ans, ma chérie. S'il avait voulu revenir, il aurait pu. J'aurais pu avoir des petits-enfants maintenant. Mais tu gâches ta vie à attendre quelque chose qui n'arrivera pas. Il n'est pas l'homme qu'il te faut. Que ce soit parce que vous avez trop d'histoire ou pour une autre raison à laquelle tu t'accroches, la vérité est que tu dois le laisser partir. Tu dois aller de l'avant. Tu ne peux pas passer ta vie à languir après un homme qui ne réalise pas à quel point tu es spéciale.

Juliet se mordit la lèvre. Elle aimait son père pour avoir dit cela. Il lui avait toujours dit à quel point elle était merveilleuse et spéciale – surtout dans les premières années après que sa mère ait décidé que son petit ami était plus important que sa fille. Mais entendre ces mots de son père n'effaçait pas l'abandon de sa mère.

La vérité était qu'elle ne s'était jamais sentie assez digne. Après tout, si sa propre mère l'avait quittée, pourquoi quelqu'un d'autre qui ne lui était pas génétiquement lié resterait-il ?

Rationnellement, elle savait que Tanner ne pouvait pas être tenu pour responsable des actions de sa mère, mais émotionnellement, psychologiquement, elle avait été terrifiée à l'idée qu'il la quitte.

Et puis il l'avait fait. Et le plus nul, c'était que c'étaient ses propres actions pour l'*empêcher* de partir qui avaient conduit à ce qu'elle craignait le plus.

— Papa, tu vas simplement devoir me faire confiance et croire que je sais ce que je fais.

— Tu n'as pas de recul, ma chérie. Il t'a quittée quand tu avais le plus besoin de lui. Et pas une fois, mais deux. Et maintenant tu l'as fait revenir une troisième fois ? J'espérais que tu ne nourrissais pas de flamme pour lui toutes ces années, mais je vois que j'avais tort. Il lui prit le menton. — Tu vas encore être blessée et il n'y a rien que je puisse faire pour l'empêcher.

— Papa, je suis une grande fille et je m'en suis très bien sortie ces dernières années sans lui. *Dernières*, pas *sept*, parce qu'elle n'avait pas été bien les deux premières.

— Tu as géré, mais tu n'es pas passée à autre chose. Il laissa retomber sa main sur ses genoux. — Tu n'as pas eu de rendez-vous et tu devrais. Sors et rencontre un autre homme. Un avec qui tu peux construire une vie. Un avenir. Fonder une famille.

— Je suis toujours mariée, papa.

Ses sourcils s'arquèrent et il lâcha sa main. — Tu crois qu'il s'en soucie ? S'il s'en souciait, il serait ici. Il pourrait avoir des rendez-vous et tu n'en saurais rien.

— Je le saurais. Je connais Tanner. C'est un homme de parole. Il a prononcé ses vœux et il les pensait.

De cela, elle était sûre. Maintenant.

Mais elle voulait lui rappeler le plus important : *Jusqu'à ce que la mort nous sépare.*

Les paroles de son père lui brûlaient le cœur.

Tanner s'éloigna de sa porte, le vieux dicton selon lequel les oreilles indiscrètes n'entendent jamais rien de bon sur elles-mêmes se révélant vrai.

M. Chambers l'encourageait en fait à le tromper. Tanner secoua la tête. Il n'arrivait pas à y croire. L'opinion que ce type avait de lui...

Pourtant, Juliet avait immédiatement pris sa défense. Ou disait-elle cela pour le bénéfice de son père ?

Il détestait même devoir avoir cette pensée.

— Laisse tomber, papa, d'accord ? Soyons simplement là pour Nana. Tout le reste se résoudra comme il se doit après qu'elle aille mieux.

Après.

Tanner avait l'impression d'avoir vécu sa vie avec une grande portion d'*après*. *Après* ses trente ans. *Après* avoir reçu son fonds fiduciaire. *Après* avoir remboursé l'hypothèque. *Après* son divorce. Maintenant, il devait attendre *après* que Nana aille mieux.

Quand pourrait-il enfin vivre dans l'instant présent ? Ne plus avoir à attendre une date cruciale pour définir sa vie ?

Il ricana. *Après*, voilà quand.

— Je ne veux pas qu'il s'enfuie à nouveau, Juliet. Pas tant que cela pourrait blesser ta grand-mère. Tu as assez confiance en lui pour être sûre qu'il ne le fera pas ?

— Oui.

Elle avait prononcé ces deux mots avec plus d'assurance et de fermeté que le jour de leur mariage. Et cette fois, ils coulèrent dans ses veines et tourbillonnèrent autour de son cœur d'une manière différente de l'époque où il pensait qu'elle les disait pour le piéger. Mais maintenant, elle les prononçait comme si elle lui faisait confiance. Enfin.

Mais quand lui feras-tu confiance ?

C'était la question à un million de dollars, n'est-ce pas ? Presque littéralement. Mais il n'était pas ici pour lui faire confiance. Il était là pour honorer leur accord et obtenir l'hypothèque du ranch. Ensuite, il pourrait passer à autre chose.

Tu es sûr que c'est ce que tu veux faire ?

Bien sûr que oui. C'était ce qu'il avait prévu pour *après*.

Mais qu'en est-il de maintenant *?*

Maintenant ?

Il regarda à travers la porte et la vit assise là, les genoux serrés, les mains entrelacées sur ses genoux, la détermination gravée sur son visage.

La Juliet qu'il avait connue était collante. L'adorant.

Cette Juliet était confiante. Sûre d'elle.

Différente.

Et toujours si belle qu'elle lui faisait mal au cœur.

Pourquoi son père avait-il dû apparaître ? Pourquoi n'avaient-ils pas pu avoir cette soirée ? Était-ce trop demander ?

Juste une nuit. Avec sa femme.

Juliet ferma sa porte d'entrée après le départ de son père, appuya son front contre elle et prit une profonde inspiration. Cela n'avait pas été agréable.

Papa avait exprimé toutes ses inquiétudes et elle lui avait donné des réponses sincères. Elle faisait confiance à Tanner pour ne pas partir — du moins jusqu'à ce qu'il ait rempli sa part du marché. Ensuite, il partirait et elle l'avait déjà approuvé.

Elle fit rouler son dos contre la porte et y plaqua ses paumes, se donnant une vue directe sur la porte de la chambre de Tanner. Il avait forcément entendu. Elle s'était attendue à moitié à ce qu'il sorte pour se défendre. Mais il ne l'avait pas fait.

Pourquoi ?

Elle voulait aller le voir. Voulait l'inviter à revenir dans sa chambre pour qu'ils puissent continuer là où ils s'étaient arrêtés. Mais elle avait le sentiment que ce moment était passé.

Soupirant, elle éteignit la lumière près du canapé et se dirigea vers son coin de la maison.

— Juliet.

Sa voix glissa sur elle dans l'obscurité tout comme ses mains l'avaient fait. Et avec le même effet.

Elle prit une profonde inspiration. Elle ne voulait pas devoir lui dire bonne nuit comme ça.

Mais elle avait accepté ses conditions, alors elle se retourna.

Il se tenait dans l'encadrement de sa porte, plus grand que nature. Comme il l'avait toujours été. — Merci.

— Pour... quoi ? Ça, elle ne s'y attendait pas.

— Pour m'avoir défendu.

— Il n'aurait pas dû dire ces choses, mais il est contrarié.

Tanner saisit le cadre de la porte au-dessus de sa tête et se pencha en avant. — Tu n'as pas à faire d'excuses. Il était dans son droit de les dire. Après tout, je *suis* parti.

— Pour une bonne raison.

Il lâcha le bois et fit deux pas hors de sa chambre.

Le cœur de Juliet s'accéléra.

— Écoute. Il passa une main dans ses cheveux. — Ce soir, avant que ton père n'arrive... C'était bien. Non ?

Elle hocha la tête, retenant son souffle, ne voulant pas dire quelque chose de travers.

— Alors... Que dirais-tu de, tu sais, revenir là où nous en étions avant qu'il n'arrive ?

Dire ? Elle ne voulait rien *dire*. Elle voulait le crier pour que tout le monde l'entende.

Mais elle fit preuve d'un peu de retenue.

— J'aimerais beaucoup ça, Tanner. Je ne veux pas aller me coucher seule ce soir.

— Alors ne le fais pas. Il tendit la main.

Pour Juliet, cela ressemblait à une bouée de sauvetage.

Chapitre Dix-huit

Le lendemain matin, Tanner posa la boîte d'œufs sur le comptoir de la minuscule cuisine de Juliet et déposa doucement la poêle sur le brûleur pour que le métal ne fasse pas de bruit. Juliet avait besoin de dormir.

C'était la seule raison pour laquelle il était ici à préparer le petit-déjeuner et non là-bas à lui faire l'amour.

Faire l'amour... Il devait y avoir une meilleure expression.

Des images de la nuit dernière lui traversèrent l'esprit. Ce qu'ils avaient fait ensemble était bien plus que *coucher ensemble*, mais ce n'était pas faire l'amour. Certes, il tenait à elle. Il tiendrait toujours à elle ; elle avait raison sur ce point. Mais il n'était pas amoureux d'elle. Il ne pouvait pas aimer quelqu'un qui ne pouvait pas être honnête.

Mais il pouvait toujours tenir à elle. Il pouvait chérir les souvenirs.

Il cassa les œufs pour son petit-déjeuner. Brouillés ; c'était la seule façon dont elle aimait les œufs. Pas durs, pas pochés, pas au plat... Juste brouillés. Elle n'aimait même pas les omelettes, bien qu'il mette assez de fromage, de ketchup et de thym pour que cela en constitue une si elle n'insistait pas pour avoir les œufs hachés.

Étonnant comme il s'en souvenait après toutes ces années.

Il mit deux tranches de pain dans le mini-four, versa deux verres de jus d'orange et regarda dans son frigo s'il y avait de la viande pour le petit-déjeuner pendant que les œufs cuisaient.

Il sourit. Il pourrait lui donner de la viande pour le petit-déjeuner...

Bien que ce soit drôle, c'était aussi triste. Si c'était réel, s'ils étaient vraiment mariés et que c'était un week-end normal comme un autre, il pourrait effectivement éteindre la cuisinière et aller faire ça. Il pourrait toujours faire d'autres œufs.

Pendant quelques instants, l'idée fut tentante. Ce qui montrait à quel point ce n'était *pas* une bonne idée. Il allait rester là où il était.

Mais ensuite, il entendit le chaton miauler.

Il ferma la porte du frigo. La viande au petit-déjeuner n'était pas si saine de toute façon.

Il éteignit le feu puis se dirigea vers la buanderie où ils avaient mis le petit animal quand il avait essayé de les rejoindre dans le lit la nuit dernière.

— Hé, bébé. Qu'est-ce qui ne va pas ? Tu t'ennuies de tes copains du magasin ?

Il serra le chaton contre sa poitrine, puis elle grimpa jusqu'à son épaule et lui lécha l'oreille.

Il lui gratta le dessus de la tête puis retourna dans la cuisine. — J'ai une surprise pour toi, ma petite.

Il ralluma le brûleur, retourna les œufs, puis en coupa un petit morceau pour le chaton. Il le mit sur son épaule, ignorant ses griffes qui lui perçaient la peau tandis qu'elle s'y équilibrait. Heureusement qu'il avait de larges épaules.

— Tu ne vas *pas* lui donner de la nourriture pour humains.

Il se retourna en entendant la voix indignée de Juliet. — Euh... si ?

— Tanner, tu ne peux pas faire ça. Elle doit manger ses croquettes pour chaton.

— Tu me dis que tu penses que des morceaux durs et croquants de je-ne-sais-quoi sont meilleurs pour elle qu'un œuf naturel ?

— Les chatons ne sont pas censés manger des œufs.

— Réfléchis à cette déclaration, Jules. Il retourna les œufs une dernière fois puis éteignit le feu avant de retourner le pain dans le mini-four pour le faire dorer de l'autre côté. Il ouvrit la porte du frigo — lentement parce que le chaton essayait toujours de s'installer confortablement sur son épaule et ces griffes étaient acérées — et prit le beurre dans le bac de la porte.

— Si elle ne connaissait pas mieux, alors elle ne saurait pas faire la différence. Juliet prit les verres et les posa sur la table.

— Il est trop tôt le matin pour les jeux de mots.

— Je dis juste qu'elle ne peut pas manquer quelque chose qu'elle n'a jamais eu. Maintenant que tu lui en as donné, elle va le regretter quand elle ne pourra plus en avoir.

Il ferma la porte du frigo mais ne se retourna pas, retenant son souffle. — C'est un commentaire sur la nuit dernière ?

— Quoi... ? Oh.

Il entendit sa chaise racler le sol carrelé mais ne se retourna pas pour voir si elle s'y était assise. Il ne pouvait pas. Il ne voulait pas voir de regret sur son visage. Ne voulait pas le ressentir en la regardant. Il ne regrettait pas la nuit dernière — à moins qu'elle ne le fasse. Ou, à moins qu'elle ne pense à en faire plus que ce que c'était.

Peut-être que c'était *plus* que ce qu'il pensait. Après tout, quelque chose l'avait poussé à faire cette invitation après le départ de son père.

Bon sang, il aurait dû écouter sa conscience hier soir et simplement partir.

Mais alors il aurait manqué l'occasion de la tenir dans ses bras. Ce qui avait été génial.

Jusqu'à ce qu'il se réveille avec son érection matinale habituelle. D'où la raison pour laquelle il était venu dans la cuisine.

Il bougea les jambes, espérant cacher toute preuve de cela. — Des nouvelles de ta grand-mère ce matin ? Comme changement de sujet, ce n'était probablement pas le meilleur choix, mais c'était le premier auquel il avait pensé pour s'éloigner du sujet de la nuit dernière.

— Non. Mais je veux y aller. Tu n'es pas obligé si tu ne veux pas. Elle t'a vu, elle sait que tu es là, elle s'est un peu remontée. Ça devrait suffire.

Il mit leurs œufs et leurs toasts dans des assiettes et les apporta à la table. — Donc une fois et c'est fini ? Tu penses vraiment qu'elle va accepter ça ? Ta grand-mère est peut-être faible, mais elle est toujours aussi vive d'esprit. Je suis là, autant m'utiliser. Ce n'était pas bien dit. — Je veux dire, autant que je passe du temps avec elle. Pour rendre ça crédible.

— Merci, Tanner. J'apprécie vraiment l'offre.

— De rien. Il haussa les épaules, puis attrapa le chaton avant qu'elle ne glisse le long de son dos, emportant quelques couches de peau avec elle.

Il la posa par terre avec un autre morceau d'œuf.

Juliet leva un sourcil quand il lui fit face à nouveau.

— Quoi ? Je ne peux pas m'en empêcher. J'ai un faible pour les chatons. Attaque-moi en justice. Il se mit à manger ses propres œufs. — Et en parlant du chaton, avons-nous un nom ou dois-je continuer à l'appeler *bébé* ?

— Je pensais à Houdini, mais c'est une fille et lui ne l'était pas.

— Comme Mme Houdini a été très heureuse de le découvrir, j'en suis sûr. Tanner avala une autre bouchée d'œufs. — Pourquoi *ne pas* l'appeler comme ça ? Beaucoup de gens utilisent des noms neutres. Houdini était son nom de famille, donc ça peut être de n'importe quel genre.

Elle sourit et c'était comme si le soleil se levait dans sa cuisine.

Tanner secoua la tête. Pour l'amour de Dieu, une nuit de sexe en sept ans et il se transformait en poète.

C'était le signal pour partir tant qu'il le pouvait encore.

Il engloutit ses œufs. — Et si tu allais te doucher pendant que je nettoie ? Ensuite ce sera mon tour et on pourra se mettre en route.

— Quoi ? Tu ne penses pas que je devrais me présenter chez Nana comme ça ? Elle tapota ses cheveux.

Instantanément, il fut projeté à la nuit dernière quand il avait eu les mains dans ces cheveux-

Il se pencha pour caresser Houdini qui lui griffait la jambe, probablement à la recherche de plus d'œufs. Juliet avait eu raison. S'il n'avait jamais goûté à elle la nuit dernière, il n'en voudrait pas plus aujourd'hui.

Il se redressa et engloutit le reste de ses œufs. On dirait bien qu'une autre douche froide l'attendait.

* * *

— Gin. Je gagne encore. Nana tira la fiche de poker vers la pile devant elle. — Tu ne me laisses pas gagner, n'est-ce pas, Tanner ?

— Non, madame. Tanner inclina son chapeau en arrière et se pencha sur sa chaise, la faisant reposer sur les deux pieds arrière. — Je sais qu'il vaut mieux ne rien vous laisser faire.

— C'est exact. Ça n'a aucune valeur si tu ne le fais pas toi-même. Nana mélangea les cartes.

Juliet était stupéfaite du changement en elle. Il y a une semaine, Nana avait à peine pu sortir du lit, alors la voir maintenant, assise ici, jouant aux cartes depuis — Juliet vérifia son téléphone portable — plus d'une heure... Elle avait fait le bon choix en ramenant Tanner.

L'inconvénient de la grande amélioration de Nana, cependant, était que Tanner n'aurait pas à rester très longtemps. Une fois que Nana serait redevenue elle-même, ils pourraient avouer la vérité et il pourrait partir, emportant l'hypothèque et son cœur avec lui.

— Souris, Juliet. Nana distribua la nouvelle manche. — Ma série de victoires ne peut pas durer éternellement. Tu gagneras une partie, j'en suis sûre.

Juliet étala ses cartes — pas une seule paire en vue. Soupir. — Peut-être si on continue à jouer encore une heure, mais tu as besoin de te reposer.

— Balivernes. Nana réarrangea les cartes dans sa main. — J'ai eu tellement de repos dans ce fichu hôpital que je ne pensais pas me réveiller un jour. Ça fait tellement de bien d'être à la maison et parmi mes objets familiers. Tu n'es pas d'accord, Tanner ?

Tanner tapota sa main sur la table. — Je pense que c'est bon pour vous d'être à la maison. J'ai entendu dire que les gens se rétablissent mieux quand ils sont hors de l'hôpital.

— Je parlais de toi. Ça doit te faire du bien de pouvoir enfin t'installer et te détendre chez toi. Juliet a choisi un endroit bien douillet pour vous deux, n'est-ce pas ? Je voulais vraiment que vous emménagiez tous les deux ici au ranch, mais elle a dit qu'elle voulait son propre endroit. Quelque chose juste pour vous deux. Je ne peux pas lui en vouloir. Je me souviens quand William et moi nous sommes mariés... Nous avions certainement besoin de notre intimité.

Juliet sentit son visage s'enflammer à la lumière de la nuit dernière.

Il brûla encore plus quand Tanner la regarda. — Mais Juliet et moi ne nous sommes pas *juste* mariés.

Nana agita la main puis prit une carte de la pioche. — Ce ne sont que des détails. Vous avez passé assez de temps séparés pour que ça doive ressembler à une seconde lune de miel maintenant que vous êtes à nouveau ensemble. Elle jeta une carte sur la table.

Tanner ramassa la défausse et la glissa dans sa main. — Quelque chose comme ça.

— Oh, seigneur. Voilà que je parle trop. Je suppose que certaines choses sont privées après tout, mais je suis tellement ravie que tu sois là et que nous puissions être une vraie famille que j'oublie mes manières. Ne faites pas attention à moi. Je suis juste heureuse que tu sois à la maison.

Juliet prit son tour, piochant un trois pour aller avec toutes les autres cartes sans rapport dans sa main, contente de laisser sa grand-mère parler pour elle puisqu'elle disait tout ce que Juliet souhaitait pouvoir dire.

— Eh bien, je suis content que vous soyez heureuse Nana. C'est bon de vous voir debout et active.

— C'est bon d'être debout et active. J'ai une toute nouvelle perspective sur la vie. Des choses comme les AVC et autres, ça vous fait examiner vos priorités. Ce que vous voulez dans la vie.

Juliet savait ce qu'elle voulait et il était assis en face d'elle.

Nana joua sa main. — J'ai décidé de faire du bénévolat à l'hôpital quand je serai suffisamment rétablie. Savez-vous à quel point on peut se sentir seul et déprimé quand on n'a pas de visiteurs ? Elle se débarrassa de la carte qu'elle avait piochée. — J'ai eu la chance d'avoir une foule de visiteurs, mais certaines de ces personnes n'avaient personne. La moitié des fleurs que les clients de Burt m'ont envoyées sont allées à ces patients. Le parfum était juste trop envahissant dans ma chambre et de quoi avais-je besoin de tout ça de toute façon ? Bien que j'aie gardé le bouquet que toi et Juliet m'avez envoyé.

Oh mince. Juliet avait oublié de mentionner ça.

— J'ai toujours adoré les bleuets, mon cher garçon. Nana lui tapota la main. — Maintenant, joue ta main. J'ai le sentiment que je vais gagner cette manche.

Penelope *savait* qu'elle allait gagner cette manche. Et bien plus encore. Le pauvre Tanner avait l'air abasourdi à la mention des fleurs.

Et Juliet pensait qu'elle pouvait la duper ? Ha. Elle n'était pas née de la dernière pluie et cette fille avait besoin de beaucoup plus d'années d'expérience pour s'en approcher, surtout si ces deux-là pensaient qu'ils la trompaient. Elle savait exactement ce qu'ils faisaient et pourquoi ils le faisaient.

Ils pensaient qu'elle avait eu ce gros et méchant AVC et ils étaient inquiets. Elle les laissait le penser même si elle avait eu un AIT moins sévère et qu'elle en profitait au maximum pour planter des idées dans la tête de Juliet. Ou devrait-elle dire, faire ressortir les idées qui étaient déjà dans la tête de Juliet pour que sa petite-fille puisse agir en conséquence ?

Penelope savait exactement ce qu'elle faisait. Tout comme avec les bleuets. Pourquoi, n'importe qui aurait pu sentir Juliet à un kilomètre quand ce garçon était dans les parages. Elle s'était aspergée de lotion aux bleuets comme si c'était de l'eau, et Penelope savait pourquoi.

Comment ces enfants pensaient-ils que ces fleurs étaient arrivées là de toute façon ? William avait fait venir un semi-remorque entier pour lui donner ce champ instantané. Elle aussi avait senti les bleuets pendant des années. Elle gardait toujours un brin séché du premier qu'il lui avait donné dans le livre à côté de son lit. Et il lui arrivait de mettre un peu de lotion de temps en temps.

Ces enfants pensaient qu'ils avaient le monopole de la romance. Ha. Ce qu'ils ne savaient pas ne remplirait même pas sa tasse de thé. Et tant qu'elle pourrait garder Tanner dans les parages, ils n'auraient aucune chance contre elle.

— Gin. *Chanceux aux cartes, malheureux en amour* mon œil. Elle avait eu un merveilleux mariage et ses efforts d'entremetteuse allaient tout aussi bien fonctionner pour sa petite-fille.

— Encore ? soupira Juliet en jetant ses cartes sur la table. Je devrais peut-être t'appeler *toi* Houdini au lieu du chaton, puisque tu sembles capable de faire apparaître des cartes comme par magie.

— Ah, mais chacun a sa propre magie, Juliet, répondit Penelope en prenant la jeton gagnant pour l'ajouter à sa pile. Tu veux faire une pause ?

— Pourquoi ? Tu en as besoin ? Juliet bondit de sa chaise et se retrouva aux côtés de Penelope en un éclair.

Qu'est-ce qu'elle aimait sa petite-fille.

— Non, je vais bien. Mais vous deux, vous auriez peut-être besoin de reprendre votre souffle après la raclée que je vous mets. En plus, il y a autre chose que j'aimerais faire pendant que vous êtes tous les deux là.

— Qu'est-ce que c'est ? demanda Tanner qui, le brave garçon, rassemblait les cartes et les empilait soigneusement au centre de la table.

Il allait devoir les déplacer pour ce qu'elle avait en tête.

— J'aimerais que tu ailles chercher cette boîte là-bas. Elle désigna la boîte qu'elle avait demandé à Burt de rassembler pour elle. Il avait grogné tout du long, mais quand elle lui avait fait remarquer que c'était pour consolider le mariage de Juliet, il avait cessé de se plaindre.

Son fils aimait sa fille et ne voulait que son bonheur. Aucun homme ne serait jamais assez bien pour Juliet aux yeux de Burt, mais il reconnaissait qu'il y avait eu une époque où Tanner l'avait vraiment aimée. Penelope avait essayé de convaincre son fils que Tanner aimait toujours Juliet, qu'il était parti parce qu'il avait été tellement blessé par ce qu'elle avait fait. Si quelqu'un devait comprendre, ce devrait être Burt. Mais il n'était pas près de l'admettre.

C'est pourquoi sa petite AIT était entrée en jeu. Elle chassa le pincement de culpabilité à l'idée d'inquiéter son fils et de mentir à tout le monde. C'était pour le plus grand bien. Elle devait réunir ces deux-là pour qu'ils puissent vivre heureux jusqu'à la fin des temps et lui donner, à elle et à Burt, des bébés à choyer.

C'est pourquoi elle s'apprêtait à mettre en œuvre la prochaine phase de son plan.

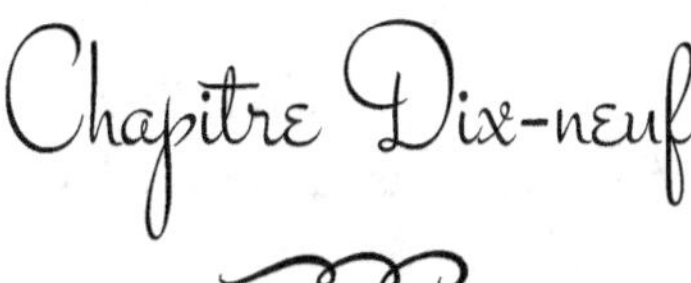

Peut-être que mentir à sa grand-mère n'avait pas été une si bonne idée. Juliet en arriva à cette grande réalisation alors que Nana demandait à Tanner de décharger des albums photos sur la table.

Elle ne voulait pas revivre leur passé. Ce n'était pas pour ça qu'elle l'avait amené ici ; elle voulait penser à l'avenir. Aller de l'avant. Comment pouvaient-ils faire cela en se vautrant dans le passé ?

Tanner refusait de la regarder. Il devait être aussi mal à l'aise qu'elle à ce sujet, alors elle lui était reconnaissante de ne pas s'être levé et parti. Elle n'aurait pas pu expliquer cela à Nana. Après tout, s'ils s'étaient réconciliés, pourquoi les photos de leur passé le contrarieraient-elles ?

Heureusement, les albums contenaient de bons souvenirs — beaucoup de photos d'elle et Tanner ensemble, puisque leurs familles avaient été proches avant que son père ne s'enfonce trop dans ses dettes de jeu.

— Qui est-ce, Nana, avec Papa ?

— Elle ? Oh, c'est Nancy. Nancy Hillson. C'était une femme charmante, mais ton père ne le voyait pas vraiment.

— Papa ? Tu veux dire qu'il est sorti avec elle ?

— Seulement une fois ou deux, je crois.

Juliet étudia la photo. La femme ne lui disait rien. — Est-il sorti avec d'autres femmes ? Parce que ça ne lui disait rien non plus.

Nana prit la photo et la regarda. — Pas vraiment. Je pense qu'il y en a eu une ou deux autres. J'avais espéré pour Nancy, mais... Nana soupira et reposa la photo. — Il a dit qu'il n'était pas prêt. Il ne pensait pas que c'était une bonne idée d'introduire quelqu'un de nouveau dans ta vie.

Juliet avait demandé une petite sœur à son père à un moment donné, et l'expression sur son visage avait mis fin à cette discussion sur-le-champ. Maintenant, sachant ce qu'elle savait sur sa mère, elle comprenait pourquoi il avait hésité à faire entrer des femmes dans sa vie si elles n'allaient pas rester, mais c'était dommage qu'il soit seul maintenant.

Juliet ne voulait pas finir seule. Mais elle ne voulait pas non plus de n'importe qui. Non, elle voulait Tanner et elle avait le sentiment que personne d'autre ne serait jamais à la hauteur. Ce qui n'augurait rien de bon pour son avenir.

— Était-il vraiment si amoureux d'... Elaine ? Elle n'avait jamais pu la désigner comme sa mère en parlant d'elle ; cela rendait la défection de cette femme trop personnelle.

Les lèvres de Nana se tordirent comme si elle avait sucé l'un de ces bâtons de citron qu'elle achetait à Juliet à la foire de la ville chaque année quand elle était plus jeune. — Je pense que c'était plutôt qu'il était tellement désabusé par elle. Ce n'a pas été facile quand elle l'a quitté. Il avait une entreprise à gérer, un enfant à élever et à aider à faire face, et puis, pour couronner le tout, les commérages à gérer.

Les commérages étaient juste une des raisons pour lesquelles Juliet n'avait voulu que personne ne sache que Tanner l'avait quittée. L'autre était l'espoir irrépressible qu'il ne l'avait pas fait. Pas définitivement.

Elle le regarda, voulant qu'il comprenne pourquoi elle avait fait ce qu'elle avait fait. Pourquoi ils pouvaient encore faire fonctionner les choses.

Il regardait un autre album.

— Oh mon Dieu, regardez ça ! Nana tenait une photo d'un des innombrables barbecues d'entreprise que son père avait organisés ici au ranch. — J'ai cette horrible bouffée sur le haut de ma tête. Quelqu'un aurait dû me dire que j'avais l'air ridicule.

Le changement de sujet était certainement nécessaire. — Je trouve que tu es magnifique, Nana.

— Oui, eh bien, tu es partiale, ma chérie. Nana fit glisser la photo vers

Tanner. — Maintenant, dis-moi, Tanner. Trouves-tu cette coiffure attrayante sur une femme ?

— Ça dépend de la femme. Il fit un clin d'œil à Nana et tous deux rirent.

C'était si bon d'entendre Tanner rire. Juliet n'avait pas oublié ce rire profond venant du ventre qu'il avait, mais ce n'était pas au premier plan dans son esprit parce qu'elle l'avait si rarement entendu au cours de la dernière décennie.

Bien qu'il ait ri la nuit dernière quand elle avait trouvé l'une de ses zones érogènes chatouilleuves.

Ça avait été un moment de pur bonheur honnête qui était devenu brûlant la seconde suivante. Elle n'avait pas protesté, évidemment, mais elle aurait aimé entendre son rire un peu plus longtemps, sachant qu'elle en était la cause.

— Regardez ça. Nana tenait une autre photo. — N'est-ce pas cette pom-pom girl qui pensait être ta meilleure amie ? Que fait-elle *ici* ?

Tanner prit la photo. — Oui, c'est Delia. Je pense qu'elle essaie de trouver comment plonger dans la piscine sans mouiller ses cheveux.

— Cette fille n'a pas deux neurones à faire frotter ensemble. Bien que j'aie entendu dire qu'elle est douée pour trouver des maris riches.

— Le pluriel étant la partie opératoire de cette déclaration. Tanner jeta la photo sur la table.

— Oui, eh bien, tout le monde ne peut pas avoir l'intelligence de Juliet. Belle *et* intelligente. Tanner, tu es un homme chanceux.

Heureusement, Nana baissa les yeux sur la photo suivante, donc elle ne vit pas Tanner lever les sourcils, mais Juliet le vit.

Son dos se raidit un peu. D'accord, elle avait fait quelques choses mal avisées dans le passé, mais pas par malveillance. Et elle était tellement plus que ces deux mauvaises décisions et il devrait s'en souvenir parce qu'il l'avait aimée pour une raison à l'époque, et elle était fondamentalement la même personne. Surtout après la nuit dernière.

Tanner n'était peut-être pas amoureux d'elle maintenant, mais il avait défi-nitivement eu du désir pour elle la nuit dernière.

Heureusement, Nana continua à sortir des photos non controversées. Les célébrations de la Journée communautaire de la ville, les matchs de football, les vacances, les barbecues, les fêtes de quartier... Tous de bons souvenirs.

Tanner sortit un autre album de la boîte et le posa sur la table.

Son sourire se crispa quand il ouvrit la couverture.

— Oh, regardez comme vous êtes heureux tous les deux ici. Nana pointa du doigt l'une des photos.

Juliet se pencha. C'était une photo non posée que quelqu'un avait prise pendant qu'ils attendaient que le photographe installe l'éclairage pour leur photo officielle de fiançailles — les premières fiançailles — sous le magnolia dans la cour avant.

Tanner la regardait avec un bonheur non dissimulé. Son sourire était aussi grand qu'elle ne l'avait jamais vu et il avait mis une main sur sa nuque, l'attirant pour que leurs fronts se touchent. Elle se souvenait de ce qu'il lui avait chuchoté à ce moment-là : « Je t'aimerai pour toujours, Jules. Je ne pourrais pas être plus heureux. »

Et puis il ne l'avait plus été.

— Et celle-ci. Nana pointa la suivante. Leur fête de fiançailles où leurs amis avaient décoré les chaises comme des trônes et fait une couronne avec les nœuds des cadeaux pour chacun d'eux. Mon Dieu, les rires.

Et son ventre.

Keegan avait été là. Il avait donné des coups de pied à l'intérieur d'elle toute l'après-midi. Ils avaient plaisanté en disant qu'il voulait sortir et faire la fête — tel père, tel fils. Mais ils n'arrivaient pas à se mettre d'accord sur lequel des deux il tenait, d'elle ou de Tanner.

— Euh, je viens de me souvenir que je voulais demander quelque chose à Burt, dit Tanner en repoussant sa chaise et en se dirigeant vers le bureau de son père.

Elle ne pouvait pas lui en vouloir.

Cette photo... Elle la sortit de la pochette de l'album. C'était à la fois déchirant et incroyablement joyeux. C'était ainsi qu'ils devraient être.

Comme ils pourraient l'être.

— Il y aura d'autres bébés, Juliet, dit Nana en couvrant sa main avec une force surprenante.

— J'espère, répondit-elle. Mais ils ne seraient pas de Tanner.

— Aie confiance. Toi et Tanner, vous avez traversé tellement d'épreuves et vous en êtes sortis plus forts. Je dois croire que vous vivrez une longue et heureuse vie ensemble.

C'est vrai, Nana devait y croire. Au moins pour un petit moment.

Juliet se mordit la lèvre en remettant la photo dans l'album. C'était la partie difficile, faire semblant que tout était vrai alors qu'elle le désirait tellement et que ce n'était pas le cas.

Elle n'aurait pas dû coucher avec lui la nuit dernière. Elle allait devoir le regarder sortir de sa vie pour la troisième fois, et elle avait le sentiment que ce serait la pire. Parce qu'alors, il n'y aurait plus rien pour le faire revenir.

Tanner se dirigea vers la première porte ouverte qu'il trouva, puis se pencha, les mains appuyées sur ses genoux, et essaya de reprendre son souffle. Ces photos... Mon Dieu, ces photos lui avaient coupé le souffle. Sa vie avait été exactement là où il la voulait et puis... Elle avait disparu.

— Si tu cherches ma fille, elle n'est pas ici.

Tanner se redressa brusquement. Merde. C'était *bien* le bureau de son père et celui-ci était assis, les pieds posés sur cet énorme bureau qui avait toujours donné à Tanner l'impression d'être convoqué chez le principal.

Maintenant, ce n'était pas différent.

— Mon, euh, dos. Il me faisait un peu mal, dit-il en plaçant ses mains sur ses reins et en s'étirant pour faire bonne mesure.

— J'imagine que toute cette danse que tu fais peut te donner des courbatures.

— Dan... Il arrêta de s'étirer. Vous êtes au courant ?

M. Chambers — Burt — posa ses pieds au sol et s'appuya sur son bureau pour se lever. — Tanner, il n'y a pas grand-chose que j'ignore à ton sujet. Sauf peut-être pourquoi tu es ici. Bien que j'aie une assez bonne idée à ce sujet aussi. Tu as peut-être réussi à tromper Juliet, mais je ne suis pas aveuglé par l'amour pour toi.

Le type l'avait apprécié à un moment donné. Celui juste avant qu'il n'apprenne que Juliet était enceinte.

Ça ne l'endrait probablement pas plus sympathique à ses yeux de lui faire remarquer qu'il avait fallu être deux pour la mettre dans cet état, bien qu'à vrai dire, il n'en avait fallu qu'une : Juliet. Avec un préservatif percé.

Ouais, ce n'était pas quelque chose qu'un père avait besoin d'entendre. — Je suis ici parce que votre fille m'a demandé de venir. Parce qu'elle vous aime, vous et sa grand-mère, et qu'elle veut que tout le monde soit heureux.

— Et toi ? Pourquoi es-tu venu ? Tu veux aussi que tout le monde soit heureux ? C'est pour ça que tu as attendu sept ans pour rentrer à la maison ? Une grande célébration ? Il frappa deux fois le bureau de ses doigts. L'absence rend le cœur plus affectueux ?

Tanner contint sa colère face au ton moqueur de sa voix. Le gars était toujours le père de Juliet et voulait ce qu'il y avait de mieux pour sa fille. Si son propre père avait eu une pensée comme celle-là, il n'aurait *pas* eu à épouser Juliet parce qu'il n'y aurait pas eu d'hypothèque à brandir au-dessus de sa tête.

— Écoutez, Burt, je ne veux pas me disputer avec vous. Nous nous soucions tous les deux de Juliet...

— Tu as une drôle de façon de le montrer.

— Hé... Tanner ravala les mots durs qu'il voulait dire et passa sa main sur sa bouche. — Écoutez, cette situation n'est optimale pour aucun d'entre nous, mais nous faisons de notre mieux. Ça aiderait si vous... il voulait dire *reculiez*, mais cela ne ferait que rendre leur relation plus tendue... nous donniez l'intimité et le temps de gérer cela. Juliet n'a pas besoin que vous l'encouragiez à sortir avec d'autres hommes.

Son père enfonça ses mains dans les poches de son pantalon et leva un sourcil. — Sérieusement ? C'est ça qui te met en colère ? Il contourna le bureau et s'appuya contre l'avant, croisant une cheville sur l'autre et croisant les bras. — Ça fait sept ans, Tanner. Sept. Tu t'attends vraiment à ce que je croie que tu es resté célibataire tout ce temps ? Tu as peut-être réussi à tromper Juliet, mais un gars qui fait ce que tu fais dans la vie ? S'il te plaît. Je ne suis pas si naïf.

— Je n'ai couché avec personne depuis Juliet.

— Je m'en fiche, franchement. Je me fiche que tu aies été moine. Le problème, c'est que tu n'as pas été moine *ici*. Tu n'as pas été là du tout. Ma fille mérite mieux. Je sais que tu as le nez tordu à cause de toute cette histoire de mariage, mais si tu avais appris ta leçon la première fois et gardé ton pantalon fermé, ça ne se serait pas passé comme ça. Tout ce que tu avais à faire était de respecter ma fille en lui mettant une bague de fiançailles au doigt avant de la mettre dans ton lit. Mais tu n'as pas pu faire ça, n'est-ce pas ? Tu as même eu l'audace de le faire sous mon propre toit. Tu voulais que je le découvre ?

Oh merde. Le gars ne savait pas. Le père de Juliet ne savait pas qu'elle l'avait piégé — qu'elle les avait piégés.

Tanner avait sur le bout de la langue de le lui dire, mais... Qu'est-ce que ça prouverait ? C'était du passé. Voulait-il vraiment détruire les illusions du type sur sa fille juste pour être disculpé ? Dans cinq semaines et demie, ça n'aurait plus d'importance. Et vu l'amélioration de Nana depuis son arrivée, ce ne serait peut-être même pas la moitié de ce temps. Tanner n'avait rien à gagner en disant la vérité à son père, et malgré tout ce que Juliet lui avait fait subir, il ne voulait pas détruire sa relation avec son père. Il ne la détestait pas.

Peut-être qu'il le devrait, mais il l'avait aimée pendant si longtemps qu'il ne le pouvait tout simplement pas.

— Tu sais... dit Burt en dépliant ses bras et ses jambes et en marchant vers le mini-bar dans le coin. Ça aurait pu être si différent si tu étais resté. Il prit un verre à whisky dans l'armoire vitrée et versa deux doigts. Il l'offrit à Tanner.

Tanner le refusa d'un geste. La dernière chose dont il avait besoin était d'avoir l'esprit embrumé en traitant avec son père.

— Je t'aurais accordé l'hypothèque, tu sais. Je ne peux pas laisser les grands-parents de mes petits-enfants avoir une dette envers moi. Elle aurait disparu. Mais au lieu de ça, c'est *toi* qui as disparu. Je suis au courant de ton fonds fiduciaire, Tanner. Ton père m'en a parlé il y a des années. Je le veux. J'exigerai le remboursement de l'hypothèque le jour de tes trente ans. Si ton père ne peut pas trouver les fonds — ce qu'il ne peut pas — c'est toi qui le feras. Et ça ira directement dans un fonds fiduciaire pour Juliet auquel tu ne pourras pas toucher. Parce que si tu penses pouvoir venir ici et prétendre vouloir être marié avec elle pour obtenir la moitié dans un règlement de divorce, tu te trompes lourdement.

Tanner tremblait tellement il était en colère et il était à deux doigts de tout révéler à propos de la promesse de Juliet, mais s'il le faisait, Burt trouverait un moyen de l'empêcher.

Il voulait l'hypothèque de ses parents ; Juliet lui devait ça. Et il voulait son fonds fiduciaire pour pouvoir se lancer en affaires avec Gage et Bryan. Il devait garder son calme et laisser Burt croire qu'il avait gagné.

Au lieu de cela, il agrippa les accoudoirs et, pour la deuxième fois de sa vie — et les deux fois en l'espace de vingt-quatre heures — il mentit à son père. — Vas-y, Burt, exige le remboursement. Que crois-tu que j'allais faire avec le fonds fiduciaire de toute façon ? Une fois que je l'aurai remboursé, tu n'auras plus aucune emprise sur moi.

— Bien. Je suis content qu'on soit d'accord sur quelque chose. Enfin. Tu le rembourseras, et ensuite tu pourras laisser ma petite fille reprendre sa vie. La laisser aller de l'avant et trouver quelqu'un qui l'apprécie. Il avala d'un trait son whisky, claqua le verre sur le bar, puis sortit par les portes-fenêtres vers le jardin, laissant Tanner méditer sur ce qu'il venait de dire.

Juliet avec un autre homme.

Il ne devrait pas trouver ça étrange. Que pensait-il qu'elle ferait quand il divorcerait ? Qu'elle entrerait dans un couvent ? Les gens faisaient-ils encore ça ?

Tanner secoua la tête. Sérieusement. À quoi avait-il pensé ? Que Juliet passerait le reste de sa vie seule ?

Elle voulait des enfants. Trente ans était un bon âge. Elle pouvait encore avoir la famille qu'elle désirait.

Mais elle l'avait voulue avec lui. Et il en avait voulu une avec elle.

Tu pourrais encore l'avoir.

Il voulait écouter cette petite voix. Voulait croire que c'était possible. Mais comment pourrait-il lui faire confiance à nouveau ? La confiance, une fois brisée, était si difficile à regagner.

Surtout qu'elle était là-bas en train de mentir à sa grand-mère.

Et toi, tu es ici en train de le faire à son père... quelle est la différence ?

Tanner se leva. Il le faisait parce que Juliet le lui avait demandé. Parce qu'elle l'avait soudoyé pour le faire.

Donc tu le fais pour ton propre bénéfice. Et en quoi es-tu différent de Juliet ? Qui se ressemble s'assemble.

Eh bien... merde. Tanner s'appuya contre le bord du bureau de son père. Il n'aimait pas le parallèle. Mais il n'allait pas l'ignorer.

Elle avait quelque chose qu'il voulait, alors il faisait ce qu'il fallait pour l'obtenir.

Juliet l'avait voulu ; elle avait fait ce qu'il fallait pour l'obtenir.

Cela semblait similaire, mais il y avait une différence entre une hypothèque et une vie.

Vraiment ? C'est ta justification ?

Il secoua la tête, se détacha du bord du bureau et se dirigea vers la porte. Ce n'était pas une jolie vérité à laquelle il faisait face, mais c'en était une néanmoins.

Comment pouvait-il être en colère contre elle alors qu'il faisait exactement la même chose ?

* * *

— Juliet ? Je peux te voir une minute ? Tanner passa la tête par l'embrasure du bureau de son père.

166

Elle voulait qu'il la voie bien plus longtemps qu'une minute, mais elle saisirait les occasions quand elles se présentaient.

— Vas-y, ma chérie. Nana lui tapota la main. Je vais remettre toutes les photos en place. Bonne thérapie. Ça vaut mieux que de chercher des pinces à linge dans un seau de riz comme le thérapeute me l'avait fait faire. Va voir ce que ton mari veut.

Mari.

Juliet se leva de la table d'une main tremblante à cette pensée. Cela devenait de plus en plus difficile.

— Qu'est-ce qu'il y a ? Elle le suivit dans le bureau de son père et ferma la porte derrière elle. Où est mon père ?

— Il est sorti dans le jardin. Tanner se dirigea vers le bureau de son père.

Elle le suivit. — Pourquoi ? Qu'est-ce que tu lui as dit ?

Il se retourna. — C'est plutôt ce qu'il m'a dit.

Ça ne présageait rien de bon. — Qu'est-ce qu'il a dit ?

Tanner passa ses doigts dans ses cheveux. — Ce n'est pas important maintenant. On a juste eu une rencontre des esprits. Mis les choses au clair.

— Tu me fais peur.

— Pas besoin d'avoir peur. Ton père voulait s'assurer que je savais où il en était. Et je le sais. Ça ira.

Elle se planta devant lui et mit ses mains sur ses hanches. — Ça ne me rassure pas du tout.

Il soupira et passa sa main sur sa bouche. — Ça ira. Je veux dire, regarde ta grand-mère. Elle va mieux aujourd'hui que quand je suis arrivé. Elle s'améliore à pas de géant. Je pense qu'elle sera assez forte pour supporter la vérité. Mais je n'ai pas parlé du plan à ton père. Je ne voulais pas lui donner plus de raisons d'être contrarié. Il posa ses mains sur ses épaules. Je ne rendrais pas sa vie — ou la tienne — plus difficile en ce moment. Je lui ai juste dit que nous avions besoin de temps et qu'il devait respecter ça.

Le temps était la seule chose qu'ils n'avaient pas parce que Tanner avait raison ; Nana *allait* mieux — et plus vite que Juliet ne l'aurait pensé. Non pas qu'elle s'en plaignait, évidemment, mais elle pensait qu'elle aurait plus de temps avec lui. — On dirait qu'il n'a pas beaucoup respecté ça puisqu'il est parti.

— Ce n'est pas une mauvaise chose, en fait. Ce n'est pas comme si nous étions les meilleurs amis du monde.

— J'aimerais que vous le soyez.

Il soupira et retira sa main. Juliet ressentit immédiatement le manque.

— J'aimerais beaucoup de choses, Jules, mais je fais avec les cartes qu'on m'a distribuées. Comme nous tous. Concentrons-nous là-dessus.

Elle voulait juste se blottir contre lui. L'entourer de ses bras et lui dire qu'elle l'aimait.

Au lieu de cela, elle s'éclaircit la gorge et joignit ses mains devant elle. — Alors, pourquoi m'as-tu appelée ici ? De quoi avais-tu besoin ?

Dans un monde parfait, il dirait qu'il avait besoin d'elle.

Mais son monde était loin d'être parfait depuis qu'elle avait pris la décision qui avait tout changé.

Elle. Il avait besoin d'elle.

Tanner fit un pas en arrière. Avait-il perdu la tête ? Il ne devrait pas avoir besoin d'elle.

Bon sang, la nuit dernière n'aurait pas dû se produire ; cela lui mettait des idées folles en tête. Comme celles qu'il avait failli partager avec son père. — Je voulais juste m'assurer que tu allais bien. Tu avais l'air d'avoir besoin d'une pause. Tu sais, de ces photos.

Il avait vu des regards à la fois affligés et hantés, et un éclat de rire dans les dix minutes où il l'avait observée après que son père était sorti, le laissant seul avec ses pensées.

Ses pensées n'étaient pas un endroit très agréable en ce moment. Elles oscillaient entre l'envie de fuir cet endroit et celle d'avoir Juliet ici avec lui.

Choisir cette dernière option aurait dû le surprendre au plus haut point, mais ce ne fut pas le cas.

Tout comme la nuit dernière ne l'avait pas vraiment choqué non plus. Aller au lit avec Juliet avait semblé la chose la plus naturelle au monde, même avec les sept années de silence entre eux.

Cela aurait dû le pousser à prendre le premier avion pour quitter la ville, mais son intégrité ne lui permettait pas de revenir sur leur accord.

— Je... Juliet glissa une mèche de cheveux derrière son oreille gauche. Elle choisissait toujours la gauche, jamais la droite. Encore une chose insignifiante dont il se souvenait à son sujet. — Je vais bien. Les photos de... Tu sais...

— Je sais. C'est pour ça que j'ai dû quitter la table.

— Elle n'a pas sorti les autres photos.

Les autres photos. Tanner déglutit difficilement. Juliet le connaissait si bien qu'elle avait su ce qu'il craignait de voir. D'abord les photos de fiançailles, puis...

— Je ne pouvais pas prendre le risque. Jusqu'à ce jour, Tanner n'avait jamais vu les photos de la naissance de Keegan. Sa grand-mère les avait prises ; elle avait dit qu'elle voulait avoir des photos de leur enfant.

Tanner avait à peine pu regarder Keegan ; des photos de lui ? Pas question. Il n'avait pas besoin de revivre cette douleur. Pas avec des photos en tout cas. Il la revivait chaque fois qu'il pensait à son fils.

— Elle n'aurait pas fait ça. Pas à nous. Elle les regarde peut-être, mais elle sait ce que nous ressentons.

— As-tu déjà... Il tourna la tête, clignant des yeux pour retenir les larmes qu'il refusait de verser.

— Oui.

Sa voix était douce. Émue.

Il la regarda alors. — Tu l'as fait ?

— J'en avais besoin. J'avais besoin de le voir. De *nous* voir. Lui et moi. Mes souvenirs sont si flous à cause de la douleur, des médicaments et des émotions... C'était plus tard. Après...

Après qu'il était parti. Elle n'avait pas besoin de le dire ; il comprenait. Mais il ne comprenait pas pourquoi regarder les photos. — Ça n'a pas... Il déglutit. — Ça n'a pas ravivé la douleur ?

— La douleur est toujours avec moi, Tanner. Elle est juste mise de côté pendant un moment quand je fais face à la vie. Mais elle est toujours là, prête à être ressentie si je le choisis.

— Pourquoi choisirais-tu de le faire ?

— Pour me souvenir de lui. Pour le rendre réel. Si je fuis ou que je prétends ne rien ressentir, c'est comme si je prétendais qu'il n'avait jamais existé. Je ne peux pas faire ça. Il était trop important. Trop réel pour moi.

— Pour moi aussi.

— Je sais. Quand elle le toucha cette fois, il ne se déroba pas.

— Et avec ce qui est arrivé à Nana... Ça rend la vie encore plus précieuse. Alors je me souviens de lui. Les souvenirs sont tout ce qui me reste.

Tanner glissa ses bras autour d'elle et l'attira contre lui. C'était la chose la plus naturelle au monde et il ne pouvait pas *ne pas* le faire.

Elle agrippa son dos et le serra.

Il baissa son menton sur le sommet de sa tête, sentant son souffle chaud contre sa gorge. — Je l'aimais tellement, Juliet.

Il prononça ces mots d'une voix étranglée, essayant de ne pas pleurer. Il l'avait fait une fois et ça avait été terriblement difficile de s'en remettre.

Tout comme ceci. La tenir dans ses bras.

Il devrait arrêter. Il devrait desserrer ses mains et s'éloigner d'elle. Elle était toujours la femme qui l'avait piégé dans le mariage non pas une, mais deux fois. Il ne pouvait pas traverser ça une troisième fois.

Peu importe à quel point il l'avait désirée — et la désirait encore — s'il y avait une chose que Tanner avait apprise au cours des onze dernières années, c'était qu'on n'obtenait pas toujours ce qu'on voulait.

Autrefois, il croyait que la vie était juste. Que si on vivait sa vie de manière bonne et honnête, en traitant les autres comme on voulait être traité, de bonnes choses arriveraient.

Tant pis pour ça.

— Je suis désolé de t'avoir appelée ici. Il soupira puis retira ses bras. Et son menton. Et toutes les autres parties de son corps qui avaient été pressées contre elle. Ça ne leur faisait aucun bien à tous les deux.

Je ne suis pas d'accord —

Il étouffa cette pensée dès qu'il sentit une réaction dans son short. Ce n'était ni le moment ni l'endroit. Ni la femme, à vrai dire. La nuit dernière avait peut-être été géniale, mais ça n'effaçait pas toutes les années précédentes. Ça ne le pouvait pas.

— Pourquoi ? Juliet leva les yeux vers lui.

Il y avait des larmes dans ses yeux.

Mon Dieu, il pensait être devenu insensible à ses larmes. Après tout, elle en avait versé tellement et elles ne lui avaient causé que plus de chagrin. Mais non. Voir Juliet prête à pleurer rouvrait plusieurs cicatrices qu'il croyait soudées.

— Parce que. Tanner fit un autre pas en arrière pour se préserver. — Parce que tu devrais être là-bas avec elle pour la rendre heureuse. Je pensais aider, mais apparemment non.

Il voulait qu'elle s'en aille. Qu'elle se retourne et retourne auprès de sa grand-mère sans lui jeter un regard en arrière.

Juliet, étant Juliet, ne fit ni l'un ni l'autre. Au lieu de cela, elle posa une main sur sa joue. — Nous la rendons heureuse. Juste en étant ici.

— Mais c'est seulement temporaire. Et elle sera encore plus blessée quand je partirai. Je ne sais pas si c'était une si bonne idée.

Elle porta son autre main à son visage. — S'il y a une chose que j'ai apprise, Tanner Wentworth, c'est que les remords ne changent pas la situation. Nous devons simplement aller de l'avant et apprendre de nos erreurs. Pour ce que ça vaut, je ne pense pas que ce soit une erreur. Elle passa son pouce sur ses lèvres. — Et je ne pense définitivement pas que la nuit dernière en était une non plus.

Elle ne lui donna pas l'occasion de répondre, faisant un pas en arrière puis sortant du bureau à grands pas.

Tanner s'affaissa à nouveau contre le bord du bureau de son père.

Il n'était pas sûr que la nuit dernière ait été une erreur non plus.

Chapitre Vingt

— Tu veux vraiment du poulet frit plutôt que la cuisine d'Ermalinda ? demanda Tanner en tournant à droite dans le centre commercial local le lendemain soir, appréciant la puissance de la Mercedes de Juliet. Les voitures de fonction avaient été réservées pour un événement d'entreprise, alors il avait conduit Juliet au travail, puis était allé à la salle de sport et avait fait des petites choses chez elle jusqu'à ce qu'il soit temps de venir la chercher. Un peu plus domestiqué qu'il ne l'avait prévu, mais elle avait besoin que ces choses soient faites et il ne voulait pas risquer de se retrouver seul avec Nana. Dieu seul savait ce qu'*elle* dirait.

Au moins avec Juliet, ils étaient sur la même longueur d'onde. Ils savaient ce qui se passait et quels sujets éviter.

Un peu comme cette histoire de dormir ensemble. Ils n'en avaient pas encore parlé et ça commençait à s'enraciner et à s'installer au milieu de son salon.

— Nana reçoit quelques-unes de ses amies et je n'ai pas vraiment envie de faire face à toutes leurs questions. Tout le monde comprendra qu'on veuille une soirée pour nous, dit Juliet en pointant un endroit sur le trottoir. Gare-toi là et j'irai chercher la commande.

Tanner se gara sur une place de parking à la place et mit la voiture en stationnement devant leur repaire préféré du lycée. — Je veux venir. Ça fait longtemps que je ne suis pas allé chez Pappy's.

Mais apparemment pas pour Juliet, car un bruyant « Jules ! » retentit derrière le comptoir quand ils entrèrent.

Connor Crayton. Le gars qui voulait Juliet depuis la primaire.

Mais même à l'époque, elle avait été à lui.

Tanner en tirait une grande satisfaction — jusqu'à ce qu'il réalise qu'une fois que Juliet aurait signé les papiers du divorce, ce serait la chasse ouverte. Crayton serait après elle en un clin d'œil.

— Ravi de te revoir, ma chérie.

Peut-être qu'il l'était déjà.

Cette pensée ne plaisait pas non plus à Tanner. C'était quoi ce *ma chérie* ? Et ce *revoir* ? Crayton avait-il profité de *son* absence pour se rapprocher de Juliet ? De sa femme ?

Mec ? Tu es en train de divorcer ; tu n'as pas ton mot à dire.

Il s'en fichait. Pour l'instant, elle était toujours sa femme et si Crayton la draguait, Tanner allait vite mettre un terme à ces conneries.

— Crayton, lança Tanner en mettant toute la testostérone de son corps dans ce seul mot.

Crayton se redressa. Oh oui, il avait compris du premier coup. — Wentworth. Je ne savais pas que tu étais revenu.

— Tu n'as pas dû recevoir l'invitation de Delia. Nous y étions il y a quelques jours. Oui, il mit une légère inflexion sur le *nous* — pour dissiper tout doute.

— Ouais, eh bien, Delia et moi... On ne peut pas dire qu'on soit les meilleurs amis du monde.

On ne pouvait pas dire ça de Delia et de qui que ce soit, mais Crayton ne devait pas avoir assez bien réussi dans la vie pour être considéré comme un mari potentiel dans le livre de Delia. Et pour une fois, Tanner allait prendre une page de ce livre. Crayton n'épouserait pas Juliet quand il serait parti. Il ne savait pas encore comment il allait s'en assurer, mais ça n'allait *pas* arriver.

— Eh bien, c'est bon de te revoir, mec. Tu restes cette fois ?

Ce type pouvait effacer ce sourire plein d'espoir et hypocrite de son visage.

Il glissa son bras autour de la taille de Juliet et ignora la question. — Ma chérie, vas-y, commande. Mec, même son accent texan était revenu pour cette démonstration virile de possession.

Le haussement de sourcils que Juliet lui adressa montrait qu'elle l'avait remarqué. — Euh, d'accord.

Tanner éprouva une immense satisfaction en voyant le regard de Crayton alterner entre la caisse et lui pendant que Juliet débitait sa commande. Pas une seule fois le gars ne la regarda.

Bien. Message transmis.

— Et que veux-tu, Tanner ? Elle tourna ses grands yeux bleus vers lui et le souffle de Tanner se bloqua dans sa gorge.

Elle était encore plus belle que lorsqu'ils étaient au lycée.

— Tan ? Elle le poussa doucement de l'épaule.

— Oh. Oui. Il changea de position. Il aurait dû faire attention et ne pas rêvasser sur elle comme s'il avait encore seize ans.

Puis il aperçut le visage de Crayton : abattu. Anéanti. Bien. Il le laisserait penser que la pause était due au fait qu'il avait été subjugué par sa femme.

En fait, mec, c'est vraiment *pour ça que tu es resté silencieux.*
La ferme.

Il énuméra ses plats préférés du menu, se demandant si Crayton ferait quelque chose d'aussi puéril que de cracher dans sa boisson.

Il aimait à penser que non, mais en même temps, il aurait aussi parié qu'il ne jouerait jamais les hommes des cavernes pour une femme.

Heureusement, Crayton ne travaillait pas en cuisine, donc tout ce qu'il avait à faire était d'emballer la nourriture et les frites, et une adolescente versa leurs boissons. Néanmoins, Tanner le surveillait comme un faucon.

Et il ne retira pas son bras de la taille de Juliet.

Juliet n'était pas tout à fait sûre de ce qui se passait, mais le fait que Tanner l'appelle *ma chérie* et mette son bras autour de sa taille lui faisait penser qu'il croyait que Connor était intéressé par elle. Il aurait raison — Connor lui avait demandé de sortir plusieurs fois depuis que Tanner était parti, mais elle lui avait toujours dit la même chose : qu'elle était mariée et que son mari était absent pour affaires. Elle n'avait pas menti et c'était l'excuse parfaite pour le tenir à distance. Ce qui allait se passer une fois qu'elle aurait signé ces papiers de divorce était quelque chose dont elle s'occuperait le moment venu.

Mon Dieu, elle ne voulait pas y penser. Pourquoi cela ne pouvait-il pas être réel ? Pourquoi le bras de Tanner autour d'elle ne pouvait-il pas signifier qu'il voulait qu'il soit là et pas à cause d'une stupide parade de *machisme* ?

— N'oublie pas le cookie supplémentaire, dit-elle quand Connor posa les sacs sur le comptoir.

— Je croyais que tu avais la meilleure cuisinière de l'État qui travaillait pour toi ? Pourquoi veux-tu un cookie produit en masse à la place ?

— Connor, ne laisse pas Ermalinda t'entendre dire ça ; elle est la meilleure cuisinière du *pays*, pas de l'État.

— Tu as bien raison. La dernière fois que j'ai goûté un de ses desserts, j'ai voulu l'embaucher. Mais ton père la paie trop bien, ou elle aime trop votre famille parce qu'elle m'a ri au nez.

— C'est la famille, lança Tanner en arrachant presque les sacs du comptoir. Elle est farouchement loyale. Mais en même temps, les Chambers rendent ça facile. Il la poussa doucement de l'épaule. Prête à rentrer à la maison, ma chérie ?

Elle l'était s'il continuait à parler comme ça. Et le fait qu'il semblait presque jaloux...

— Euh, d'accord.

Elle en profita pour glisser son bras autour de celui de Tanner et fit un signe à Connor.

— Merci, Con.

Pour plus qu'il ne le savait.

— À bientôt.

— J'aimerais beaucoup, Juliet.

Connor lui adressa un sourire sincère, bien plus authentique que celui qu'il afficha en regardant Tanner pour dire :

— Content de t'avoir vu, Wentworth.

— Oui. Oui, en effet.

Tanner lui rendit ce petit mouvement de tête typiquement masculin et poussa la porte avec sa hanche.

— Après toi, Jules.

Elle faillit littéralement trébucher sur le seuil. Tanner l'avait toujours bien traitée, mais elle ne se souvenait pas de la dernière fois qu'il lui avait tenu la porte. Certainement pas en sortant du tribunal le jour de leur mariage.

Hmm, elle commençait à apprécier cette jalousie. Comment pourrait-elle l'utiliser à son avantage...

Non. Elle n'allait pas le manipuler. Honte à elle d'y avoir même pensé. Si Tanner devait lui revenir, ce serait parce qu'il le voulait. Elle ne voulait pas passer le reste de sa vie à se demander s'il allait repartir. Non, aussi dur que ce serait de le voir sortir de sa vie, il valait mieux avoir une réponse que de toujours se demander s'il allait le faire.

— Alors, tu vois souvent Crayton ?

Tanner posa les sacs sur le sol derrière le siège passager.

Bien ; elle aimait qu'il conduise. Comme quand ils étaient au lycée. Il avait un vieux tacot de camionnette tandis qu'elle avait la Jetta que ses parents lui avaient offerte pour ses seize ans. Tanner l'avait qualifiée de voiture de fille et avait dit que s'ils voulaient être ensemble, ils iraient dans son camion. Ça ne l'avait pas dérangée ; le camion avait une banquette et beaucoup plus d'espace.

Elle sourit à ce souvenir.

— C'est toute une réaction.

Tanner n'avait pas l'air content.

Oh, il pensait qu'elle souriait à propos de Connor.

Ce n'était pas parce qu'elle avait décidé de ne pas le manipuler qu'elle devait corriger ses fausses suppositions.

— Pas vraiment. Je ne passe là-bas qu'occasionnellement.

Une fois tous les trois ans, en fait.

Tanner ne répondit pas, mais il claqua la portière arrière assez fort pour la faire grimacer. Dieu merci pour l'ingénierie allemande ; sa voiture pouvait encaisser sa jalousie.

Elle aussi. Elle aimait ça. Cela signifiait qu'il ressentait autre chose que du dédain pour elle.

Elle essaya de ne pas sourire en montant dans la voiture. Elle ne voulait pas lui faire croire qu'il se passait trop de choses avec Connor, sinon il se demande-rait ce qu'il en était de l'autre soir.

Elle se demandait ce qu'il en était de l'autre soir. Oh, elle savait pourquoi elle l'avait laissé faire ; elle voulait désespérément savoir pourquoi *lui* l'avait fait.

Elle voulait aussi que ça se reproduise. Malheureusement, hier soir, il avait préparé le dîner pendant qu'elle prenait sa douche après le travail, puis il avait sorti son ordinateur portable pendant qu'elle zappait et jouait avec le chaton, jusqu'à ce qu'il annonce qu'il allait se coucher. Seul. Ils avaient été ensemble, mais pas vraiment.

— Nana veut que je l'emmène se faire coiffer demain, dit-elle quand ils s'arrêtèrent à un feu rouge. Elle ne veut pas que Papa vienne, elle dit qu'il l'a assez couvée. Mais je m'inquiète pour son transport et je me demandais...

— Si je voulais venir avec vous.

Ils finissaient les phrases l'un de l'autre, autrefois.

— Bien sûr. Je l'installerai au salon puis j'irai traîner avec Rick ou quelqu'un d'autre.

— Est-ce que quelqu'un t'a posé des questions gênantes quand tu les as vus chez Delia ?

Il jeta un coup d'œil dans le rétroviseur latéral puis changea de voie.

— Non. Ce qui est logique si nous sommes vraiment ensemble. Ils nous voient toujours comme un couple.

Parce qu'ils devraient en être un.

— Ils veulent qu'on se retrouve jeudi soir. Soirée entre mecs. Je leur ai dit que je vérifierais avec toi. Voir quels étaient les plans.

— C'est bon, Tanner. Tu as le droit d'avoir une vie ici. C'est normal pour des gens mariés d'avoir des intérêts différents et de sortir avec leurs amis. On n'a pas besoin d'être collés l'un à l'autre.

Un silence s'installa entre eux. Ils avaient été plus que collés l'autre soir.

Mon Dieu, elle voulait y retourner avec lui. C'était comme un énorme éléphant blanc dans la voiture et ils n'en parlaient pas. Une partie d'elle voulait forcer la question, l'autre n'était pas prête. Ne voulait pas entendre le discours du « On ne peut pas recommencer ». Et de toute façon, les actes — ou leur absence — parlaient plus fort que les mots.

Un changement de sujet s'imposait définitivement.

Elle sortit son téléphone.

— Je dois d'abord passer au bureau demain.

Elle composa un numéro et compta les sonneries jusqu'à ce que Steve décroche.

— Salut, Steve, c'est Juliet. Pouvez-vous me rendre un service ?

— Bien sûr, Mme Wentworth. Que puis-je faire pour vous ?

La déférence dans sa voix était encore difficile à accepter. Pendant tant d'années, elle s'était présentée au bureau de Papa simplement comme sa fille. La moitié du personnel l'avait connue quand elle était en couches et l'avait vue dans son uniforme de pom-pom girl. Ça avait été un peu intimidant d'arriver le premier jour comme remplaçante de Papa en costume, mais tout le monde avait été plus que disposé à lui donner sa chance. Ensuite, comme elle avait connu quelques succès, les amitiés qu'elle avait nouées avec le personnel en tant que fille de son père avaient aidé à faciliter la transition vers son rôle de patronne.

— Pouvez-vous vérifier si l'une des voitures de fonction est déjà disponible ? Je pensais que l'équipe devait rentrer ce soir. Si c'est le cas, pouvez-vous en faire livrer une à mon domicile, s'il vous plaît ? Mettez-la au nom de mon mari pour les questions d'assurance.

— Votre... mari.

Il n'y avait pas de point d'interrogation à la fin, mais il aurait pu y en avoir un.

— Oui. Tanner Wentworth.

Steve n'était dans l'entreprise que depuis cinq ans. Elle aurait supposé qu'il avait entendu parler de son passé, mais elle ne pouvait pas vraiment lui reprocher de ne pas avoir retenu cette information.

— Je m'en occupe, Mme Wentworth. Je demanderai à la répartition d'en envoyer une dès qu'elle aura été nettoyée, s'il y en a une de disponible.

— Merci. Et s'il vous plaît, demandez-leur de laisser les clés dans le pot de fleurs à gauche de mon porche d'entrée.

Elle ne voulait pas qu'un coup de sonnette vienne interrompre quoi que ce soit entre elle et Tanner. *S'il* se passait quelque chose entre eux...

— Certainement. Passez une bonne soirée, Mme Wentworth.

— Merci, Steve. Vous aussi.

Tanner lui jeta un coup d'œil quand elle raccrocha, ce qui la mit mal à l'aise.

— Quoi ?

— Toi. Tu avais l'air si... Je ne sais pas, professionnelle.

— Je suis une professionnelle.

— Je sais, mais c'est juste...

Il pencha la tête.

— C'est différent. Tu es différente. De ce dont je me souviens.

— J'ai grandi, Tanner. On grandit tous.

Chapitre Vingt et Un

Juliet n'avait pas beaucoup dormi après qu'ils eurent mangé le poulet frit dans un silence qui, s'il n'était pas confortable, n'avait du moins pas été total. Voir Connor avait fait remonter des souvenirs du lycée et ils avaient même ri de bon cœur en se remémorant le passé, tout en évitant soigneusement de mentionner Keegan.

Mais ce n'était pas cela, ni l'éléphant blanc qui s'était faufilé dans ses rêves, qui expliquait son manque de sommeil, étonnamment. Non, elle pouvait en attribuer la faute uniquement à Houdini.

Ce chaton allait passer beaucoup de nuits dans la buanderie. La petite curieuse hyperactive avait décidé que la commode était une patinoire, que le fauteuil dans le coin était un parcours d'obstacles, et que le ventre de Juliet était un trampoline. Juliet n'avait dormi que trois heures en tout avant de se traîner hors du lit à cinq heures trente et de se faufiler dans la salle de bain pour prendre sa douche et se préparer pour le travail. Elle donna à manger au chaton puis l'enferma dans la buanderie, et était en route pour le bureau avant que Tanner ne se réveille.

Elle ne voulait pas penser à lui se réveillant. À son apparence avec ses yeux encore endormis, ses cheveux en désordre, et son torse... Tanner avait dormi nu aussi longtemps qu'elle avait partagé son lit. Ce qui n'était pas aussi souvent qu'elle l'aurait voulu.

Le chef comptable passa la tête hors de son bureau.

— Juliet, vous avez une minute ?

Pas vraiment. Elle voulait aller aux toilettes des cadres et passer de l'eau froide sur ses poignets parce que les souvenirs de Tanner la réchauffaient d'une manière dont elle n'avait pas besoin par ce temps.

— Bien sûr, Jim, qu'y a-t-il ?

Il sortit de son bureau et ouvrit un dossier.

— Il y a quelques dépenses en capital que votre père voulait que nous fassions le trimestre prochain et je ne suis pas sûr que nous voudrons faire cette sortie de trésorerie maintenant que... eh bien, nous ne sommes pas sûrs que l'accent mis sur le secteur du transport sera aussi agressif qu'il avait été prévu.

Son père avait toujours voulu faire croître l'entreprise, mais il connaissait le métier sur le bout des doigts. Juliet apprenait encore les ficelles, et bien qu'elle voulût adhérer à la vision de son père, elle ne voulait pas le faire aveuglément. Ralentir le rythme pourrait être préférable pour qu'elle puisse évaluer l'avenir de l'entreprise. Même avec les conseils de papa, c'était elle qui prenait les décisions, alors elle voulait comprendre chaque nuance avant de prendre une décision.

— Pouvez-vous organiser une réunion cet après-midi... oh, zut. J'ai oublié. Je dois emmener ma grand-mère sortir.

Juliet se pinça l'arête du nez. Les journées de travail suivant des nuits sans sommeil n'étaient jamais les meilleures de toute façon ; ajoutez à cela un rendez-vous et une réunion imprévue, et sa journée se trouvait encore plus bouleversée qu'elle ne l'était déjà.

Elle se mentait à elle-même ; cela s'était produit le jour où Tanner était arrivé.

— Vérifiez avec Maggie si elle peut déplacer mes rendez-vous du matin à demain, puis organisez une réunion avec Scott, Bill et Madison dès que possible. Je veux que tout le monde donne son avis sur cette question.

— Je m'en occupe.

Jim hocha la tête et se dirigea vers le bureau de Maggie, l'assistante de Juliet.

Premier accroc de sa journée.

Eh bien, au moins cela l'empêchait de penser à Tanner.

Tanner ne pouvait pas s'empêcher de penser à Juliet.

Il sortit du lit, grimaçant à cause de son érection matinale qui était beaucoup trop intéressée à savoir si Juliet était encore dans la maison.

Il enfila un short. Il aurait probablement dû dormir avec la nuit dernière, mais une partie de lui avait voulu ne *pas* en avoir besoin.

Sauf qu'il n'avait rien fait à ce sujet.

C'était parce que, bien que traîner dans son salon ces dernières nuits avec elle assise là, l'air si mignonne en jouant avec le chaton — et puis si diablement sexy en se dirigeant vers sa chambre — avait été une torture, la pensée rationnelle l'avait maintenu cloué sur sa chaise, les yeux rivés sur l'écran de l'ordinateur portable. Une fois était permis ; par curiosité, pour le bon vieux temps, peu importe comment il voulait l'appeler, ils avaient droit à cette unique nuit. Mais continuer... Ce serait mettre en place quelque chose pour lequel il n'était pas prêt.

Quelque chose qu'il ne voulait pas.

Tu en es sûr ? Ton petit ami pas si petit de ce matin dit le contraire.

Il passa une main sur son visage. Ouais, bien sûr, il la voulait *elle*. Ça n'avait jamais été en question. C'était tout ce qui venait avec elle : relation, confiance, famille... Ils avaient essayé non pas une, mais deux fois, et bien, leur bilan était plutôt mauvais.

La troisième fois pourrait être la bonne, mon pote.

Ou ce pourrait être celle qui l'achèverait.

Non merci. Il avait sa vie planifiée et elle n'incluait pas Juliet.

Heureusement, elle n'était pas dans la maison quand il quitta sa chambre. Il vérifia le garage. La Mercedes était partie, mais la Town Car était du côté gauche de l'allée où Steve l'avait laissée. Ou qui que ce soit qui l'avait déposée.

Il ouvrit la porte d'entrée et fouilla dans le pot de fleurs pour trouver la clé, puis appela Rick pour organiser une rencontre quand il déposerait Juliet et sa grand-mère au salon plus tard.

Il prit une douche rapide et était en train de se préparer le petit-déjeuner quand il entendit le chaton miauler dans la buanderie. La pauvre petite chose devait se sentir seule.

Tanner ouvrit la porte et elle se précipita dehors, se roulant sur elle-même dans sa course vers la liberté.

— Hé, toi. Viens ici.

Non, elle continua à courir, tout droit dans la chambre de Juliet.

Évidemment.

Tanner soupira et la suivit. Les chats n'étaient-ils pas considérés comme des instruments du diable dans le temps ? Il pouvait comprendre pourquoi.

Il s'arrêta à la porte de la chambre de Juliet. La dernière fois qu'il y était resté plus de quelques secondes, elle l'avait invité. Maintenant, cela semblait presque déplacé.

Jusqu'à ce qu'il voie le chaton suspendu à la tringle à rideaux. À l'envers.

— Viens ici, petite païenne.

Il tendit la main vers elle, mais elle grimpa sur le dessus de la tringle, les rideaux de Juliet gagnant quelques entailles au passage.

— Houdini, descends de là.

Il tendit à nouveau la main vers elle, mais elle courut le long de l'épaisse tringle en bois comme une gymnaste sur la poutre — et exécuta une, euh, intéressante sortie à l'autre bout sur le lit de Juliet.

Il aurait dû suggérer Belzébuth comme nom.

Elle avait l'air d'avoir soit le souffle coupé, soit d'avoir eu la surprise de sa vie, mais au moins elle était immobile.

Jusqu'à ce qu'il aille la chercher. C'est alors qu'elle fila à travers le lit, bondissant comme un pilote de BMX et prenant appui sur ses cuisses — griffes comprises — pour ricocher sur le repose-pieds près du rocking-chair, puis atterrir sur le sol et courir sous la commode.

Bien sûr.

Tanner soupira. Il devrait simplement la laisser tranquille. Si elle se sentait seule, elle viendrait le trouver.

Ou elle déchirerait les rideaux de Juliet.

Il s'approcha de la commode et s'apprêtait à s'accroupir lorsque quelque chose sur le dessus attira son attention.

C'était un cadre double. À gauche, une photo de lui et Juliet au bal de promo et à droite —

Une inspiration profonde et brûlante emplit ses poumons.

Keegan.

Juliet avait gardé une des photos de sa grand-mère.

Il n'avait pas vu les photos. N'avait pas voulu les voir. Il avait ses souvenirs. Mais maintenant...

Maintenant, il ne pouvait détourner le regard.

Il prit le cadre. Même maintenant, après toutes ces années, sa gorge se serra et il avait du mal à voir à travers le voile de larmes dans ses yeux, mais il se força à regarder.

Keegan avait son nez et son menton. Il ne pouvait pas dire pour les yeux car ils étaient fermés, mais la courbe de la joue... C'était celle de Juliet. Il n'avait pas encore de cheveux et ses ongles étaient pratiquement transparents et, bon sang, si minuscules. Tellement minuscules.

Il reposa le cadre. Ce n'était pas juste. Regardez-les tous les deux, lui et Juliet. Si heureux, le monde à leurs pieds. Même la grossesse n'avait pas été la fin du monde — plutôt le début. Mais tout s'était effondré quand ils avaient perdu leur fils.

Tanner remit le cadre sur la commode et s'affaissa sur le lit de Juliet, laissant tomber son front dans sa paume. Mon Dieu, cela faisait encore tellement mal après tout ce temps.

Et elle regardait cette photo tous les jours.

Pour se punir ? Pour se forcer à se souvenir ?

Ce n'était pas comme s'il pouvait jamais oublier.

Il tendit la main vers le cadre, mais la laissa retomber sur sa cuisse. Il ne pouvait pas faire ça. Il ne pouvait pas rester ici et prétendre qu'ils pouvaient être amis ou aller de l'avant. Pas avec cette photo juste là. Le fixant. Le défiant de dire que sa vie *pourrait* être la même.

Un nœud se serra dans son ventre et Tanner eut envie de simplement se rouler en boule sur le côté et pleurer. Juste pleurer pour tout ce qu'il — non, *ils* — avaient perdu. Si Keegan avait vécu, ils auraient peut-être eu une chance.

Il prit une inspiration saccadée. Autant l'idée de s'isoler du monde et de céder à son chagrin semblait bonne, il l'avait déjà fait et connaissait le mal de tête et la nausée qui suivraient. Il avait des choses à faire aujourd'hui, des gens à voir. Juliet, sa grand-mère, Rick. La dernière chose qu'il voulait était d'arriver les yeux bouffis avec un mal de tête lancinant.

Il s'éclaircit la gorge et pressa son pouce et son index contre ses yeux. Il avait déjà emprunté cette voie ; il n'avait pas besoin de le refaire. Il aimait son fils et l'aimerait toujours. Mais la vie continuait, aussi terrible que cela puisse paraître, et il devait aller de l'avant.

Bien sûr, c'est à ce moment-là que le chaton décida de jeter un coup d'œil hors de sous la commode, son « miaou » sonnant comme une question.

Eh bien, on disait que les animaux pouvaient sentir l'humeur d'une personne, et la sienne devait être particulièrement évidente pour elle.

Il tendit la main et la mignonne petite chose grimpa directement dans sa paume et lui lécha le poignet, le regardant comme si elle était la chose la plus innocente au monde, pleine de confiance et d'amour.

Il soupira et secoua la tête en se levant, puis la plaça sur son épaule. Elle lui lécha le lobe de l'oreille et se roula en boule dans le creux de son cou, ronronnant de contentement.

— Allez, viens. On va prendre le petit-déjeuner.

Son téléphone sonna alors qu'il entrait dans la cuisine. Il courut dans sa chambre, le saisit sur sa commode, son anticipation prenant un coup quand il vit que l'appel venait de Gage et non de Juliet.

Il s'inquiéterait de ce sentiment plus tard. — Salut, Gage.

— Tan. J'ai mentionné à mon agent immobilier où tu es et notre discussion sur l'expansion, et il vient de m'appeler à propos d'un entrepôt à louer à environ une demi-heure de chez toi. Tu voudrais aller y jeter un coup d'œil ?

— Ouais, bien sûr. Attends que je trouve un stylo. Il sortit de sa chambre et se dirigea vers la cuisine.

Juliet avait des tonnes de menus à emporter, mais pas une seule chose pour écrire.

Il regarda autour de son salon mais sans succès. Pas question de retourner dans sa chambre, il ne restait donc que son bureau.

— Donne-moi encore une seconde.

Il n'aimait pas particulièrement l'idée d'entrer dans son sanctuaire privé, mais après tout, il ne pouvait rien imaginer de plus personnel que la photo sur sa commode, alors il allait oser.

Elle avait une tasse à café remplie de stylos sur son bureau, et un bloc-notes à côté.

— D'accord, quelle est l'adresse ? Il l'écrivit, jonglant avec Houdini qui passait d'un côté de son cou à l'autre. Quelqu'un sera là pour me faire visiter ou je fais juste un tour en voiture ?

— Il a dit de lui faire savoir l'heure qui te convient. Voici son numéro. Il te retrouvera là-bas.

— D'accord, ça me va. Je dois emmener Juliet et sa grand-mère quelque part, mais ensuite je devrais pouvoir passer.

— Parfait. Tiens-moi au courant. Et si tu as besoin de plus de temps là-bas

—

— Je te le ferai savoir aussi. Ne voulait pas en discuter avec lui. Merci, Gage.

— Pas de problème.

Il détestait se montrer si personnel avec Gage, mais Gage avait un neveu avec des problèmes de santé, donc le gars n'était pas étranger à cette situation. Ça craignait qu'ils aient tous les deux à gérer ça, mais cela renforçait son désir de travailler avec eux. Ces gars avaient les bonnes priorités.

Il se retourna pour partir et aperçut les diplômes de Juliet accrochés au mur à côté de la porte. Il ne les avait pas vus dans sa précipitation pour trouver le stylo, mais maintenant qu'il les voyait, il s'approcha pour les examiner.

Juliet Chambers-Wentworth.

C'était logique, supposait-il, qu'ils soient établis à son nom marital, mais il n'arrivait pas à croire qu'elle utilisait son nom à lui. Il aurait pensé qu'elle aurait sûrement gardé son nom de jeune fille. Après sept ans de séparation — et une lune de miel en solitaire — il n'aurait pas cru qu'elle voudrait garder un quelconque souvenir de lui, et encore moins accoler son nom au sien.

Il passa ses doigts sur le verre protégeant le parchemin. C'était à la fois étrange et approprié de le voir là. Quelque chose qu'il avait prévu depuis si longtemps, qu'il avait désiré, et maintenant...

Et maintenant quoi ?

Il ne savait pas. Il ignorait beaucoup de choses sur ce qu'il faisait ici ou ce qu'il ressentait ; mais tout ce qu'il savait, c'était qu'il avait un travail à accomplir pour son avenir et que se morfondre dans leur passé ne serait pas productif.

Il attrapa le chaton et le serra contre sa poitrine.

— Allez, ma petite. Allons manger quelque chose et ensuite je dois y aller.

À l'autre bureau de Juliet. Où il la trouverait. Et sa grand-mère. Les deux femmes responsables de cette image de Keegan. Celle qui ne voulait pas quitter son esprit.

Cette journée ne faisait que s'améliorer.

Chapitre Vingt-Deux

— Merci de venir me chercher, Tanner.

La grand-mère de Juliet posa sa main sur son bras quand il l'installa sur le siège avant de la Lincoln Town Car. La maison était sur le chemin du bureau de Juliet et il était plus logique de faire ainsi plutôt que de faire un détour, et les détours étaient une habitude chez Juliet, une habitude qu'il voulait briser.

— C'est un plaisir, Nana.

— Et c'est un plaisir pour moi de voir que toi et Juliet avez réglé vos diffé-rends. L'amour en vaut la peine. Ce n'est pas toujours facile, je le sais, mais rien de bon ne l'est jamais. Si c'était le cas, nous ne l'apprécierions pas à sa juste valeur. En fin de compte, ce qui compte, c'est l'amour que l'on laisse derrière soi, pas les choses. Pas les affaires, mais la famille. C'est ça qui est important.

— Je sais. C'est pour ça que je suis ici.

Ce qui n'était pas un mensonge.

— Alors Juliet me dit que tu cherches à développer ton entreprise en ville ?

Il espérait sincèrement que Juliet ne lui avait pas dit *quelle* entreprise.

— C'est une idée. En fait, une fois que je vous aurai déposées, toi et Juliet, au salon, je vais aller jeter un coup d'œil à un emplacement.

— Merveilleux. Assure-toi juste qu'il y ait un grand parking. D'après ce que j'ai entendu sur BeefCake, Inc., vous allez avoir un succès fou ici.

Tanner faillit sortir de la route.

— Vous êtes au courant pour le club ?

Il n'aurait jamais pensé que Juliet mentionnerait le club de strip-tease à sa grand-mère, mais après tout, que savait-il de leur relation ces sept dernières années ?

— Bien sûr que je le sais. Je suis peut-être d'une autre génération, mais je sais me servir d'Internet. Tes amis ont une affaire qui marche très bien.

— Vous avez fait des recherches sur nous ?

— Il fallait bien que je fasse quelque chose pendant ma convalescence. Mon corps n'est peut-être pas en état de danser, mais mon esprit est toujours actif. Je me débrouille plutôt bien avec un moteur de recherche, tu sais.

Nana semblait très fière d'elle.

— Je...

— Tu devrais suggérer aux propriétaires de proposer une sorte de streaming en ligne payant. Ce n'est pas de la pornographie si vous n'êtes pas nus, et regarde la bande-annonce du film de Channing Tatum. Vous pourriez faire quelque chose comme ça pour gagner de l'argent supplémentaire.

Il n'arrivait pas à croire qu'il avait cette conversation avec la grand-mère de Juliet.

— Je vais, euh, en parler et voir ce qu'ils en disent.

— Tu devrais. Il doit bien y avoir un moyen de rentabiliser vos spectacles autrement qu'avec les boissons et les pourboires.

Il ne s'était jamais senti mal à l'aise avec ce qu'il faisait dans la vie, mais cette discussion était en train d'y parvenir.

— Tanner Wentworth, es-tu en train de rougir ?

— Non, madame.

D'accord, il venait de briser sa règle de ne pas lui mentir.

— Si, tu rougis. Et je dois dire que je trouve ça adorable. Mais en fait, je t'ai toujours trouvé adorable. Tu regardais Juliet avec des yeux de chiot amoureux quand vous étiez à l'école primaire. Je savais que ce n'était qu'une question de temps avant que vous ne compreniez tous les deux. Gemma et moi étions tellement heureuses quand tu as invité Juliet pour la première fois.

Il avait un vague souvenir de la soirée où sa mère les avait conduits, Juliet et lui, au cinéma. Il avait été terriblement gêné que sa mère les emmène, mais des trois parents et de Nana, c'était celle qu'il pensait le moins susceptible de le mettre mal à l'aise.

Maintenant, apprendre qu'elle et Nana avaient discuté d'eux...

— Tu rougis *vraiment*.

Elle lui tapota la main.

— Je ne peux pas le nier.

Il réussit à sourire en priant pour que ce ne soit pas un sourire crispé.

Elle gloussa et remit sa main sur ses genoux.

— L'amour est drôle, n'est-ce pas ? Le plus beau sentiment du monde, mais qui nous rend aussi le plus vulnérables. Accorder toute sa confiance à quelqu'un et lui confier l'essence de qui l'on est... C'est un grand pas. Ça peut faire peur. Surtout quand on a déjà été blessé une fois.

Deux fois, mais qui comptait ?

— J'ai toute confiance que Juliet et toi y arriverez cette fois-ci. Vous êtes faits l'un pour l'autre. On le savait depuis la première fois que tu l'as vue.

— Nana...

Il pencha la tête. C'était une chose de se présenter ici et de dire qu'ils travaillaient sur leur relation ; c'en était une autre de mentir ouvertement et de dire qu'ils vivraient heureux pour toujours.

— Nous étions des bébés. Quelle que soit la chimie que vous pensiez voir, c'était probablement des gaz.

C'était bon d'entendre son rire.

— Oh, Tanner, tu verras. Un jour, tu comprendras de quoi je parle. Il y a une... je ne sais pas, une aura peut-être autour de vous deux quand vous êtes ensemble que la plupart des couples, même ceux qui s'aiment vraiment, n'ont pas. Ça me rend presque jalouse. Mais j'ai eu une relation merveilleuse. Pas différente de la vôtre, j'aime à penser. Donc je sais que si vous arrivez à arrêter de vous blâmer, tout ira bien.

Se blâmer ? De quoi parlait-elle ? Il ne se blâmait pas. Il s'était engagé dans les mariages avec Juliet — celui qui n'avait pas eu lieu et celui qui avait eu lieu — avec un esprit ouvert et un cœur rempli d'amour pour elle. C'était elle qui avait tout gâché.

Oui, il la blâmait. Parce que c'était là que le blâme devait être. Il n'avait rien fait de mal.

Mais, comme avec son père, il n'allait pas détruire les illusions de sa grand-mère. Son temps ici était censé lui donner de l'espoir pour l'avenir de Juliet, pas démolir leur passé.

— Alors, combien de temps pensez-vous que ce rendez-vous chez le coiffeur va prendre ? Je me dirige vers l'autre côté de la ville, à environ vingt minutes du bureau de Juliet.

— Environ deux heures. Je me fais colorer les cheveux.

Elle tapota ses cheveux qui avaient une mèche blanche parmi le reste aussi blond que ceux de Juliet.

— Je suppose que ça semble assez ridicule de faire ça étant donné que ça n'a pas vraiment d'importance, mais une femme aime avoir un peu de vanité et la mienne, ce sont mes cheveux. Savais-tu qu'ils étaient aussi jolis que ceux de Juliet quand William et moi sortions ensemble ?

— Il me semble me souvenir qu'ils étaient jolis quand je vivais ici.

— Oh là là, Tanner, tu es un charmeur. Pas étonnant que tu sois le danseur le plus populaire de ce club.

Son visage s'enflamma. Comment diable avait-elle entendu parler de ça ?

— Euh-

Elle rit à nouveau et lui tapota le bras.

— Tu es tellement amusant à taquiner, Tanner. Ce n'est pas parce que je suis grand-mère que je ne suis pas une femme. Il m'est arrivé de fréquenter des établissements comme le vôtre à l'occasion. Peut-être que je viendrai même te voir, toi et tes amis, une fois que vous vous serez installés dans le coin.

Il avait envie de se glisser sous le siège et de bloquer les images qu'elle lui mettait dans la tête. — Euh, Nana ?

— Oui ?

— Pourrait-on, euh, peut-être changer de sujet ? Je ne sais pas si cette conversation est appropriée étant donné que je suis marié à ta petite-fille.

— C'est vrai, tu l'es. Et ne l'oublie pas.

Avec la poigne qu'elle avait sur son bras, Tanner n'allait pas l'oublier de sitôt.

Voire jamais.

* * *

Il n'avait jamais été aussi heureux de voir un bâtiment vide de sa vie.

Tanner essayait encore de mettre la conversation avec Nana derrière lui. Du fait qu'elle savait ce qu'il faisait dans la vie, au fait qu'elle savait *vraiment* ce qu'il faisait, jusqu'au commentaire sur son mariage avec sa petite-fille qui lui avait échappé… La femme était peut-être souffrante, mais elle pouvait encore frapper fort.

— Ça n'a pas l'air de grand-chose.

Il jeta un coup d'œil à Juliet sur le siège passager. Sa grand-mère avait insisté pour que Juliet l'accompagne, disant qu'elle n'avait pas besoin que Juliet la regarde fixement pendant qu'elle se faisait coiffer, alors elle ferait aussi bien d'apprendre quelque chose sur l'entreprise de Tanner puisque c'était ce que faisaient les gens mariés.

Ni l'un ni l'autre ne pouvait contester cette logique sans compromettre leur couverture, alors Juliet était venue avec lui.

Il avait appelé l'agent pour organiser la rencontre, mais après cela, le trajet s'était déroulé en silence — ce dont il était reconnaissant. L'autre soir prenait de plus en plus d'ampleur plus ils n'en parlaient pas, mais que pouvait-il dire ? *Merci pour la partie de jambes en l'air ?*

Il n'allait pas lui déclarer son amour éternel et suggérer qu'ils se remettent ensemble, alors, vraiment, ça ne servait à rien. C'était ce que c'était.

Et ç'avait été plutôt spectaculaire.

Il secoua la tête. Il était temps de se concentrer sur les affaires et non sur le sexe. — Ce n'est pas l'extérieur du bâtiment qui m'intéresse. Enfin, mis à part l'accès, qui donne sur un axe principal, ce qui est bien, et le parking, qui est vaste — il sourit en se rappelant le commentaire de Nana — donc ça marche aussi. L'emplacement n'est pas mal non plus ; le quartier n'est pas trop délabré, et avec le développement de ce site, il pourrait être revitalisé. Je dois voir l'inté-rieur pour savoir si l'espace peut accueillir la scène, le bar et les zones de places assises.

L'agent immobilier les attendait quand ils sont arrivés.

— Wentworth ? James Pfeiffer. L'homme tendit la main. Ravi de vous rencontrer.

— Merci de nous recevoir dans un délai si court.

Pfeiffer serra ensuite la main de Juliet, puis fit un signe de tête vers le bâti-ment. — Cet endroit est vide depuis trop longtemps. Il devient une verrue. La ville me donne une belle somme pour trouver un locataire, alors je suis plus que ravi de le faire. On y va ? Il fit un geste de la main vers la porte en verre.

La façade avait besoin de travaux, et l'auvent en tôle ondulée devrait dispa-raître, mais l'extérieur semblait assez grand pour abriter l'établissement auquel Tanner pensait.

Pfeiffer leur fit faire le tour, leur montra les branchements électriques et les conduites d'eau, les guidant à travers la partie utilitaire qui pourrait être transformée en cuisine. Maintenant que Bryan et Gage avaient inclus des danseurs des deux sexes dans les spectacles, le club devenait une destination pour la soirée, et la demande pour plus qu'un simple snack-bar les avait amenés à ajouter une cuisine de fortune dans leur établissement phare. Les sites suivants auraient des cuisines intégrées.

Pfeiffer les laissa, Jules et lui, parcourir l'espace seuls, sortant son téléphone et disant qu'il serait dehors à passer des appels s'ils avaient des questions.

Tanner sortit un mètre laser qu'il avait acheté en chemin et prit quelques mesures. La scène fonctionnerait si elle se terminait là où il se tenait.

Il regarda autour de lui. — Jules, peux-tu me passer ce seau là-bas ?

— Celui-ci ? Elle ramassa le seau vide de composé à joint.

— Oui, mets-le là. Il montra du doigt l'endroit où serait le coin de la scène. — Et cette caisse. Prends-la pour moi, mais fais attention aux échardes.

Il la prit d'elle et la posa à ses pieds.

— C'est la scène ?

— Ouais. On mettra des tables là. Il fit un cercle de la main devant la scène. — Ça devrait laisser assez d'espace pour les loges en coulisses.

— Tu veux dire les vestiaires ? marmonna Juliet entre ses dents.

Tanner réprima un sourire. Ce qu'il faisait dans la vie la *dérangeait*. Et s'il était honnête avec lui-même, il admettrait que ça lui plaisait que ce soit le cas.

Mais c'était tout ce qu'il admettrait. Parce que ça n'avait pas d'importance. Il allait rentrer chez lui et faire ce qu'il avait prévu avant de venir ici, superbe nuit de sexe mise à part. — Le bar ira le long de ce mur. Probablement vingt tabourets, donc c'est une quantité décente.

— Je n'imagine pas que beaucoup de gens regardent le bar quand ils sont ici.

— Tu serais surprise. Il tira une planche de deux par quatre cassée jusqu'à l'endroit où serait le bar. — BeefCake, Inc. n'est pas un club de strip-tease, Jules ; c'est une sortie nocturne. Les couples viennent, amènent leurs amis. Le menu s'étoffe. Ça devient un lieu branché et pas seulement pour le spectacle. J'aimerais ajouter une piste de danse si possible, pour en faire une boîte de nuit une fois le spectacle terminé.

Elle croisa les bras et pencha la tête. — Tu y as vraiment réfléchi.

— Comme je l'ai dit, ce corps a une durée de vie limitée. Je ne veux pas danser bien après que j'aurais dû ranger les pantalons à Velcro.

Ses yeux glissèrent le long de son torse.

Plus bas.

Juste comme ça, c'était à nouveau l'autre soir et il la désirait tout autant qu'alors. La différence était que cette fois, il avait un souvenir récemment mis à jour de combien le sexe avec Jules était incroyable pour alimenter le feu.

Et, oui, il brûlait.

Il s'éclaircit la gorge et pivota, s'éloignant d'elle à grands pas. Il prendrait des photos. Les enverrait à Gage et Bryan. Se changerait les idées pour ne plus penser à quel point Jules était sexy dans sa jupe droite rouge qui épousait ces hanches qu'il avait agrippées, et ses magnifiques jambes qui paraissaient encore plus sensuelles dans des escarpins beiges parfaits pour le bureau mais dont les petits nœuds sur les talons suppliaient un homme de les défaire, et le chemisier blanc ajusté qui se resserrait à sa taille et s'ouvrait juste au-dessus de son décolleté et ne devrait pas être sexy, mais sachant ce qu'il y avait en dessous... l'était.

Il prit quelques photos du contour improvisé sur le sol juste pour se remettre dans le bain. Puis il en prit quelques-unes du plafond et de ses conduits, avant d'en prendre une du bar et de pointer son téléphone vers le reste de l'endroit.

Il s'arrêta lorsqu'il fut face à la porte d'entrée.

Jules était appuyée contre la barre transversale de la vitre, son corps se découpant dans la lumière du soleil.

Ses cheveux tombaient en dessous de ses omoplates, bouclant aux extrémités à partir de l'endroit où son dos se courbait avant d'atteindre ses fesses.

Juliet avait un fessier incroyable. Ferme, tonique, rebondi... Assez petit pour tenir dans sa main, mais suffisamment grand pour la remplir.

Ses doigts tressaillirent à ce souvenir.

Quelque chose d'autre réagit également.

Il prit la photo. La dernière photo qu'il avait de Jules-

En fait, il n'avait aucune photo d'elle. C'était elle qui avait gardé leurs albums photos quand ils étaient ensemble et quand il était parti... Quand il était parti, la dernière chose qu'il voulait était un souvenir d'elle.

Il en prit une autre. Et encore une autre. Il ne pouvait s'arrêter d'en prendre, bien qu'elle ne bougeât pas.

Tanner, lui, bougea. Il fit un pas sur la gauche. L'angle changea et il aperçut la courbe de sa joue.

Cela lui rappela celle de Keegan.

Le coup dans son ventre ne fut pas aussi violent que d'habitude.

Elle passa une main dans ses cheveux et inclina la tête, faisant cascader les vagues le long de son dos.

Il adorait les cheveux de Juliet. Il adorait leur sensation, leur texture, la façon dont ils glissaient entre ses doigts. La sensation qu'ils procuraient en effleurant sa peau. L'image qu'ils donnaient étalés sous elle sur son oreiller.

Ou le sien.

Il prit encore quelques clichés. Il aurait adoré en avoir un de face en plein soleil, mais il ne pouvait pas le lui demander. Cela ouvrirait la porte à trop de questions. Des questions auxquelles il n'avait aucune réponse.

Elle bougea alors et fit signe à l'agent immobilier, probablement, à l'extérieur.

Tanner jeta un coup d'œil à l'heure sur son téléphone. Ils devraient y aller. Ce n'était pas comme s'il y avait beaucoup de choses à voir dans cet endroit, juste un tas d'accessoires de construction abandonnés et quelques barils métalliques qu'il espérait vides, mais dont le retrait devrait faire partie du marché. Ils n'avaient pas besoin de s'inquiéter de l'EPA en plus du zonage.

— Tanner ? Juliet se tourna vers lui. Je pense que l'agent immobilier a fini ses appels.

— Ouais, j'ai presque fini aussi. Il fourra le téléphone dans sa poche arrière.

— Alors ? Tu vas louer ou acheter cet endroit ?

Il haussa les épaules. — Il faut d'abord que j'entende les conditions. Je ne suis pas sûr que Gage et Bry aient l'argent, donc ça ne peut pas se faire tant que je ne suis pas dedans.

Juliet exhala. Profondément. — D'accord.

Elle s'entoura de ses bras, l'air petite et vulnérable.

Bon sang, il ne voulait pas avoir pitié d'elle. Ne voulait pas... regretter son départ imminent.

Ne voulait pas lui faire de mal.

— Viens là, Jules. Il l'attira dans ses bras parce qu'il le *devait*, la serrant contre lui comme il l'avait toujours fait, et posa son menton sur sa tête.

Elle défit ses bras de son corps pour les enrouler autour du sien.

Il sentit son soupir résonner au plus profond de son âme.

— Hé, vous êtes... oh. Bon sang. Désolé. Pfeiffer avait ouvert la porte puis l'avait refermée et s'était retrouvé dehors en moins de deux secondes, mais cela avait suffi à briser l'ambiance.

— Je... je suis désolée. Jules recula et remit ses cheveux derrière ses oreilles, ses bras entourant à nouveau sa taille. Posture classique de protection - ramener les membres pour protéger le centre. Je n'aurais pas dû-

— C'est bon. Je sais que ce n'est pas facile. Il aurait dû s'éloigner d'elle. Il le savait. Au lieu de cela, il repoussa quelques mèches qu'elle avait manquées.

Ses lèvres bougèrent - se serrant, puis mordillées, puis se serrant à nouveau, mais elle parvint finalement à articuler quelques mots. — Merci, Tanner. Pour ça. Le câlin. Et... pour avoir dit ça. Elle s'éclaircit la gorge. — Bon. Je suppose qu'on devrait y aller. Libérer M. Pfeiffer. Le pauvre doit être tellement gêné.

Tanner la regarda plus longuement. La Jules dont il se souvenait se serait accrochée à lui, le suppliant de rester. Il n'était pas habitué à cette nouvelle Juliet indépendante et adulte.

Mais il l'aimait bien.

Ce qui était une pensée suffisamment dangereuse pour le faire bouger. Apprécier Juliet lui attirait toujours des ennuis.

Il fit deux pas vers la porte d'entrée et l'ouvrit. — Après toi.

Il sentit son parfum pour le reste de l'après-midi.

Chapitre Vingt-Trois

— Alors... dit Sandy en se déplaçant d'un pas chaloupé autour de son canapé, une bouteille de vin et deux verres à vin peints à la main dans les mains. L'un disait *Thérapie* et l'autre *Excuse*. Lequel choisiras-tu ? Elle les agita devant Juliet.

Juliet leva les yeux au ciel et saisit celui marqué *Excuse.* — Celui-ci. Parce qu'il est le plus proche.

— Hum hum. Sandy replia sa jambe sous elle et s'assit sur son canapé fleuri. — Comme ça, tu peux aller faire des choses coquines avec ce beau gosse auquel tu es toujours mariée et prétendre que c'est la faute du vin.

Dommage qu'elle n'ait pas eu ce verre l'autre soir.

— Oh mon Dieu. Les yeux de Sandy s'écarquillèrent. — Tu as déjà fait des choses coquines avec lui, n'est-ce pas ?

— Quoi ? Sandy, tu délires. Juliet but une gorgée de vin à la hâte.

— Et toi, tu es excitée. Ou satisfaite. Ou excitée et voulant être satisfaite. Sandy pointa son verre de vin vers Juliet. — Tu as fait des cochonneries, n'est-ce pas ?

— Des *cochonneries* ? Sérieusement, quel âge avons-nous ?

— Ne détourne pas la conversation, Juliet. Tu as couché avec ton mari.

Juliet se pencha pour poser son verre de vin sur le plateau du grand ottoman devant elles — et pour avoir quelques secondes pour maîtriser son rougissement. — Écoute cette phrase. Il n'y a absolument rien de mal à cela.

— Sauf si tu es séparée dudit mari depuis sept ans et que tu souhaites de tout ton cœur pouvoir rester mariée avec lui pour toujours.

Sandy, malheureusement, connaissait plus de détails que Tamra.

Mais elle ne les connaissait pas tous et si Juliet pouvait juste empêcher le sourire de s'afficher sur son visage au souvenir de l'autre soir, Sandy n'aurait aucune confirmation.

Elle se rassit et se mordit la lèvre pour contenir son sourire, confiante qu'elle ne laissait rien transparaître.

Sandy pencha la tête. — Je te connais, Juliet. Tu ne me trompes pas avec ton mordillement de lèvre. Tu as couché avec Tanner et tu ne le regrettes pas.

— Le regretterais-tu ? Merde, elle n'aurait pas dû lui répondre.

— Ah ha ! Je le savais ! Sandy leva son verre. — Il était temps que tu retrouves la raison. Laisser ce beau gosse vivre à neuf États de distance pendant toutes ces années... Tu dois avoir un grain, ma fille.

— Tu sais pourquoi...

— Je sais pourquoi tu as *dit* que tu n'irais pas le rejoindre, mais n'importe quel imbécile peut voir que vous êtes faits l'un pour l'autre. Je ne te connais que depuis que j'ai commencé à travailler pour ton père, mais ça a toujours été évident. Quelqu'un mentionne Tanner Wentworth et tu t'illumines comme un sapin de Noël. Et si ce que j'ai vu quand nous sommes allées à son club est une indication, l'homme ressent autant pour toi. Vous deux devez trouver une sorte de pacte de pardon et faire en sorte que ça marche, bon sang. Je suis à un mètre de toi sur le canapé et l'homme n'est même pas dans la pièce, et je peux sentir la chaleur qui émane de toi. Je ne comprends pas pourquoi tu es assise ici avec moi quand tu as *ça* qui t'attend à la maison. Si j'étais toi, j'y serais.

— Il est sorti ce soir. Juliet ajusta le coussin derrière son dos. — Avec ses amis du lycée.

— Tu me dis que ses copains ivres sont plus attrayants que sa magnifique femme ? Je ne crois pas. Elle donna un coup de genou à Juliet. — Si vous restiez tous les deux dans cette charmante petite maison ensemble, tu pourrais découvrir que tu n'as vraiment pas envie d'aller ailleurs.

Juliet se rassit avec un soupir. — C'est compliqué.

— Oh, je sais. Tu me l'as dit. Et ça craint ce que tu as traversé. Mais si vous

vous aimez — et tu ne peux pas me dire que ce n'est pas le cas — alors ça peut s'arranger. Sandy but une gorgée de vin.

— Nous sommes trop éloignés. Juliet passa une main dans ses cheveux. — Peut-être que s'il était resté après notre mariage, ou si j'étais allée le rejoindre, mais... Il a le droit d'être en colère contre moi. Il a le droit de ne pas me faire confiance ou de ne pas me pardonner.

Sandy éloigna le verre de vin de ses lèvres. — Je pense que c'est *toi* qui as besoin de te pardonner, Juliet. Tu portes ça en toi depuis toutes ces années. Oui, tu as pris des décisions discutables, mais tu étais jeune. Nous prenons tous des décisions discutables quand nous sommes jeunes. D'où le taux de divorce dans ce pays.

— J'ai pris deux décisions discutables qui ont affecté sa vie.

— Tu ne l'as pas traîné à l'autel.

— Mon père l'a fait.

Sandy posa son bras sur le dossier du canapé et toucha l'épaule de Juliet. — Mais ce n'était pas toi.

— C'est tout comme.

— Et il aurait quand même pu partir. Mais il ne l'a pas fait. Pourquoi ?

— À cause de l'hypothèque.

— Vraiment ? Sandy pencha la tête. Et son verre de vin. Qui se renversa un peu sur son t-shirt. — Oh, merde. Le vin rouge tache et c'est mon t-shirt préféré. Sandy se leva d'un bond du canapé et se dirigea vers sa cuisine. — Tu me dis que Tanner allait sacrifier le reste de sa vie pour les dettes de jeu de son père ? Réfléchis-y, Juliet. Tes parents n'allaient pas mettre ses parents à la rue. Ils sont amis depuis des années. Elle ouvrit le réfrigérateur. — Le père de Tanner aurait pu lui vendre sa part de l'entreprise à la place. Il avait des choix. Peut-être que Tanner *voulait* une raison de t'épouser — pour apaiser sa culpabilité d'être parti après que tu as perdu Keegan. Peut-être qu'il se sentait coupable de ça, tu y as déjà pensé ?

— Tanner n'avait aucune raison de se sentir coupable. C'était entièrement ma faute. Si je n'étais pas tombée enceinte intentionnellement, nous n'aurions pas perdu Keegan. Encore aujourd'hui, elle pensait toujours que c'était un retour karmique pour ce qu'elle avait fait et personne n'allait lui dire le contraire. Elle détestait simplement que Tanner et Keegan aient dû en payer le prix. — Et si je n'avais pas organisé cette soirée...

Sandy passa la tête par la porte de la cuisine. — Des conneries.

Juliet secoua la tête. — Je te demande pardon ?

— J'ai dit, *des conneries*. Tu continues à trouver des excuses, mais ce que tu ne vois pas, c'est que Tanner est toujours revenu. Même maintenant. Il y a une raison, Juliet, et ce n'est pas parce qu'il est un gentil garçon. Elle retourna dans la cuisine. — Je te garantis qu'il ne ferait pas ça si l'une des stripteaseuses avec qui il est ami le lui demandait. Cet homme est fou de toi et tu dois le lui faire réaliser.

Sandy lui avait donné de l'espoir jusqu'à ce qu'elle ajoute cette dernière phrase. Juliet reprit son verre de vin. — Pas question. Tout ce que j'ai fait depuis le début, c'est le manipuler. Je ne peux pas recommencer. Il mérite mieux. Bon sang, *je* mérite mieux. Tanner doit vouloir être avec moi parce qu'il m'aime, pas parce qu'il est coincé avec moi ou se sent obligé ou coupable ou désolé pour moi. Si je ne peux pas avoir tout Tanner, je ne veux rien de lui.

— Voilà la première chose adulte que tu as dite depuis le début de cette conversation. Tu sais quelle doit être la suivante ?

— Quoi ?

— Que tu vas sortir et récupérer ton homme.

Juliet regarda vers la porte de la cuisine. — Il y a beaucoup plus entre Tanner et moi que des hormones.

— Ma chérie, ne sous-estime pas le pouvoir des hormones. Elles ont déjà été à l'origine de guerres.

— Exactement. Et je n'ai pas besoin de plus dans ma vie. Aider Nana à se rétablir est déjà un combat suffisant ces jours-ci.

Sandy revint dans le salon, tamponnant sa chemise avec une serviette en papier. — Je sais. C'est effrayant. Et difficile. Mais je connais ta grand-mère et la seule chose qu'elle ne voudra *pas* que tu fasses, c'est de laisser filer Tanner. Chaque fois que son nom est mentionné, elle a un sourire presque aussi grand que le tien. Elle veut des arrière-petits-enfants. Et elle veut qu'ils s'appellent Wentworth. Et toi aussi, tu le veux. Vous devez juste surmonter votre passé pour construire votre avenir. Et l'avoir ici est une opportunité trop grande pour être gâchée. Alors ramène tes jolies petites fesses chez toi et trouve un moyen de l'y amener avec toi.

Juliet prit une autre gorgée de son vin. Juste une petite, car si elle et Tanner allaient parler — et Sandy lui avait donné des raisons assez convaincantes pour aborder cet éléphant dans la pièce — elle voulait avoir l'esprit clair quand Tanner rentrerait ce soir.

Malheureusement pour Juliet, il ne rentra jamais.

Chapitre Vingt-Quatre

Tanner avait un mal de tête plus grand que l'État dans lequel il se trouvait.

Des shots de Jägermeister. À quoi diable avait-il pensé ?

Il avait pensé qu'il valait mieux ne pas rentrer chez lui la nuit dernière. Il avait pensé que s'il le faisait, la même chose qui s'était produite l'autre soir se reproduirait et il ne voulait pas compliquer davantage les choses.

Mais, bon sang. Sa tête lui faisait un mal de chien.

— Eh, Tan. Ça va, mon pote ? La voix de Rick semblait résonner contre les murs de son antre masculin.

Tanner entrouvrit un œil. Un antre masculin décidément très féminin. Le rideau aux fenêtres était peut-être bleu Cowboys, mais les nœuds en haut du bandeau tuaient toute masculinité d'un seul coup. Et les paillettes argentées sur les tabourets de bar...

Rick avait encaissé les moqueries avec un haussement d'épaules de bonne humeur. — Parfois, les gars, ça ne vaut pas le coup de se battre. Et parfois, la récompense en vaut la peine.

Pas besoin d'en dire plus. Ils avaient tous compris.

Et ils en profitaient tous. Tous sauf lui.

Tu en as profité l'autre soir.

Ouais, une aberration qui n'aurait pas dû se produire.

Il grimaça. Qualifier ce que Juliet et lui avaient fait d'aberration était... eh bien, une abomination.

— Tiens. Rick tenait un double shot sous son nez. — Un petit remontant.

Une seule bouffée et Tanner recula. — Non merci. Éloigne cette merde de moi. Il se prit la tête entre les mains. Il n'aurait jamais dû prendre ce sixième verre. Mais il voulait une raison de ne pas retourner chez Juliet.

Il en avait une maintenant.

Bon sang, il ne devrait probablement pas y aller maintenant non plus.

Il vérifia son téléphone portable.

Pas de texto. Pas d'appel.

Il ne savait pas trop comment il se sentait à ce sujet.

— Sérieusement, Tan, bois. Ça t'aidera pour la gueule de bois.

— Je mérite cette gueule de bois. On le mérite tous. On se croit encore adolescents ou quoi ?

— Ouais, parce que trente ans c'est tellement vieux. Rick, ce salaud, lui donna un coup de poing dans l'épaule. — Je croyais que tu avais hâte d'atteindre les trois décennies. Tu vas être riche, non ?

Tanner se frotta la nuque. Il avait parlé du fonds fiduciaire aux gars il y a des années et ils l'avaient charrié à ce sujet hier soir. Heureusement, personne ne savait pour le problème de jeu de son père, donc ils pensaient tous qu'il prévoyait des achats grandioses le jour de ses trente ans.

Ils avaient été plus que déçus d'apprendre qu'il investissait dans une entreprise. Il avait dit *boîte de nuit* et n'en avait pas dit plus. S'ils savaient qu'il dansait...

— Alors, t'as vu tes parents ? Rick posa le verre sur la table puis ramassa quelques bouteilles de bière vides, le cliquetis résonnant dans le crâne de Tanner.

Ou peut-être que c'était la question de Rick.

— Pas encore.

— Tu vas le faire ?

Tanner ouvrit un œil. — Pourquoi ? Il y avait quelque chose... d'étrange dans la voix de Rick. Et dans sa question. Tanner ne se souvenait pas de la dernière fois où Rick avait même mentionné ses parents, encore moins s'était intéressé à quand Tanner leur avait parlé.

— Pour rien. C'est juste que je vois ton vieux en ville et il... eh bien, il n'a pas l'air en forme.

— Il a un problème ?

Rick se retourna, le sac poubelle en plastique heurtant la table basse dans un autre fracas de verre insupportable pour les nerfs. — Le fait que tu me poses la question est un problème.

— C'est... compliqué.

— C'est ton père, Tan. Tu devrais peut-être aller le voir.

Une chose de plus qu'il n'avait pas voulu affronter en revenant ici.

Tanner saisit le verre de shot que Rick avait posé sur la table et en avala le contenu. Le liquide lui brûla la gorge tout du long.

Eh bien, *ça*, c'était un réveil brutal.

Il secoua la tête, puis se passa les doigts dans les cheveux et se leva. Il avait besoin d'une douche avant de pouvoir faire face à la question de Rick et à la réalité qui allait avec. Sans parler de Juliet. Il ne voulait pas non plus l'affronter.

Heureusement, à cette heure-ci, elle était probablement en route pour le bureau, donc retourner chez elle devrait être sans danger.

* * *

Erreur.

Il le sut dès qu'il ouvrit la porte d'entrée. Il pouvait la sentir. Ces bleuets...

— Tanner ? C'est toi ?

— Tu attends quelqu'un d'autre ? Il se dirigea vers la cuisine. Elle n'avait pas de café, mais le thé avait plus de caféine. Il en avait besoin. Et du jus d'orange aussi.

Ce dont il n'avait pas besoin, c'était que Juliet apparaisse dans une robe qui moulait sa poitrine et épousait la courbe de ses hanches pour tomber juste au-dessus de ses genoux, ne laissant rien à son imagination. Parce qu'il savait ce qu'il y avait en dessous.

— Où étais... Oh. Ça va ?

— J'ai l'air si mal en point ?

— C'est... eh bien, tu as déjà eu meilleure mine.

— Je me suis déjà senti mieux aussi. Il secoua la tête et même ça lui faisait mal. — Je ne sais pas à quoi on pensait.

Elle prit un verre dans le placard et le lui tendit. — Comme au lycée. Vous vous retrouvez entre mecs et vous avez collectivement les cellules cérébrales d'une amibe.

Il attrapa le jus d'orange dans le frigo. — Les amibes ont même des cellules cérébrales ?

— Tu as compris l'idée.

— Aïe, Jules. Pas la peine d'être si dure. Il prit le verre qu'elle lui tendait, lui donnant l'occasion de jeter un deuxième coup d'œil à cette robe. — C'est ce que tu portes pour aller au bureau ? Bon sang, pourquoi lui avait-il demandé ça ? Ce n'était pas ses affaires ce qu'elle portait au bureau. Il versa le jus d'orange dans le verre.

— Pourquoi ? Qu'est-ce qui ne va pas ?

Il haussa les épaules et porta le verre à sa bouche. Mieux valait avoir du jus qui entre plutôt que son pied.

— Sérieusement. Qu'est-ce qui ne va pas ? Juliet baissa les yeux sur le devant de sa robe, puis regarda par-dessus son épaule, ce qui étira le tissu sur sa poitrine.

— Rien. Tout. Tanner avala son jus.

Elle le regarda et lissa sa robe sur ses hanches. — Je l'ai déjà portée.

— J'ai dit que c'était bien, Jules. Ne fais pas attention à moi. Il prit une tasse dans son placard, la remplit d'eau, puis la mit au micro-ondes. Il avait besoin de caféine. Maintenant.

Cependant, en réalité, la vue de Juliet dans cette robe stimulait son sang plus vite que la caféine ne le pourrait. — Tu ne vas pas être en retard ?

— J'ai géré mes emails de la maison ce matin. Je voulais... Je voulais te parler.

Des signaux d'alarme retentirent dans sa tête, ce qui n'aidait pas sa gueule de bois. Il ne se retourna pas. — Parler de quoi ?

— De... Elle expira. L'autre soir.

Il n'y avait qu'un seul autre soir et il ne voulait pas en parler. — Je pense qu'il vaut mieux laisser les choses comme elles sont.

— Et comment sont-elles ?

Il fit volte-face - bon sang. Son cerveau avait quelques secondes de retard sur son corps, alors il s'entrechoqua dans son crâne. — Que veux-tu dire par *comment sont-elles* ? C'est ce que c'est et nous devrions simplement le laisser dans le passé.

— Pourquoi ?

— Pourquoi ? Parce que ça ne change rien, tu te souviens ? C'est ce dont nous étions convenus. Le sang pulsait dans son cerveau et il voulait l'attribuer au stress de sa question et au volume avec lequel il lui avait répondu... mais il n'en était pas sûr.

— Je m'en souviens, Tanner. Je me souviens de beaucoup de choses. Comme de la façon dont c'était toujours entre nous.

— C'est de ça qu'il s'agit, n'est-ce pas ? C'est pour ça que tu es venue me chercher dans mon club. Tu me veux - nous veux - de retour. Ta grand-mère est-elle même malade ou as-tu inventé ça ?

Juliet haleta et s'agrippa au comptoir. — Comment peux-tu même demander ça ? Bien sûr qu'elle l'est. Je ne ferais pas ça. Tu l'as vu par toi-même.

Merde. Il se sentait plus mal pour cette question qu'à cause de sa gueule de bois. Il passa une main dans ses cheveux puis s'appuya sur le comptoir derrière lui. — Tu as raison. Je suis désolé. C'était déplacé. Bien sûr qu'elle l'est. Je sais que tu n'inventerais pas ça. Il frotta sa barbe naissante. — Écoute, Jules. Il ne peut rien y avoir entre nous. Il y a trop de bagages. Trop de méfiance. Nous ne pouvons pas revenir en arrière.

— Je ne veux pas revenir en arrière.

Il n'avait pas pu bien entendre. Il se gratta l'oreille. — Hein ?

— Je ne veux pas revenir en arrière. Tu as raison ; il y a *trop* de bagages. Trop de blessures, de mauvaises décisions et de mensonges à traverser. Mais nous pouvons aller de l'avant, Tanner. Nous le pourrions si nous le voulions.

C'était ça le problème ; il ne le voulait pas.

Vraiment ? Ce n'est pas ce que tu disais l'autre soir, et tu peux essayer de blâmer les hormones ou la distance ou quoi que ce soit, mais la réalité est que tu voulais Juliet à ce moment-là. Et tu y es retourné pour une deuxième fois. Il y a quelque chose entre vous ; il y a toujours eu. Tu te dois de faire face à ça au lieu de fuir. Tu fuis depuis la mort de Keegan. Il est temps de t'arrêter et de sentir les bluebonnets, mon vieux.

Bien. Et rendre visite à ses parents aussi. Tiens, ce voyage était vraiment une partie de plaisir.

Tanner serra les doigts sur le bord du comptoir. — Je ne peux pas faire ça, Jules. Pas maintenant.

Elle ouvrit la bouche pour dire quelque chose, puis la referma. Mais il sentait ces yeux bleu ardoise essayer de fouiller son psychisme. Son âme.

Il fut un temps où ils en avaient été capables. Parce qu'ils avaient *été* son âme.

— D'accord, Tanner. Tu as raison. Ce n'est pas le moment. Je dois aller travailler et tu dois... Quoi que ce soit que tu aies à faire aujourd'hui.

— Je vais voir mes parents.

Ces mots le choquèrent autant qu'elle.

— Ils sont au courant ?

Il grimaça en secouant la tête. — Je ne le savais pas jusqu'à maintenant, alors non, ils ne le sont pas.

— Tu vas les appeler ?

Il haussa les épaules et se détacha du comptoir puis ouvrit le micro-ondes. — Je ne sais pas. Probablement pas. Au cas où je changerais d'avis.

— Tu es sûr que c'est sage ?

— Non. Mais l'autre soir non plus et j'ai survécu à ça.

En quelque sorte.

* * *

Il avait *survécu à ça*.

Survécu.

Tant pis pour la grande perspicacité de Sandy concernant Tanner Wentworth.

Il ne voulait vraiment pas essayer de faire fonctionner les choses avec elle.

Et tu es surprise pourquoi ?

Parce que... elle le voulait. Parce qu'elle avait pensé que l'autre soir signifiait quelque chose. Il la désirait toujours physiquement. Il l'avait tenue dans ses bras après le départ de son père. Il devait ressentir quelque chose pour elle pour faire ça, n'est-ce pas ?

Sauf qu'il ne voulait pas en parler. Ne voulait pas y revenir. Ne voulait pas l'écouter.

Juliet déplaça le post-it d'un côté de son bureau à l'autre - comme elle le faisait depuis cinq minutes. Elle devait se concentrer sur le travail. Revenir au quotidien. L'avenir était trop difficile à envisager.

— Juliet ? Maggie, son assistante, l'appela depuis son bureau.

Juliet remit le post-it sur son calendrier et appuya sur le bouton du micro. — Qu'y a-t-il, Maggie ?

— M. Wentworth est ici pour vous voir.

— Tanner ? Juliet essaya de ne pas couiner son nom, mais elle n'y réussit pas vraiment.

— Euh, non. Un M. Palston Wentworth.

Le père de Tanner ? Que pouvait-il bien lui vouloir ?

Juliet prit quelques secondes pour rassembler ses esprits, puis appuya à nouveau sur le micro. — Faites-le entrer, Maggie.

— D'accord.

Le bureau de Juliet n'était qu'à cinq pieds du bureau de Maggie, ce qui ne lui donnait pas beaucoup de temps pour se préparer à l'arrivée de son beau-père.

Beau-père. Étrange que ce soit sa première pensée concernant cet homme. Elle n'avait pas revu les parents de Tanner depuis que sa mère était passée demander une photo de Keegan. Ils étaient à l'hôpital cette nuit-là quand Nana avait pris les photos. M. Wentworth ne s'était pas approché d'elle depuis l'hôpital et elle ne l'avait pas revu depuis. Il n'était même pas venu au tribunal pour leur mariage.

Bien sûr, avec l'histoire du prêt hypothécaire, elle ne lui en avait pas vraiment tenu rigueur. Mais Tanner, si.

L'homme ne ressemblait en rien à ce dont elle se souvenait. Émacié, les épaules voûtées et ses cheveux autrefois épais et blonds comme ceux de Tanner maintenant gris et clairsemés... M. Wentworth avait vieilli plus que les années écoulées.

— Monsieur Wentworth. Juliet contourna son bureau et lui tendit la main. Sa grand-mère s'était assurée qu'elle connaisse les bonnes manières. Que puis-je faire pour vous ?

Le père de Tanner regarda sa main tendue comme s'il n'était pas sûr de ce que c'était. Mais il finit par la saisir de sa main noueuse. — C'est plutôt ce que je peux faire pour vous.

Il lui donna une dernière poignée de main, puis s'agrippa au dossier de la chaise devant son bureau et s'y assit précautionneusement, posant une petite sacoche sur ses genoux.

— Ce que vous pouvez faire pour moi ? Elle retourna derrière son bureau, évitant la chaise à côté de lui. Ce n'était pas une visite de courtoisie et il ne l'avait jamais reconnue comme sa belle-fille. D'ailleurs, il ne l'avait jamais vraiment reconnue du tout quand elle était allée chez Tanner. Le plus souvent, il prenait Tanner à part pour discuter de football avec lui. Juliet avait été soulagée de passer du temps avec Mme Wentworth, le père de Tanner ayant toujours été bourru et distant.

— Je sais que vous êtes au courant du problème entre votre père et moi. M. Wentworth s'agita sur son siège. À propos de l'hypothèque.

— Oui, en effet.

Il tambourina des doigts sur la sacoche et la regarda tout en mâchonnant l'intérieur de sa joue.

Puis il posa la sacoche au bout de son bureau et remit ses mains sur ses genoux. — Je suis ici pour vous rembourser.

Juliet ne répondit pas. Elle ne savait pas quoi dire. Elle savait pourquoi son père avait racheté l'hypothèque à la banque ; elle savait pourquoi M. Wentworth leur devait cet argent en premier lieu. Si elle lui disait qu'elle annulait la dette et qu'il avait tout cet argent, il n'y avait aucun moyen de savoir ce qu'il en ferait. Et si elle le disait à Tanner... Eh bien, il n'aurait plus aucune raison de rester.

Elle avait besoin de temps pour réfléchir. — Très bien. Je vais devoir en informer nos avocats pour qu'ils préparent les documents nécessaires. Voulez-vous garder cette, euh, sacoche jusque-là ?

— Non. Il se gratta la mâchoire. Non, gardez-la. Donnez-moi un reçu ; je vous fais confiance.

Il n'avait jamais été un homme de beaucoup de mots, mais elle pouvait entendre la tension dans ceux qu'il avait prononcés. Ce n'était pas facile pour lui.

À vrai dire, ce n'était pas facile pour elle non plus. Elle ne voulait pas avoir à cacher cela à Tanner, mais elle ne voulait pas non plus lui faciliter la tâche pour partir. Il devait rester. Pour le bien de Nana.

Et le sien.

Chapitre Vingt-Cinq

— Tanner ?

La bouche de sa mère s'ouvrit, faisant naître un sentiment de culpabilité dans le cœur de Tanner. Il n'aurait pas dû perdre contact avec eux. Quoi qu'ils aient fait, ils restaient ses parents.

— Salut, maman.

Il la serra dans ses bras.

Elle avait toujours la même odeur. Elle l'enlaçait toujours de la même façon que lorsqu'il était petit. Il avait oublié cette sensation. Il n'était pas vraiment d'humeur à vouloir des câlins lorsqu'il avait été forcé d'aller au tribunal, la dernière fois qu'il l'avait vue.

Il aurait dû revenir. Ne serait-ce que pour une visite.

— Mon Dieu, regarde-toi. Ça fait si longtemps.

— Je sais, maman. Je suis désolé.

Elle avait les larmes aux yeux.

— Eh bien, maintenant, tu es là. C'est ce qui compte.

Elle s'écarta.

— Entre. Je suis juste désolée que ton père ne soit pas là pour te voir. Tu reviendras, n'est-ce pas?

— Papa n'est pas là ? Où est-il ?

Tanner ne voulait pas demander, mais quelque chose l'y poussait, bien qu'il craignait à moitié l'excuse que sa mère allait inventer. Son père avait un problème de jeu et elle l'avait toujours couvert.

Tanner les avait détestés tous les deux pour ça la dernière fois qu'il était venu, mais maintenant... Maintenant, il avait pitié d'eux.

Il voulait récupérer l'hypothèque pour eux. Leur donner une chance de recommencer. Mais il insisterait pour qu'ils suivent tous les deux une thérapie. Papa ne pouvait pas perdre le ranch à nouveau parce que Tanner ne serait pas en mesure de le sortir d'affaire une seconde fois. Il avait sa propre vie à gérer.

— Il a dit qu'il avait des courses à faire.

— Quel genre de courses ? Je croyais qu'il travaillait au ranch ?

— Oh, il y travaille. Mais un chargement de bétail vient de partir et il est rentré avec un grand sourire, m'a embrassée sur la joue, et m'a dit : « Gemma, je sors. Ne m'attends pas. »

Merde. Merde. Et triple merde. Ça ne présageait rien de bon.

— Mais tu peux rester un peu avec moi, n'est-ce pas ? Ce n'est pas seulement ton père que tu es venu voir.

Sa culpabilité redoubla. Bah, ce n'était pas comme si son père n'avait pas pu avoir des ennuis ces sept dernières années. Un après-midi ne pouvait pas faire beaucoup plus de dégâts.

— Bien sûr que je peux, maman.

Il ferma la porte derrière lui.

— Tu n'aurais pas des cookies par hasard ?

— Voyons, Tanner Nathan Wentworth. Que serait le Ranch Wentworth sans mes cookies maison aux pépites de chocolat ? Les ouvriers viennent toujours en prendre pendant leurs pauses, comme quand tu chargeais du foin.

Elle le poussa vers la cuisine.

— Allez, je vais t'en chercher. Si j'avais su que tu venais, j'en aurais fait un lot pour que tu les emportes.

Un autre coup de poignard dans son cœur. Pendant le peu de temps où il avait été parent, il avait compris ce que signifiait aimer un enfant et il avait privé sa mère de cela.

— Je suis, euh, là pour un moment, maman.

Le sourire sur son visage quand elle se retourna le réchauffa et le remplit de plus de regrets pour lui avoir causé de la peine.

— Oh, mon chéri, je suis si heureuse d'entendre ça. Où loges-tu ?

Et maintenant, la partie difficile...

Il la suivit dans la cuisine.

— Chez Juliet.

Les pas de maman hésitèrent.

— Ju... Juliet ? Chambers ?

— Wentworth, maman. Nous sommes toujours mariés.

Sa mère s'affaira *très* activement à chercher ces cookies dans le placard.

— Vraiment ? J'aurais pensé que tu t'en serais occupé il y a des années.

— Non, je ne l'ai pas fait.

Il ne voulait pas aborder ce sujet avec sa mère, mais il fallait le dire. Il s'était tu pendant trop d'années et il savait à quel point sa mère avait été inquiète quand Burt avait racheté l'hypothèque.

Il s'approcha du placard et prit le pot à cookies.

— Asseyons-nous.

Elle cligna des yeux mais ne dit rien. Elle n'avait pas besoin de le faire. Il pouvait voir cette même peur dans ses yeux.

— Ça va aller, maman. Tout va bien se passer.

Il lui tira une chaise.

Elle s'y laissa tomber.

— Que veux-tu dire, Tanner ?

— Je veux dire que je m'occupe de l'hypothèque pour vous.

L'espoir qui jaillit dans ses yeux fut sa récompense et confirma qu'il devait être ici, vivre le mensonge que Juliet avait inventé, pour plus que juste sa grand-mère.

— Mais comment... ?

Elle se couvrit la bouche.

— Ton fonds fiduciaire.

Maintenant, les yeux de sa mère devinrent durs. Déterminés.

— Non, Tanner. Je ne le permettrai pas. Cet argent est à toi et il n'est pas destiné à nous sortir d'affaire, ton père et moi. Je ne veux pas en entendre parler.

— Maman...

— Non. Tu ne peux pas faire ça.

Elle se leva et tordit le torchon qui pendait de la poche de son tablier.

— Tu as déjà perdu tant de choses dans ta vie. Toutes les choses qui auraient dû être...

Elle n'avait pas besoin de réciter la liste ; ils la connaissaient par cœur.

— Je ne veux pas que tu perdes aussi ton avenir. Cet argent est pour toi. Pour acheter une maison, payer tes prêts étudiants, avoir une voiture. Tout ce que tu veux faire. Mon père l'a mis en place pour cette raison précise et je ne veux pas que tu nous le donnes. Nous ne le prendrons pas.

— Maman, attends. Tu ne comprends pas.

— Si, je comprends. Tu ne peux pas inventer un stratagème pour me faire croire que tu ne le fais pas vraiment alors que c'est la seule façon dont tu pourrais le faire. Je ne le permettrai pas, Tanner, tu m'entends ? Je ne le permettrai pas. Je préfère vivre dans la misère plutôt que de te voir abandonner ce coussin financier à cause des... eh bien, des problèmes de ton père.

— Maman, papa a une addiction au jeu. Ce n'est pas juste un problème.

— Quoi qu'il en soit, Tanner, tu ne dois pas t'en préoccuper. Nous récupérerons le ranch. Ton père, il travaille plus dur que jamais et nous commençons à voir le bout du tunnel. Tout ira bien. Je te le promets.

Il lui prit les mains.

— Non, maman, ce que tu ne comprends pas, c'est que je ne vais pas utiliser mon fonds fiduciaire pour le récupérer. C'est Juliet qui me le donne. Sans conditions.

Cette fois, sa bouche s'ouvrit et, pour une fois, elle n'avait rien à dire.

Mais il pouvait voir la question dans ses yeux.

— Parce que je l'aide pour quelque chose, et en échange, elle est prête à effacer la dette.

Des larmes coulèrent du coin de ses yeux. — Pourquoi ? Que peux-tu bien faire ?

Il expira et relâcha ses mains, puis s'appuya contre le dossier noueux de sa chaise. — Je prétends être son mari.

— Mais je croyais que tu l'étais. Tu n'as pas dit que vous n'étiez pas divorcés ?

— Si, mais nous le serons. Nous faisons semblant que ce ne sera pas le cas, cependant, pour sa grand-mère.

— Sa grand-mère ?

— Nana a eu un AVC et elle ne se remettait pas bien. Juliet pensait que si sa grand-mère avait quelque chose d'heureux sur quoi se concentrer, elle voudrait aller mieux. Et ça a marché. Elle s'est suffisamment rétablie pour sortir de l'hôpital avant mon arrivée. Et maintenant, elle va beaucoup mieux. Elle est encore fatiguée et a quelques problèmes de coordination avec une main, mais elle est debout et active. Elle est même allée se faire coiffer l'autre jour.

— Tout ça parce que tu es revenu en ville ?

— Eh bien, parce qu'elle voit Juliet heureuse et que ça la rend heureuse.

— Mais que va-t-il se passer quand Juliet sera triste ?

— Que veux-tu dire ?

— Allez, Tanner. Tu connais Juliet. Bon sang, tout le monde sait ce que Juliet ressent pour toi. Crois-tu une seule seconde qu'elle va simplement pouvoir te regarder sortir de sa vie à nouveau et en être heureuse ?

— Elle doit l'être. C'est notre accord. Elle veut juste que sa grand-mère aille mieux.

Sa mère tambourina des doigts sur la table. — Eh bien, c'est déjà fait, je suppose, donc il n'y a rien que nous puissions faire maintenant à part voir comment ça se termine, mais laisse-moi être la première à te dire que je ne veux jamais que tu prétendes être quelque chose que tu n'es pas pour moi. Et je peux te garantir que Penelope ne le veut pas non plus, alors toi et Juliet devez prendre une décision. Ce flou dans lequel vous flottez tous les deux n'est bon pour personne.

— C'est juste pour un petit moment. Mon anniversaire au plus tard, ironiquement, bien que sa grand-mère aille si bien que ça pourrait être fini plus tôt pour qu'on puisse mettre un terme à tout ça.

— Au mensonge ou au mariage ?

— C'est la même chose.

Sa mère pencha la tête. — Vraiment ?

— Que veux-tu dire ?

Elle se pencha en avant et lui caressa la joue. — Je vois comment tu as l'air quand tu prononces son nom. De la même façon que toujours. Tu tiens encore à Juliet et vous avez une histoire ensemble.

— Une histoire pas si géniale si tu te souviens.

— Je m'en souviens. Mais je me souviens aussi à quel point vous étiez amoureux. Elle était jeune. Tu étais jeune. Elle avait peur que tu la quittes.

— Maman, elle avait prévu de tomber enceinte.

— Je sais, mon chéri. Mais tu ne faisais pas vraiment attention à ce que ça n'arrive pas.

— Je portais un préservatif. Il n'arrivait pas à croire qu'il avait cette discussion avec sa mère. Son père lui avait passé un savon à l'époque - non pas à cause du bébé, mais parce qu'il ne pouvait pas jouer au baseball.

Sa mère ouvrit la boîte à biscuits et en sortit trois. Elle en mit deux sur une serviette devant lui sur la table et utilisa l'autre comme pointeur. — Mais les préservatifs ne sont pas efficaces à cent pour cent, Tanner. Tout le monde le sait. Donc c'était toujours une possibilité. Tu prenais un risque avec Juliet à chaque fois. Elle mordit dans le biscuit, essuyant les miettes éparses du revers de la main. — Qui peut dire, si elle n'avait pas fait ce qu'elle a fait, qu'elle ne serait pas tombée enceinte de toute façon ? Qui blâmerais-tu alors ? C'est dans la nature des choses, Tanner. Si tu joues avec le feu, tu peux te brûler. Et plus tu joues avec, plus le risque est grand. Tu t'es brûlé. Mais ce n'était pas si terrible, n'est-ce pas ? Je me souviens à quel point tu étais ravi pour Keegan. Comment toi et Juliet avez décoré la chambre d'enfant et comment tu ne cessais de lui caresser le ventre. C'était adorable. Tout comme l'amour l'est.

Tanner tapota le bord du biscuit sur sa serviette. — Alors que dis-tu ? Que je devrais lui pardonner d'avoir ruiné la vie que j'avais prévue et simplement laisser le passé derrière nous et rester marié avec elle comme si rien ne s'était passé ?

Sa mère prit son temps pour prendre une autre bouchée et la mâcher soigneusement, le faisant se tortiller sous son regard scrutateur.

Finalement, elle termina. — En un mot, oui. Certes, elle a pris des décisions qui n'étaient pas les meilleures, mais au fond, c'était parce qu'elle t'aimait. Elle avait peur de te perdre.

— Pourtant, elle m'a perdu.

— Exactement. Penses-tu que cette fille n'a pas assez payé toutes ces années ? L'auto-récrimination est une chose horrible avec laquelle il faut vivre. Sa mère cligna des yeux et détourna le regard. — Je devrais le savoir.

Tanner mordit dans le biscuit. Ou plutôt, le croqua. — Pourtant, tu es toujours mariée avec lui, maman. Pourquoi ?

Elle inspira profondément et cligna des yeux, puis s'éclaircit la gorge. — Parce que je l'aime. Parce qu'il y a du bon en lui. Oh, je sais que tu pensais que je le laissais faire, et peut-être que c'était le cas, mais j'aime à penser que je l'ai empêché d'être pire. Que sans moi, il aurait tout perdu.

— Mais vous auriez pu perdre le ranch, maman, si M. Chambers n'était pas intervenu.

— Mais il l'a fait et nous ne l'avons pas perdu. Et nous ne le perdrons toujours pas, même sans ton aide. Parce que ton père, avec mon amour et mon soutien, a obtenu de l'aide.

— Quel genre d'aide ?

— Il va en consultation. Depuis un moment. Il a laissé quelqu'un d'autre s'occuper des comptes. Nous avons maintenant un comptable. Becky est si méticuleuse pour s'assurer que tout est fait correctement que nous avons enfin un peu d'argent en plus. Et ton père ne le joue pas. Il m'a emmenée à quelques bons dîners. M'a donné de l'argent pour acheter une nouvelle robe. Il parle de prendre des vacances l'année prochaine. Imagine ça. Des vacances. Je ne me souviens pas des dernières que nous avons prises.

Tanner s'en souvenait. C'était à la foire de l'État l'été où il avait intégré l'équipe première. Après ça, les paris sur ses matchs avaient commencé. Ou, s'ils avaient commencé avant, ils s'étaient intensifiés à un point où son père ne pouvait plus les soutenir.

— Alors ça fonctionne, la thérapie ?

— Quelque chose fonctionne. Je ne l'ai pas vu aussi heureux depuis des années.

— Ce n'est pas ce que mon pote Rick a dit. Il a dit que papa n'avait pas l'air pareil.

— Oh, il ne l'est pas. Il a perdu du poids. Je lui dis qu'il travaille trop dur, mais il hausse simplement les épaules et vaque à ses occupations. Mais il se lève tous les matins et est là avec tous les ouvriers. Et puis... ensuite, le soir, il va au magasin de pêche du centre-ville. Il a commencé à y passer du temps. Il dit que ça le détend. Que ça apaise son esprit. Et la paie n'est pas mauvaise. Ça nous donne un petit extra.

Son père avait un emploi à temps partiel en plus de gérer le ranch ? Il avait embauché quelqu'un pour s'occuper de ses factures ? Tanner n'arrivait pas à croire qu'ils parlaient du même homme qui était si pointilleux sur son entreprise qu'il gardait les livres de comptes enfermés dans le coffre-fort de son bureau.

Quelque chose ne collait pas.

— Mais un petit extra ne va pas rembourser l'hypothèque, maman. Laisse-moi faire ça. Bon sang, laisse Juliet faire ça. Elle me le doit. Elle nous le doit à tous.

Maman glissa sa main sur la table pour saisir la sienne. — Pardonne-lui, Tanner. Ce n'est pas bon d'avoir autant de colère en toi. Ça fausse ton jugement. Ta perception. Elle a fait une erreur. Dieu sait qu'aucun de nous n'est parfait.

— Elle en a fait deux.

— D'accord, elle en a fait deux. Mais combien d'autres bonnes décisions a-t-elle prises ? Il y avait sûrement quelque chose de bien que tu voyais en elle, sinon tu n'aurais pas été avec elle au départ. Concentre-toi sur le bon, pas sur le mauvais. La vie est trop courte pour le mauvais.

Alors elle voulait qu'il fasse quoi ? Qu'il permette à Juliet de diriger sa vie ? Non merci.

C'était déjà arrivé avant et tout avait échappé à son contrôle. Il avait été impuissant face à la perte de tout ce qu'il voulait dans la vie, de la grossesse à la fausse couche, en passant par sa bourse d'études et même jusqu'à son mariage avec Juliet - tout avait été décidé pour lui, on lui avait retiré la capacité de choisir sa propre voie. C'est pour ça qu'il était parti ; il avait besoin de reprendre le contrôle de sa vie.

Et maintenant, il l'avait.

Un certain contrôle. Tu te caches à des centaines de kilomètres de tes amis, de ta famille, de tout ce avec quoi tu as grandi. Est-ce que ton ressentiment envers Juliet en vaut la peine ? Est-ce que ça t'a mené ailleurs qu'assis dans la cuisine de ta mère à manger des biscuits ? Quel genre de vie est-ce ? Les limbes, c'est le bon mot. Bon sang, mec, vis un peu.

Il vivait, bon sang. Ou du moins, il vivait avant d'avoir été forcé de revenir ici par Juliet.

Elle ne t'a pas forcé ; elle te l'a demandé. C'est très différent. Cette fois, tu es revenu ici les yeux grands ouverts. Tu es revenu parce que tu as décidé de le faire, pas pour une autre raison. Réfléchis exactement à pourquoi c'est le cas.

Il n'en avait pas besoin. Il savait exactement pourquoi il faisait ce qu'il faisait, et pourquoi il avait fait ce qu'il avait fait.

Et ce n'était pas à propos de l'hypothèque, n'est-ce pas ?

Maudite soit cette petite voix de la raison.

Il repoussa sa chaise de la table. — Je dois y aller, maman.

— Oh, mais ton père...

— Je le verrai une autre fois. Là, j'ai juste besoin de réfléchir.

— Tu as eu sept ans pour réfléchir, mon chéri. Ne penses-tu pas qu'il est temps que tu commences à agir ?

Ces mots le firent pivoter. — Agir ? Je n'ai pas arrêté de bouger depuis que je suis parti d'ici.

— Je sais. Trop occupé pour rentrer à la maison. Faisant ton chemin dans le monde. C'est pour ça que je n'ai pas insisté pour que tu reviennes. Je savais que tu avais besoin de temps pour toi. Souviens-toi, Tanner, Keegan était notre petit-fils. Nous l'aimions tout autant que toi. Autant que nous t'aimons.

Ces mots furent comme un coup à son cœur. Il n'avait pas pensé... N'avait pas réalisé...

Maintenant, il avait vraiment besoin de réfléchir.

— Maman, je dois... je dois y aller.

— Ne va pas trop loin cette fois, Tanner. Tu ne peux pas fuir tes souvenirs.

Chapitre Vingt-Six

Il avait essayé. Dieu sait qu'il avait essayé. Mais il semblait, alors qu'il partait courir pour se vider l'esprit, qu'il courait *vers* eux.

Tanner ralentit son allure lorsque Juliet entra dans son allée alors qu'il était à mi-chemin de sa maison. Il se glissa derrière un buisson touffu que quelqu'un devait sérieusement tailler du trottoir. Mais pour l'instant, il appréciait la cachette qu'il lui procurait.

Une cachette ? Vraiment ? De sa propre femme ? Une fille qu'il connaissait depuis toujours ?

Ou du moins, c'est ce qu'il croyait.

Mais cette Juliet... Il la regarda descendre de sa voiture, la jambe qu'elle montrait lui asséchant la bouche d'une manière que sa course n'avait pas provoquée. Il ne connaissait pas cette Juliet. Cette robe ne devrait être que pour les soirées en ville. Avec lui. Personne d'autre ne devrait la voir dedans et il était soudain très en colère que ce type, Steve, l'ait probablement vue. Qu'un certain nombre de gars l'aient probablement vue.

Il la regarda contourner l'arrière de sa voiture, la robe épousant ses formes. Et ces talons qu'elle portait... nom d'un chien, ils avaient des lanières qui s'enroulaient autour de ses chevilles.

Il aurait dû continuer à courir.

Mais sa mère avait raison. C'était la conclusion à laquelle il était arrivé pendant sa course. Juliet et lui devaient parler. Mettre les choses au clair. Dire ce qui devait être dit. Ils n'étaient plus des enfants et si c'était la fin, la fin de leur relation et de leur mariage et de tout ce qui s'était passé entre eux depuis presque trente ans, il fallait une conclusion.

Et si ce n'était pas le cas...

Que voulait-il ?

C'était la question ultime : que voulait-il *vraiment* ? Une vie de souvenirs douloureux d'une femme qu'il avait aimée autrefois ? Ou une vie avec la femme qu'il aimait toujours ?

Il trébucha. Il l'aimait toujours ? Comment ? Pourquoi ? Juste parce qu'elle avait quoi ? Grandi ? Fait des études ? Dirigeait l'entreprise de son père ? Avait ravalé sa fierté et sa douleur suffisamment pour venir le trouver, non pas pour elle-même mais pour sa grand-mère ?

Oui. Tout cela. C'étaient des raisons de regarder la Juliet qu'il avait connue avant et de voir qu'elle était tellement plus maintenant.

Peut-être y avait-il *vraiment* une chance pour eux.

Les paroles de sa mère résonnant dans ses oreilles, Tanner courut jusqu'à la porte d'entrée. Ils devaient parler.

Malheureusement, quand il entra, il l'entendit sous la douche. Ce ne serait *pas* l'endroit pour avoir la conversation qu'il voulait avoir.

Et puis il l'entendit chanter.

Il dut rire. Juliet avait une belle voix — ç'avait été son talent dans ses concours de beauté — mais elle ne pouvait pas chanter une chanson country pour sauver sa vie. Comme il n'aimait pas la musique country, ce n'était pas un problème, mais Juliet si. Alors elle chantait. Essayait de mettre l'accent traînant, mais ça sortait comme si elle avait bafouillé les mots. Ça l'avait énervée sans fin alors que ça le faisait sourire.

Comme il le faisait maintenant.

Juliet le faisait sourire. Elle le faisait rire. Elle lui faisait ressentir des choses.

Se sentir vivant.

C'était ça, ce sentiment qui le traversait. Ce n'était pas l'euphorie de sa course — ça pâlissait en comparaison. Juliet rendait le monde plus lumineux, les jours plus longs, les nuits meilleures, les hauts plus hauts, les bas plus bas...

Il regarda autour de lui dans sa maison. Ça en disait long sur elle. Elle avait travaillé et étudié pour pouvoir s'en sortir seule. Faire son chemin. La maison n'était pas grandiose ou excessive, mais avec juste assez de pièces et décorée confortablement... La maison parfaite pour elle.

Et elle était son foyer à lui.

Il expira. Tout cela pourrait être à lui s'il lui pardonnait simplement.

— Miaou.

Le chaton se frottait contre ses chevilles, ses yeux verts clignant vers lui.

Il le prit dans ses bras. Elle aussi lui rappelait ce que devait être un foyer. Buddy avait donné vie à son appartement. Avait comblé le vide d'y être seul. Depuis que le chat était mort, il y était resté le moins possible parce que ce n'était tout simplement plus pareil. Pourtant, il n'avait pas pris un autre chat.

Il savait pourquoi. Il s'était protégé de l'attachement. D'aimer quelqu'un ou quelque chose pour ne pas avoir à perdre à nouveau. Mais ce n'était pas vivre.

Ça, avoir un foyer, quelqu'un à qui rentrer, partager les hauts et les bas de la vie, les soucis et les triomphes... C'était ça, vivre. C'était ça, la vie. Sa mère avait raison. La grand-mère de Juliet avait raison.

Il l'aimait toujours et il voulait que cette vie ensemble se réalise.

Il posa le chaton sur le canapé puis enleva son t-shirt et le jeta dans le couloir en direction de la buanderie, se débarrassant de ses chaussures de course et de son short en se dirigeant vers la salle de bain.

Sa femme était là-dedans et il était temps qu'il recommence à vivre.

Juliet rinçait le shampoing de ses yeux en finissant la chanson de Rascal Flatts, souhaitant pouvoir effacer l'image de cette pochette de son esprit tout aussi facilement.

Pourquoi le père de Tanner n'avait-il pas pu attendre pour la lui donner ? Pourquoi fallait-il que ce soit maintenant ? Pourquoi pas le mois prochain quand ça n'aurait plus d'importance ? Mais maintenant, elle avait la responsabilité de le dire à Tanner, lui donnant la raison parfaite de partir. L'hypothèque serait levée, il aurait son fonds fiduciaire, et Nana était définitivement sur la voie de la guérison. Il n'aurait aucune raison de rester.

À moins qu'elle ne lui en donne une.

Elle essuya l'eau de ses yeux. Quelle autre raison pourrait-elle lui donner ? Ils avaient couché ensemble mais ça n'avait rien changé. Ils avaient besoin de temps ensemble pour qu'il lui pardonne. Et avec un peu de chance, qu'il retombe amoureux d'elle.

C'était ça le problème ; il n'y avait aucune garantie qu'il le ferait. Et c'était ce qui lui faisait le plus peur. L'idée de sa vie sans Tanner...

Maintenant, elle essuyait quelques larmes de ses yeux.

Elle ne voulait pas le perdre, mais s'il apprenait pour l'argent de son père, elle le perdrait.

Elle se redressa. Elle n'était plus une adolescente ; elle était une adulte. Une qui devait assumer la vérité et faire face aux conséquences. Elle devait être honnête. Plus de jeux.

Elle lui dirait quand il rentrerait.

Elle prit le savon et était sur le point de se lancer dans sa chanson préférée de Carrie Underwood quand la porte de la salle de bain s'ouvrit.

— Tanner ?

Il écarta brusquement le rideau de douche au-dessus de la baignoire et se tint là dans toute sa splendeur nue.

Et c'*était* splendide.

— Tu attendais quelqu'un d'autre ? Il entra dans la baignoire.

— Je ne t'attendais même pas toi.

Il tira le rideau pour le fermer. — Tu as dit que tu voulais parler.

Ce n'était pas exactement l'endroit pour avoir une conversation cohérente car son cerveau perdait rapidement de sa vivacité plus il restait là. — Je ne pensais pas vraiment qu'on parlerait sous la douche.

— Tant mieux.

Et ce fut le dernier mot qu'il prononça pendant très longtemps.

Oh, seigneur. Cela faisait si longtemps qu'ils n'avaient pas fait l'amour sous la douche. Juliet voulait savoir pourquoi maintenant, mais avec sa langue dans sa bouche, elle n'allait pas lui demander.

Elle n'allait certainement pas non plus aborder le sujet de l'argent car ses mains se sentaient si bonnes en glissant sur son corps encore glissant de savon, la tirant contre lui alors que l'eau cascadait sur eux. Elle dut fermer les yeux, mais c'était juste un prélude à ce moment où les sensations deviendraient trop intenses. Dans le passé, ils avaient parfois essayé de se regarder jusqu'au bout, mais il y avait toujours ce moment où Tanner la faisait sortir d'elle-même et elle n'avait plus aucun contrôle sur ses actions ; elle ne faisait que répondre à ce qu'il lui faisait.

C'était l'un de ces moments-là.

Ses mains empoignèrent ses fesses et il se tourna sur le côté, enroulant ses jambes autour de sa taille alors qu'il la pressait contre le mur.

— Je te veux, Juliet, grogna-t-il dans son cou.

— D'accord, fut tout ce qu'elle parvint à haleter. L'eau frappait son front, rendant difficile de parler et de respirer, mais elle n'allait pas lui demander d'arrêter.

Elle tourna la tête sur le côté, la reposant contre son front tandis qu'il léchait son chemin le long de son cou jusqu'à ses lèvres, son sexe tressautant contre elle.

Dieu, elle le voulait en elle.

Et puis il y était.

C'était aussi naturel et juste que ça l'avait toujours été entre eux. Comme si sept ans ne s'étaient pas écoulés. Comme si l'autre soir n'avait pas été le premier depuis si longtemps. Ils se connaissaient encore. Ils savaient encore où toucher et où embrasser et lécher et mordiller. Comment respirer avec leurs langues qui se faisaient l'amour, comment et quand saisir et serrer, quand relâcher seulement pour reconstruire la tension.

Elle et Tanner travaillaient en tandem. Ils l'avaient toujours fait en tout — eh bien, en tout sauf ce qu'elle avait gâché.

Sa respiration se bloqua et elle manqua un mouvement dans leur rythme.

— Juliet ? Tanner se recula pour la regarder, l'inquiétude dans ses yeux lui donnant envie de pleurer.

Dieu merci pour la douche ; il ne saurait jamais que quelques larmes s'échappaient.

— N'arrête pas, Tanner. Elle ramena ses lèvres aux siennes, ne disant pas le reste de cette phrase. *N'arrête pas de m'aimer.*

Il la souleva un peu plus contre le mur, écartant ses jambes sous lui, et il se balança en elle.

Juliet gémit. Dieu, qu'il se sentait bon.

Il enfonça ses doigts dans ses cheveux, tournant sa tête dans le bon angle. Juliet serra ses cuisses autour de lui, souriant quand il siffla.

— Tu aimes ça ? réussit-elle à murmurer entre deux coups de langue.

Il grogna et s'enfonça plus profondément en elle.

Juliet ne put alors retenir ses larmes. Ce n'était pas une chose hormonale surexcitée d'après-fête. Ce n'était pas du sexe de je-ne-t'ai-pas-vu-depuis-si-longtemps. C'était Tanner ouvrant sa porte, entrant dans sa douche dans le but exprès de faire cela avec elle. Il avait pris cette décision et elle était tellement pleine d'espoir de découvrir pourquoi.

Mais d'abord...

Elle se tortilla contre lui. Il devait continuer à pousser. Elle n'avait pas beaucoup d'opportunités de faire plus que se tortiller, coincée entre sa glorieuse poitrine chaude et le carrelage froid du mur avec du savon glissant sur leurs corps.

— Plus, Tanner. Elle gémit. — J'en veux plus.

Avec un baiser à faire frémir les orteils, il lui en donna plus.

Tanner serrait ses fesses tandis qu'il allait et venait en elle, et il faisait l'amour à sa bouche avec sa langue, tenant sa tête pour qu'elle ne puisse aller nulle part — pas qu'elle le voudrait. Tout ce qu'elle voulait — tout ce qu'elle avait *toujours* voulu — était juste ici dans cette douche avec elle.

Ses coups s'accélérèrent. Elle glissa une main vers ses fesses. Tanner avait des fesses incroyables. Elle les saisit, le tirant en elle avec ce rythme.

— Oui, Juliet. C'est ça. Touche-moi, ma chérie.

Elle passa son autre main sur son côté et sur son mamelon. Il haleta quand elle fit ça... Alors elle le refit.

Il se recula — pas trop loin, mais assez pour qu'elle sache qu'elle ne voulait pas qu'il aille même aussi loin.

— Tu ne joues pas fair-play, dit-il durement.

— Tu voulais du fair-play ? Ou tu voulais un super sexe ?

Le regard ardent dans ses yeux répondit à cette question. — Toi, Juliet. C'est toi que je veux.

Il ne lui donna pas la chance de répondre alors qu'il poussait en elle à nouveau, l'emmenant à cet endroit où elle ne pouvait que ressentir. Elle réfléchirait plus tard.

Juliet était le paradis. Enroulée autour de lui, le serrant de l'intérieur... Il était impossible de sentir où son corps finissait et où le sien commençait.

Ça avait toujours été comme ça entre eux. Il n'y avait jamais eu un moment où il n'avait pas ressenti cette unité totale quand ils faisaient l'amour.

Si seulement ils s'y étaient tous les deux accrochés.

Ses talons frappaient ses fesses, maintenant son rythme. Cela aussi avait toujours été bon entre eux ; ils captaient parfaitement le rythme de l'autre.

Il inclina ses hanches, se souvenant comment cela l'avait propulsée dans la stratosphère et maintenant ce n'était pas différent. Ses yeux s'ouvrirent brusquement et elle le regarda — le regarda vraiment, là dans l'instant avec lui, voyant dans son âme et lui montrant toute la sienne.

Juliet était l'amour. Pour lui, par lui, en lui... Il avait eu tellement tort de ne pas leur donner une autre chance.

Il n'allait pas refaire cette erreur.

Ses muscles se contractèrent autour de lui, et c'est tout ce qu'il fallut. Il la suivit si puissamment, c'était comme si des feux d'artifice explosaient dans l'air autour d'eux.

Seigneur Dieu, qu'elle se sentait bonne.

Tellement vrai.

Des frissons les parcouraient, comme des répliques sismiques. Ils en avaient toujours ri auparavant, mais maintenant... il ne pouvait pas rire. Bon sang, il pouvait à peine former une phrase cohérente et tout ce qu'il voulait, c'était rester ainsi pour toujours.

Mais bien sûr, c'était impossible. L'eau devint froide, les jambes de Juliet perdirent leur emprise, et il dut se retirer doucement pour la laisser descendre.

Il tendit le bras pour fermer le robinet. — Tu as froid ?

Elle se mordit la lèvre inférieure. — Pas le moins du monde.

Dieu, qu'il l'aimait.

Il prit son visage en coupe. Caressa sa lèvre inférieure de son pouce pour qu'elle la libère. Puis glissa son pouce entre ses lèvres.

Elle le lécha et son sexe reprit vie comme s'il n'avait pas eu l'un des orgasmes les plus foudroyants de sa vie.

— Ne fais pas ça. Il secoua la tête, pas vraiment sûr de ce qu'il lui demandait de ne pas faire.

Elle mordit son pouce à la place. Cela eut le même effet.

Tanner soupira, frissonnant, ne sachant pas quoi dire. Il était entré ici plein d'assurance et de testostérone, avec le besoin de la revendiquer comme sa femme. Et maintenant...

Maintenant, il devait lui dire ce qu'il voulait. Elle. Sa vie. Leur vie.

Et peut-être même un enfant.

Un enf- Merde. Il n'avait pas utilisé de préservatif.

— Qu'est-ce qui ne va pas ? demanda Juliet en agrippant ses bras.

— On n'a pas utilisé de préservatif.

— Oh. Elle se mordilla à nouveau la lèvre inférieure, mais cette fois il était trop inquiet de ce qu'ils venaient de faire pour trouver ça sexy.

Enfin, presque trop inquiet.

— Qu'est-ce qu'on va faire, Juliet ?

— Il y a cette pilule du lendemain. Je vais juste aller la chercher. Ne t'inquiète pas, Tanner. Je n'essaie pas de te forcer à rester.

Il méritait ça. Mais elle aussi. C'était une réaction valable de sa part s'il avait pensé ça.

Si.

Mais ce n'était pas le cas. Elle ne s'attendait pas à ce qu'il débarque dans sa douche et quand il l'avait fait, il ne lui avait même pas laissé l'occasion de lui rappeler la contraception. Et puisque *lui* n'y avait pas pensé, il n'y avait aucune raison pour qu'*elle* le fasse.

Il y avait une raison pour laquelle une grande partie de la population pouvait se qualifier de bébés "accidents".

Un bébé "accident" ne le dérangerait pas.

Il prit une profonde inspiration. — Ne fais pas ça.

— Ne pas faire quoi ?

— Ne prends pas cette pilule.

— Mais...

— Faisons-le, Juliet.

Elle pencha la tête, ses beaux yeux plissés. — Définis "le". Parce qu'on vient juste de le faire et maintenant on a une discussion sur les pilules du lendemain et les préservatifs. Des choses dont on aurait dû parler avant.

Il prit ses mains et les porta à ses lèvres, embrassant ses phalanges. — Nous. Recommençons nous.

Ses doigts se crispèrent et elle retint son souffle. — Tanner, que veux-tu dire ?

Il embrassa à nouveau ses mains. — Pas ici. Ce n'est pas l'endroit où je veux avoir cette discussion. Tu peux être habillée dans environ dix minutes ? J'aimerais aller dans un endroit spécial pour cette conversation.

— Je peux le faire en cinq.

Il rit alors. — La Juliet que je connaissais il y a dix ans n'aurait pas pu le faire en une demi-heure, encore moins en cinq minutes.

— Je ne suis pas cette Juliet.

— Je sais.

Il lui donna une tape espiègle sur les fesses quand elle sortit de la pièce devant lui, riant quand elle poussa un cri aigu et mit ses mains derrière elle pour se couvrir.

— Trop tard. J'ai déjà vu chaque partie de toi, Jules. Je sais à quel point tes fesses sont parfaites.

Elle regarda par-dessus son épaule, les joues en feu. Juliet était comme ça ; elle pouvait être une tigresse au lit mais rougissait quand il la taquinait en dehors.

Ces taquineries lui avaient manqué.

Il courut dans sa chambre et enfila un t-shirt et un short. Il allait l'emmener dans le champ. Celui rempli de lupins. Ils parleraient et mettraient les choses au clair et ensuite... ensuite il lui ferait l'amour là-bas. Encore. Un nouveau départ.

Il regarda la table de nuit. Il avait mis les préservatifs là-dedans — et c'est là qu'ils resteraient.

Peut-être qu'aujourd'hui pourrait être une série de nouveaux départs.

Juliet n'y arriva pas tout à fait en cinq minutes. C'était plus proche de huit, mais Tanner était prêt à lui accorder tout le temps dont elle aurait besoin tant qu'elle se montrait.

Et elle le fit, dans une petite robe d'été sexy et ses cheveux mouillés tirés en chignon. — Ça ira ?

— Mon Dieu, oui, Jules. Ça ira parfaitement. Tout ce qu'il pouvait imaginer, c'était glisser ses mains sous cette robe et la faire passer par-dessus sa tête.

Peut-être qu'ils parleraient plus tard. Peut-être que maintenant, il pourrait la ramener au lit et ils pourraient parler là-bas.

Non. Il voulait bien faire les choses. Voulait que ce ne soit pas question de faire l'amour — du moins pas avant qu'ils n'aient aplani leur passé et parlé de leur avenir.

Il en voulait vraiment un pour eux. Ensemble.

— Prête à y aller ?

— J'ai hâte.

Tanner ouvrit la porte pour elle et —

Son père se tenait là, la main levée pour frapper.

Rick avait raison ; son père avait l'air différent. Trop maigre, ses cheveux gris et clairsemés, ses vêtements flottant sur lui. Maman pensait que c'était mieux ? — Papa.

— Fiston.

Tanner grimaça. Il était rarement "Tanner" quand son père lui parlait. "Fiston" semblait être un statut plus important que qui il était réellement. — Que fais-tu ici ?

— J'ai besoin de te parler. Ta mère m'a dit que je te trouverais ici.

Juliet lui serra le bras. — Euh, Tanner ? Je pense —

Tanner leva la main. Juliet n'avait pas à s'inquiéter ; elle était plus importante que son père. Ce qu'ils avaient à discuter était bien plus important. — Ça va devoir attendre. Juliet et moi allions justement sortir.

— Ça ne peut pas. J'ai besoin de te parler. C'est important.

Il était tiraillé. Il voulait écouter son père, mais il voulait aussi commencer sa vie avec Jules.

Son père franchit le seuil. — J'ai juste besoin de quelques minutes. Ça ne sera pas long.

Tanner regarda Juliet. Elle était là, ses doigts serrés sur son bras, mordillant encore sa lèvre inférieure. Il ne savait pas pourquoi.

— Ma chérie ? Ça va ? Je n'ai pas besoin de faire ça maintenant.

— Je pense que si, fiston.

Il ne regarda même pas son père. Le jour où cet homme l'appellerait par son prénom serait le jour où il commencerait à sentir qu'il comptait pour lui. Jusque-là, pour Tanner, Palston Wentworth n'était que le type responsable d'avoir presque fait perdre la maison de sa mère.

— Vas-y, Tanner. Juliet afficha un sourire tremblant et enroula ses bras autour de sa taille. Mais souviens-toi, je t'aime. Je t'ai toujours aimé. Et je t'aimerai toujours.

Les mots étaient ceux qu'il voulait entendre, mais son ton...

Son instinct s'éveilla. Quelque chose se tramait. C'était comme si... comme si elle savait ce que son père allait dire et savait qu'il n'allait pas aimer ça.

Encore des secrets ?

L'éclat de leurs ébats s'estompa et il n'était plus sûr de vouloir entendre ce que l'un ou l'autre avait à dire.

Mais il allait le faire.

— Très bien. Il attrapa les clés de voiture sur le crochet près du mur. Je reviendrai, Jules. Et alors on parlera. Il passa devant son père sans le regarder. Allons-y.

Juliet les regarda s'éloigner en voiture. Regarda son avenir partir avec eux.

Ça allait se savoir. L'argent pour l'hypothèque.

Elle aurait dû lui dire tout de suite. Elle aurait dû l'appeler. Quelque chose d'aussi important n'aurait pas dû attendre.

Quand apprendrait-elle que la vérité devait éclater ? Qu'il n'y avait rien à gagner à se retenir et tout à perdre ?

Une fois de plus, elle allait perdre Tanner.

Elle prit une respiration douloureuse. Une fois de plus, elle allait devoir ramasser les morceaux et continuer. Seule. Et cette fois, vraiment seule. Son père avait eu raison. Autant elle avait espéré que Sandy et Nana avaient-

Nana.

Oh, mon Dieu, Nana.

Juliet devait lui dire. Maintenant. Avant qu'elle ne l'apprenne par elle-même.

Elle devait avouer. Dire à Nana pourquoi c'était arrivé. L'assurer qu'elle irait bien. Qu'elles iraient toutes bien.

Elle posa une main sur son ventre, essayant de calmer sa respiration. Elle pouvait le faire. Elle avait eu assez de pratique. Ce n'était pas la fin du monde. Son monde, oui, mais pas *le* monde.

Elle attrapa ses clés et son sac. Nana méritait la vérité.

Ils la méritaient tous.

Chapitre Vingt-Sept

— Ralentis, fiston, dit son père en s'agrippant au tableau de bord.

— Ne me dis pas ce que je dois faire, répliqua Tanner.

Il fut tenté d'accélérer davantage, mais cela aurait été encore plus puéril que sa réponse. Une réponse pour laquelle il ne s'excuserait pas.

— Je n'ai jamais pu, n'est-ce pas ?

— Tu plaisantes ? Tanner jeta un coup d'œil à son père. Tu me disais toujours quoi faire. Quelles passes lancer, comment intensifier mes entraînements, ce que je devais manger, combien d'heures je devais dormir, quand je pouvais sortir ou non...

— J'essayais de te préparer pour une carrière dans le football. C'est toi qui n'étais pas aussi sérieux que tu aurais dû l'être.

Tanner serra le volant jusqu'à ce que ses articulations blanchissent. — J'étais très sérieux. J'ai obtenu cette bourse, non ?

— Que tu as ensuite perdue parce que tu étais plus intéressé à coucher qu'à te faire un nom.

Il compta jusqu'à dix avant de répondre. — Tu es juste énervé parce que tu ne pouvais plus parier sur mes matchs.

— C'était un coup bas, Tanner.

— Si le chapeau te va... Apparemment, les coups bas étaient ce que son père associait à son nom. Génial. Cette conversation s'annonçait comme un vrai feu d'artifice. Passer des sommets aux abîmes… Faire l'amour à Juliet une minute, puis être rabaissé par son père la suivante. — Que fais-tu ici, papa ? De quoi voulais-tu parler ?

— Va au restaurant de Missy. Nous ne devrions pas avoir cette conversation pendant que tu conduis.

— Et l'avoir en public, c'est tellement mieux ?

— Je ne suis pas ici pour me disputer avec toi, Tanner. Je suis ici pour m'excuser.

— Pour quoi ?

Son père fit un geste de la main vers le centre commercial sur la gauche. — Va chez Missy. J'ai besoin d'un café.

Serrant le volant, Tanner tourna à gauche un peu trop brusquement. Il détestait quand son père lui donnait des ordres. Surtout quand c'était *lui* qui allait le sortir d'affaire.

Il se gara juste devant l'entrée, passa la vitesse sur Park, et sortit, verrouillant les portes avec la télécommande avant même que son père n'ait eu le temps de fermer la sienne.

Il se dirigea vers le box le plus éloigné de la porte. Moins il y aurait de gens pour entendre cette conversation, mieux ce serait. Heureusement, le restaurant de Missy n'était pas bondé à cette heure de la journée. Ce serait bien s'ils pouvaient monter le volume de la musique d'ambiance pour étouffer la conversation, mais Tanner ne pouvait pas tout contrôler.

C'était ce qui l'énervait au plus haut point. Son père menait la danse. Comme toujours. Ç'avait été la seule chose qui ne lui avait pas manqué quand il était parti.

Juliet n'avait *pas* fait partie de ces choses qui ne lui avaient pas manqué, peu importe à quel point il avait essayé de s'en convaincre.

Missy s'approcha de leur box avec une cafetière dans chaque main. — Décaféiné ou normal ?

Son père retourna sa tasse. — Normal.

— Rien pour moi, merci. Il était déjà assez nerveux comme ça.

Missy servit puis leur donna les menus.

— Je n'ai pas faim. Tanner posa le menu sur le bord de la table.

Son père prit quelques secondes puis le lui tendit. — Je prendrai un sandwich au fromage grillé. Fromage américain, sans cornichons.

— Ça marche. Missy lui sourit. — Si tu changes d'avis, Tanner, fais-moi signe.

Elle n'avait pas changé en toutes ces années. C'était la même chose qu'elle lui disait quand il était au lycée et que son père dirigeait l'endroit. Heureusement, elle n'avait qu'environ quatre ans de plus que lui, donc ce n'était pas inapproprié. Mais il n'était pas plus intéressé maintenant qu'à l'époque. Il ne voudrait jamais aucune autre femme que Juliet.

Et il voulait retourner auprès d'elle au plus vite pour le lui dire. — Alors, de quoi s'agit-il, papa ? Qu'est-ce qui est si important à me dire que j'ai dû interrompre mon temps avec Juliet ?

— À ce propos... Son père joignit ses doigts en pyramide et prit son temps avant de lui répondre. — Je suis désolé pour ce que je t'ai fait subir en grandissant. Avec mes paris. Je sais le stress que cela a ajouté à notre foyer et je sais que tu m'en veux pour ça. À juste titre.

Tanner s'adossa à son siège. Il ne s'attendait pas à ça. Il n'avait jamais pensé voir le jour où son père s'excuserait. Papa avait toujours dit qu'il n'avait pas de problème. Il avait été catégorique à ce sujet. Il avait dit que les choses s'arrangeraient. *Et* que ce n'était pas l'affaire de Tanner.

Techniquement, c'était probablement vrai — jusqu'au jour où Burt Chambers avait eu les moyens de le forcer à épouser Juliet.

— Maman a dit que tu es en thérapie.

Son père hocha la tête puis but une gorgée de café. — J'avais besoin d'aide. J'étais tellement déprimé que Burt ait l'hypothèque et t'ait forcé à épouser Juliet que...

— Tu étais au courant de ça ?

— Bien sûr. Burt s'en est assuré.

— Ce fils de...

— Calme-toi, Tanner. Son père leva la main. — Burt avait toutes les raisons d'être en colère contre moi. J'ai failli nous coûter l'entreprise. Ou, du moins, sa réputation en la mettant en danger. Il m'a dit qu'il avait racheté l'hypothèque pour la sauver, mais qu'il ne le faisait pas par bonté d'âme. Il a dit des choses assez pertinentes sur moi que je ne voulais pas reconnaître à l'époque. Puis il a ajouté qu'il t'avait fait chanter pour que tu épouses Juliet. Mais comme je savais ce que tu ressentais pour cette fille, je ne pensais pas que c'était un problème.

— Sympa. Que je ne puisse pas décider du cours de ma propre vie n'est pas un problème. Content de voir à quel point je suis important pour toi. Tanner regretta de ne pas avoir commandé de café, ne serait-ce que pour avoir une tasse à claquer sur la table, car sa paume lui faisait mal.

— Tu es important pour moi. Son père détourna le regard et s'éclaircit la gorge avant de le regarder à nouveau. — Je sais que c'est trop peu trop tard, mais je veux que tu saches que je suis désolé. Pour t'avoir mis toute cette pression et pour avoir merdé avec les paris. Et pour avoir donné à Burt les moyens de te faire chanter. Tu n'étais pas obligé de le faire, Tanner. Je ne m'y attendais pas. Ça m'a rendu à la fois fier et honteux, pour te dire la vérité. Mais je pensais que tu aimais Juliet, donc ce n'était pas un problème.

Missy arriva alors avec son sandwich.

— Merci, ma belle.

— Pas de problème, M. Wentworth. Tanner ? Tu es sûr que tu ne veux rien ?

Sa hanche était inclinée vers la droite et le regard dans ses yeux...

— Merci, Missy, mais j'ai ce qu'il me faut.

— Eh bien, tu sais où me trouver. Elle haussa les épaules avec un demi-sourire avant de s'éloigner.

— Cette fille te veut, dit son père. Elle t'a toujours voulu.

— Pas intéressé.

— Tu ne l'as jamais été.

— Pouvons-nous revenir au sujet qui nous occupe ?

Son père prit une bouchée. — C'est un peu la même chose.

— Je ne sais pas ce que tu veux dire.

— Juliet. Toi. Vous deux alliez toujours finir ensemble, c'est pourquoi je ne pensais pas que c'était si grave que Burt force le mariage. Mais quand tu es resté loin et que tu n'es pas revenu, eh bien, la réalité s'est imposée. Ça m'a ouvert les yeux. C'est pour ça que j'ai commencé une thérapie. Tu ne devrais pas avoir à supporter le poids de ce que j'ai fait. Alors j'ai dû faire quelque chose à ce sujet. Il prit une autre bouchée.

— Qu'as-tu fait ? Tanner redoutait la réponse.

— Rien d'illégal. Son père reposa le sandwich et s'essuya les doigts avec la serviette. J'ai acheté quelques Wagyu. Je suis entré dans une coopérative d'élevage et j'en ai vendu assez pour continuer à agrandir le cheptel. Il y a deux jours, un acheteur m'a contacté pour le tout.

Les bovins Wagyu n'étaient pas bon marché car leur viande, le bœuf de Kobe dont les gens raffolaient ces jours-ci, rapportait de bons prix.

— Comment as-tu pu te permettre la première paire ?

Son père grimaça. — J'avais, euh, un pote qui me devait un service.

Bien sûr. Et Tanner savait exactement de quel genre de *service* il parlait. Un qui impliquait des cartes, du sport ou des chevaux. — Sacrément cher comme service.

— J'en ai fini avec ce mode de vie, Tanner. Je savais que j'allais m'en sortir. Il me devait de l'argent qu'il n'avait pas, alors j'ai pris le bétail à la place. J'avais un plan qui pouvait me sortir de là. Ça m'a pris du temps - pas assez pour t'aider - mais à partir d'aujourd'hui, l'hypothèque est remboursée.

— Tu as remboursé Burt ? Tanner se renversa en arrière tandis que les implications lui traversaient l'esprit. Juliet ne pouvait pas lui rendre l'hypothèque parce que ce n'était plus un problème. Il aimait ça ; ça effaçait l'ardoise entre eux.

— J'aurais adoré, mais ce salaud a refusé de me voir. Il m'a dit que je devais en parler à Juliet. Alors c'est ce que j'ai fait. Je suis allé à son bureau et je lui ai donné l'argent. Elle ne te l'a pas dit ?

Et juste comme ça, en quelques phrases, le bonheur de Tanner s'effondra.

Elle avait accepté de l'argent de son père et ne lui avait rien dit. Elle l'avait laissé croire qu'elle avait encore une emprise sur lui. Elle l'avait encore une fois manipulé pour obtenir ce qu'elle voulait, et il était entré dans sa douche et le lui avait donné, sans poser de questions.

Bon sang, quel imbécile il était. Elle n'avait pas changé. Elle était toujours la même menteuse gâtée et calculatrice qu'il y a onze ans.

— Je dois y aller. Tanner posa ses paumes sur la table et se leva d'un coup. Tu peux trouver un moyen de rentrer ?

— Bien sûr. Tu vas aller fêter ça avec ta copine ?

— Euh, ouais. Quelque chose comme ça.

Fêter n'était pas le mot que Tanner aurait choisi. Du moins, pas pour ça. Il célébrerait cependant sa liberté une fois rentré chez lui. *Chez lui*. À neuf États de distance de Juliet.

* * *

Les papiers du divorce arrivèrent trois jours plus tard.

Juliet savait qu'ils viendraient. Tanner n'était même pas revenu chercher ses affaires après la conversation avec son père.

Elle avait passé un week-end affreux à essayer de lui parler, mais, bien sûr, ses appels tombaient sur la messagerie. Elle avait laissé des messages, mais à en juger par ces papiers, il ne les avait évidemment pas écoutés.

Ou il ne l'avait pas crue.

Elle étala les papiers sur sa table de cuisine, clignant des yeux à travers les larmes. *Dissolution du mariage...*

La pensée était tout simplement trop douloureuse.

— Miaou. Houdini se faufila sur les papiers, laissant de petites empreintes de pattes là où elle avait marché dans une goutte de café de Juliet sur la table.

Juliet lui gratta les oreilles. — Il a fait un tour de disparition plus rapide que toi, Houdini. Comme elle savait qu'il le ferait.

Elle aurait dû l'appeler avant de quitter le bureau. Elle aurait dû lui dire dès qu'elle l'avait vu.

Aurait dû, aurait pu... Mais elle ne l'avait pas fait.

Une fois de plus, elle avait eu tellement peur de le perdre que ses actions - ou, dans ce cas, son *inaction* - avaient conduit à ce que cela se produise.

Mais Nana lui avait pardonné ; pourquoi Tanner ne pouvait-il pas ? D'autant plus que cette fois, elle n'était coupable que de ne pas avoir agi immédiatement. Elle allait le lui dire.

Juliet prit une autre gorgée de son café, regardant les pages mais ne voyant aucun mot autre que *Dissolution du mariage*.

Elle avait presque tout eu. Elle était passée *si* près... Il n'aurait fallu que quelques phrases et ce ne serait pas un problème.

Si ce n'est que ça, alors pourquoi est-ce un problème ? Tanner doit entendre la vérité.

C'était très bien tout ça, mais il ne répondait pas à ses appels.

Et alors ? Tu es allée le voir une fois ? Pourquoi ne pas y retourner ? Qu'as-tu à perdre ?

Elle se renversa en arrière. Ouais, pourquoi pas ? Qu'avait-elle à perdre ?

Son cœur était déjà brisé.

Chapitre Vingt-Neuf

Le samedi soir suivant

— Bouge-toi, Tanner !

La femme à côté de Juliet mit ses mains en porte-voix et laissa échapper un sifflement assourdissant.

Sur scène, Tanner sourit et se déhancha encore plus.

Juliet avait envie de lui arracher les yeux.

Son *mari* — aucun juge n'avait encore prononcé leur divorce — remuait ses hanches comme il l'avait fait sous sa douche.

C'étaient *ses* hanches à *elle*, *ses* mouvements sensuels. Si elle en avait eu le courage, elle aurait sauté sur scène pour l'en arracher.

Elle avala une autre gorgée de son soda — *sans* alcool. Si elle avait été ne serait-ce qu'un peu éméchée, elle l'aurait peut-être fait, mais elle voulait avoir les idées claires pour lui parler après son numéro.

Mon Dieu, attendre jusqu'à *l'après* allait la tuer. Cette semaine passée l'avait pratiquement achevée, mais elle n'avait pas pu quitter le bureau, restant même tard hier soir pour finaliser des négociations dont Jim avait besoin qu'elle s'occupe.

Elle avait pris le premier vol disponible ce matin et était arrivée ici aussi vite que possible.

Le spectacle continuait, les autres gars prenant leur tour au centre de la scène, mais Juliet ne pouvait s'empêcher de regarder Tanner se déhancher en arrière-plan.

Il n'avait pas mis longtemps à reprendre ses marques.

Elle regarda autour du bar. À quel point *s'amusait*-il ? Pensait-il qu'ils étaient divorcés ? Le fait qu'il lui ait fait parvenir ces papiers signifiait-il pour lui qu'il était libre ? Sortait-il avec quelqu'un ? Couchait-il avec quelqu'un ?

Mon Dieu, ça faisait mal d'y penser.

Enfin, c'était terminé. Les gars quittèrent la scène et les lumières de la salle s'allumèrent un peu. Juliet avala le reste de son verre, puis se fraya un chemin à travers la foule vers les coulisses.

Un beau gosse en chapeau de cow-boy — qui aurait dû être le costume de Tanner, mais ce n'était pas le cas — sortait de l'arrière, son gilet ouvert sur de larges épaules et un ventre plat, rien de tout cela n'ayant le moindre effet sur Juliet.

Elle l'attrapa par le bras. — Je cherche Tanner Wentworth.

Le gars releva son chapeau et la dévisagea. — Nous avons une règle de non-fraternisation.

— Je suis sa femme.

Elle ne pouvait pas dire si le choc du gars était dû à sa présence ou au fait que Tanner avait une femme.

Franchement, elle s'en fichait. Elle était *toujours* sa femme et elle voulait le voir. — Est-ce que je peux aller là-bas ?

Le gars se gratta le sourcil. — Euh, ouais. Je suppose. Mais si la porte est fermée, frappez. C'est une loge commune.

— D'accord. Merci. Elle le contourna — et put sentir son regard sur elle tout le long jusqu'à ce qu'elle tourne au coin.

La porte était fermée.

Prenant une profonde inspiration, Juliet frappa.

Un autre gars massif ouvrit la porte, le même qu'elle avait vu la dernière fois qu'elle était venue ici.

— Eh bien bonjour, ma chérie. Ravi de vous revoir. S'il vous plaît, dites-moi que vous n'êtes pas là pour Wentworth cette fois.

Elle essaya de voir derrière lui, mais sa poitrine et ses épaules étaient presque aussi larges que celles de Tanner. — Je *suis* là pour lui.

— Merde. Le gars soupira et secoua la tête. — Yo, Tan. Y a une nana pour toi.

— Occupé.

Son corps trembla en entendant la voix de Tanner.

— Je pense que tu ne voudras pas l'être.

Le grand gars ne la quittait pas des yeux en lançant ces mots par-dessus son épaule.

— Toujours occupé, Markus.

Markus sourit et haussa les épaules. — Vous avez entendu l'homme. Il est occupé. Mais moi, je suis libre.

Elle avait tellement envie de le pousser hors du chemin, mais elle avait le sentiment que malgré toute sa sympathie, il serait du côté de Tanner.

Jusqu'à ce qu'il entende qui elle était.

— Je suis sa femme.

Ouais, l'expression sur son visage disait qu'on aurait pu le renverser d'une pichenette.

Il s'écarta.

Juliet ne perdit pas de temps à le dépasser. — Bonjour, Tanner.

Le regard de Tanner se leva brusquement. — Bordel, Markus, je t'ai dit que j'étais occupé. Il se leva et se retourna, lui offrant une vue parfaite de son jean moulant ses fesses sous son torse nu alors qu'il se penchait pour prendre quelque chose dans son casier. — Va-t'en, Juliet.

— Non.

Il se redressa, mais ne se retourna pas. — Je ne veux pas te parler.

— Tant pis parce que moi, je veux te parler. Tu n'as pas le droit de fuir encore.

— Euh, Tan, je te verrai plus tard. Markus battit rapidement en retraite.

Tanner soupira et enfila un t-shirt, puis passa ses mains dans ses cheveux avant de se retourner. — Je peux faire ce que je veux, Juliet, maintenant que tu n'as plus l'hypothèque à brandir au-dessus de ma tête.

— Je sais.

— Ouais, je sais que tu sais. Mon père m'a tout raconté. Contrairement à toi.

Le regard dans ses yeux...

Non. Il n'avait pas le droit de penser des choses horribles sur elle cette fois. Cette fois, elle n'était coupable que de ne pas avoir parlé immédiatement. Mais elle avait prévu de le lui dire. Elle avait juste été... distraite. Ce dont elle pourrait arguer que c'était sa faute.

— Quand étais-je censée le faire, Tanner ? La seconde où tu es entré dans la douche ? Excuse-moi si je ne pensais pas à ton père à ce moment-là.

— Ce n'est pas drôle.

— Je n'essaie pas de l'être. Sérieusement, Tanner, quand étais-je censée te le dire ? Entre les moments où tu mettais ta langue dans ma bouche ? Quand tu m'as plaquée contre le mur ? Pendant ton orgasme ? Tu ne m'en as pas laissé l'occasion.

— C'est facile à dire maintenant que tu as été démasquée. Comme toutes les autres fois. Avais-tu jamais l'intention de me dire la vérité sur la conception de Keegan si tout s'était bien passé ? Ou pourquoi ton père est *par hasard* apparu au bon moment pour nous surprendre alors qu'il était censé être absent pour la nuit ? Ou était-ce aussi un mensonge ? Je ne peux pas te faire confiance, Juliet. Pas cette fois. C'était trop pratique pour que tout se passe ainsi. J'aurais dû me douter que tu ferais quelque chose comme ça quand tu as menti à ta propre grand-mère pour m'y faire venir. Mon Dieu, je suis vraiment un idiot.

— Arrête, Tanner ! Juliet mit ses mains sur ses oreilles. — Arrête, s'il te plaît ! Je n'en peux plus. Oui, je t'ai menti et manipulé quand nous étions au lycée. Oui, j'ai fait en sorte que mon père nous surprenne au lit ensemble après l'université. Je savais exactement ce que je faisais les deux fois et je t'ai présenté mes excuses plus de fois que je ne peux compter. J'avais peur de te perdre. J'avais déjà perdu ma m... une personne qui disait m'aimer ; je ne pouvais pas te perdre toi aussi. Ce n'est pas une excuse, mais c'était mon raisonnement. Mais crois-moi, te perdre, notre mariage, Keegan... c'était suffisant. J'ai appris ma leçon. J'ai même avoué à Nana ce que j'avais fait pour te faire revenir à la maison. Je ne suis plus cette personne que j'étais avant.

Les larmes commencèrent à couler et elle ne pouvait rien faire pour les arrêter. — Combien de temps vais-je encore devoir payer pour ces stupides erreurs ? Je ne les ai jamais faites pour te blesser ; je les ai faites parce que je t'aimais, et dans mon immaturité et mon insécurité, je pensais que ça n'aurait pas d'importance parce que nous serions ensemble.

— Je sais maintenant que c'était stupide et injuste envers toi, mais je ne peux pas revenir en arrière et l'effacer. Elle passa son bras sous son nez pour arrêter les reniflements. — Et tu sais quoi ? Je ne suis pas sûre de vouloir le faire. Je sais que c'était mal, mais quelque chose de si bien en est sorti. Keegan. Malgré tout ce que je n'aurais pas dû faire, j'ai eu Keegan. Même pour ce tout petit moment, j'ai eu un fils. Notre fils. Notre enfant. Je le vois tous les jours et il me manque tous les jours. Tout comme tu me manques. Quand tu es revenu cette fois-ci, je me suis juré de ne rien faire qui puisse le compromettre. J'ai su dès que ton père m'a donné cet argent que je devais te le dire. Mais tu ne m'en as pas donné l'occasion.

Elle essuya les larmes de ses yeux avec ses paumes. — Je ne t'aurais pas caché cette information. Tu mérites la vérité. Tout comme à l'époque. Je suis désolée pour ce que j'ai fait et comment je l'ai fait, mais l'univers ou le karma ou peu importe comment tu veux l'appeler m'a bien punie, non ? Je vous ai perdus tous les deux. Alors tu n'as pas besoin de continuer à me punir, Tanner. Je me réveille avec cette connaissance chaque jour. Mais je ne te referais jamais quelque chose comme ça. Tu...

Les larmes et les émotions l'étouffaient tellement qu'elle ne pouvait pas finir. Mais après tout, qu'y avait-il de plus à dire ? Tanner lui pardonnerait ou pas. Mais au moins, il connaîtrait la vérité.

Tanner ne réfléchit pas, il alla simplement vers elle et l'enveloppa de ses bras et la serra contre lui. Il posa son menton sur sa tête tandis qu'elle sanglotait contre lui ; l'entendre dans une telle douleur lui déchirait le cœur.

Et puis il se mit à pleurer.

Et pas juste quelques larmes, non. De grands, douloureux frissons le traversèrent, et il enroula ses bras autour d'elle et s'accrocha, ayant autant besoin qu'elle le tienne que lui avait besoin de la tenir.

Ils n'avaient pas pleuré ensemble à l'époque. Non, il avait été engourdi et elle avait été inconsolable et tout ce qu'il avait pu faire était de la tenir et d'essayer de respirer.

Il pouvait à peine respirer maintenant. La douleur... bon Dieu, la douleur.

Il ne s'agissait pas de l'argent. Pas vraiment. Il s'agissait d'eux. De leur passé. De leur douleur.

De leur perte.

Ils avaient perdu tellement et il avait eu besoin de temps pour gérer, eh bien, tout.

Les bras de Juliet rampèrent dans son dos et elle serra son t-shirt dans ses poings en le tirant plus près d'elle.

Il avait besoin de s'asseoir. Ses jambes ne le soutiendraient pas, encore moins eux deux.

Il resserra ses bras autour de sa taille et s'assit sur le banc, la tirant sur ses genoux et enfouissant son visage dans ses cheveux.

Elle posa sa paume sur sa joue et la caressa.

Tanner prit une grande respiration tremblante en essayant de reprendre le contrôle de ses émotions.

— Tan… Elle murmura son nom contre sa joue, sa peau si douce contre la sienne.

Dieu, il l'avait aimée autrefois.

Il l'aimait toujours.

— Tanner ?

Sa voix, si douce, se glissa sous sa douleur et il voulut tendre la main. Pour prendre le réconfort offert dans ce seul mot.

Il se recula et cligna des yeux, les larmes rendant son visage flou. Pas que cela importait, il avait mémorisé chaque fossette et courbe et tressaillement de ses lèvres des années auparavant.

— Je suis tellement désolée, Tanner. Pour tout. Pour les mensonges, pour avoir perdu Keegan…

— Chut. Il mit ses doigts sur ses lèvres sans y penser. Qu'elle pense qu'elle avait dû payer pour la mort de Keegan… Il ne pouvait pas supporter qu'elle porte ce fardeau. — Tu ne pouvais pas savoir, Jules, ce qui allait arriver. Ce n'est pas de ta faute.

— Mais si je n'étais pas tombée enceinte…

— Cette fois-là. Il n'y a aucune garantie que cela ne serait pas arrivé une autre fois. Les préservatifs ne sont pas efficaces à cent pour cent. Cela aurait pu arriver sans ton aide.

Elle cligna des yeux, ses beaux yeux ressemblant à l'océan au crépuscule. — Est-ce que cela signifie… Me pardonnes-tu ?

Il écarta les cheveux de son visage et lui tint la nuque. Il regarda ces beaux yeux remplis de larmes. Le tremblement de ses lèvres. Les traces de ses larmes sur ses joues. Elle souffrait tellement. Et dans quel but ? Cela ne changerait rien. Cela ne ramènerait pas Keegan et, honnêtement, perdre Keegan n'était pas sa faute. Juliet avait adoré être enceinte et avait été si prudente avec ce qu'elle mangeait et buvait et s'était assurée de faire de l'exercice. Elle avait voulu leur enfant, pas parce que c'était un moyen de le garder avec elle, mais parce que Keegan était *le leur*. Fait de l'amour qu'ils avaient l'un pour l'autre. Elle souffrait tout autant que lui.

Ils ne s'étaient pas guéris séparément ; peut-être qu'ensemble, ils le pourraient.

Son pouce essuya les larmes qui coulaient à côté de sa bouche. — Nous ne pouvons pas continuer à regarder en arrière. Nous ne pouvons pas continuer à blâmer. S'il avait vécu, il aurait été la meilleure chose qui nous soit jamais arrivée. Et le fait qu'il n'ait pas vécu ne fait pas de sa perte la pire chose. Nous avons découvert ce que c'était que d'aimer un enfant. Tout cet amour désinté-ressé et féroce pour le protéger. Nous avons perdu cette bataille, mais nous en sommes sortis gagnants pour l'avoir connu. Il me manquera toujours. Je me demanderai toujours comment il aurait été, mais j'ai pu le tenir, Juliet. J'ai tenu mon fils. Pendant quelques brefs instants, j'ai été un père avec son fils. Je me considère chanceux d'avoir découvert ce qu'est ce genre d'amour.

— Chanceux ? Tu me détestais d'être tombée enceinte de lui et puis quand je... Elle prit une profonde respiration tremblante. — Quand je l'ai perdu, c'était comme si je te prenais encore plus. Encore.

Il la prit dans ses bras. — Tu ne l'as pas perdu. Pour une raison quel-conque, il n'était pas assez en bonne santé pour survivre. Tu ne peux pas te blâmer pour ça, Juliet. Je ne l'ai jamais fait.

— Tu ne l'as pas fait ? Tu m'as blâmée pour tout le reste.

— Peut-être que j'avais peur de me regarder moi-même. Si je t'avais plus aimée, ou si je te l'avais mieux montré, peut-être que tu ne te serais pas sentie si peu sûre de toi. Je n'avais pas réalisé ce que perdre ta mère avait dû être. À quel point tu pensais que l'amour était fragile.

— Non. Tu ne peux pas te blâmer.

— Alors, arrêtons tous les deux de nous blâmer mutuellement... et nous-mêmes.

Ses yeux scrutaient les siens et Tanner voulait juste que toute cette douleur disparaisse. Il voulait simplement ce qui aurait dû être le leur depuis le tout début.

— Je t'aime, Juliet. C'est pour ça que tu as le pouvoir de me blesser. Mais je sais aussi que tu m'aimes. Et maintenant, maintenant que nous avons cette perspective, maintenant que nous sommes plus âgés et que nous avons ce recul, nous pouvons faire en sorte que ça marche.

— Faire en sorte que ça mar... Tanner ? Tu le penses vraiment ? Tu le penses vraiment ? Tu veux rester marié ?

— *Rester* marié ? Il laissa échapper un petit rire. Bien sûr que tu n'as pas signé les papiers. Je n'aurais pas dû m'attendre à autre chose.

— En fait... Elle se mordit les lèvres. Je les ai signés. Je ne les ai juste pas envoyés.

— Tu les as signés ?

Elle hocha la tête. — Ils sont à l'hôtel. Je ne voulais pas simplement les signer et les renvoyer sans te parler. Sans que tu connaisses la vérité. Ensuite, si tu ne voulais toujours pas arranger les choses, je te les aurais donnés.

— Je veux toujours que tu le fasses.

Elle se raidit dans ses bras et il réalisa ce qu'il venait de dire.

— Pour que je puisse les brûler, Juliet. Je ne veux plus divorcer. Je veux une épouse. Toi. Et je veux la vie que nous aurions dû avoir. La famille. Il n'est pas trop tard.

— Cela veut dire que tu me crois ?

— Oui. Et je te pardonne pour le passé. Je comprends pourquoi tu l'as fait. Mais je dois assumer une partie du blâme pour ne pas avoir été comme tu voulais que je sois. Comme tu avais besoin que je sois.

— Oh, mais Tanner, tu l'étais. Tu l'es. Tu es tout ce que j'ai toujours voulu.

— Pour ne pas avoir été assez *à l'époque*. Mais sache ceci, Juliet Chambers-Wentworth. Tu es ma femme et je ne te laisserai jamais partir.

Épilogue

Six semaines plus tard

Penelope sirotait son vin. Elle aimait vraiment ce cépage. Il s'appelait Niagara. Fruité et doux, parfait pour un joyeux jour de mariage — ou de renouvellement de vœux comme Juliet et Tanner l'appelaient.

Peu importe comment ils l'appelaient, elle était simplement ravie qu'ils aient finalement réglé leurs problèmes.

Elle était également ravie que Juliet pense vraiment l'avoir dupée. La pauvre avait été si désolée quand elle lui avait expliqué comment elle avait réussi à faire revenir Tanner.

Ça avait presque poussé Penelope à avouer.

Presque.

— Mamie ! Viens danser avec nous ! lui fit signe Juliet.

Penelope leva son verre. Le vin venait d'être ajouté à sa liste d'articles autorisés, grâce au Dr Jackson. Sa condition pour garder le silence était qu'elle respecte ses règles de rétablissement. Il avait dit qu'il ne voulait pas la revoir pour un autre AVC, alors elle allait devoir prendre soin d'elle-même.

Maintenant, elle avait la motivation.

Elle jeta un coup d'œil à la piste de danse et s'éventa. Les collègues de

Tanner étaient là et même s'ils étaient tous habillés, il n'y avait pas moyen de cacher ces mouvements de danse. Les femmes célibataires ici ce soir avaient de la chance.

Tous les amis de lycée de Juliet et Tanner étaient là aussi, tous un peu plus âgés, certains plus enrobés, d'autres plus chauves, mais c'était la même bande dont elle se souvenait quand ils traînaient à la piscine pendant les étés. Et ils s'amusaient tous beaucoup.

Bon, cette Delia était à la chasse, mais ce n'était pas nouveau.

Elle parcourut la salle du regard. Les parents de Tanner étaient à leur table, discutant et souriant. Ça réchauffait le cœur de Penelope de les voir ici. Tanner avait eu une raison d'être en colère contre son père, mais ce qu'il n'avait pas réalisé, c'est qu'il n'avait pas été obligé de sauver Palston. C'était son choix — et c'était un bon choix.

Penelope prit une autre gorgée de son vin. La vie était belle.

Enfin, la sienne l'était. Celle de son fils, en revanche, pouvait être améliorée. Il était seul dans un coin, observant la salle, avec une expression qui était loin d'être un sourire. Penelope ne l'avait pas vu en esquisser un de toute la journée.

Ce n'était pas le coût qui le tracassait — Tanner avait insisté pour que Juliet et lui paient la journée et ne prennent pas un centime de l'argent de Burt. Penelope aimait ça chez Tanner ; le garçon voulait se débrouiller seul. C'est pourquoi il avait besoin d'une femme qui pouvait le faire aussi, et Juliet était devenue cette femme.

Mais Burt... Il s'enterrait dans sa tanière et se coupait du monde. Avec un peu de chance, Juliet aurait bientôt un bébé pour que Burt puisse reprendre la direction de l'entreprise — et elle se fichait de paraître vieux jeu. Juliet ne voudrait pas laisser son enfant pendant des heures ; l'entreprise serait toujours là quand elle serait prête à reprendre le travail. Et Burt avait vraiment besoin de quelque chose sur quoi se concentrer maintenant qu'elle allait « mieux ».

Elle sourit et prit une autre gorgée de son vin.

— Tu te sens fière de toi ? Ermalinda prit place à côté d'elle, faisant *tinter* leurs verres de vin.

— Je me sens bien pour eux.

— Tu vas leur dire ?

— Quoi ? Que je n'étais pas aussi mal en point que je leur avais laissé croire

? Pourquoi diable ferais-je ça ? Ce genre de chose est ce qui les a mis dans cette situation en premier lieu.

Ermalinda se cala dans son siège et haussa les sourcils. — La pomme ne tombe jamais loin de l'arbre.

— Je déteste quand tu apprends de nouvelles expressions.

— Tu détestes quand j'ai raison.

Penelope sirota son vin et prit son temps avant de répondre, son attention fixée sur son fils. — C'est vrai. Mais ça a marché.

— La fin justifie les moyens ?

Penelope posa son verre de vin et ce fut à son tour de hausser les sourcils. — Eh bien, eh bien. Tu es devenue bien studieuse.

— Je le suis. Ermalinda inclina son verre de vin vers Burt. — Regarde.

Pendant que Penelope regardait, une femme s'approcha de son fils. Nancy Hillson.

Et cette fois, Burt lui parla vraiment.

— Bien joué, Ermalinda. Bien joué.

— Je ne fais que prendre des leçons du maître, *Señora*.

* * *

Juliet tira Tanner sur le lit de la suite nuptiale. Il avait insisté pour qu'ils aient une vraie cérémonie à l'église et une réception cette fois, et elle avait été plus que ravie qu'il ait voulu faire une telle déclaration publique. Il avait même fait venir ses amis de Beefcake, Inc. pour l'occasion. Enfin, ceux de la branche nord de Beefcake, Inc. parce que ceux de la branche texane pouvaient venir en voiture pour la cérémonie de renouvellement des vœux de leur patron.

— Eh bien, eh bien, Jules. On est un peu impatiente, n'est-ce pas ?

— Tu peux me blâmer ?

— Pas du tout. Et il l'embrassa pour le prouver.

Enfin, il fit plus que l'embrasser.

Il fallut un moment avant que Juliet puisse penser clairement, mais elle avait quelque chose en tête qu'il devait savoir.

Elle passa sa main sur son torse. Elle avait toujours aimé le torse de Tanner.

Il n'y avait pas grand-chose chez lui qu'elle n'aimait pas.

— Tu sais, Tanner, pour toute ta grande démonstration d'honnêteté, tu m'as menti.

Il leva la tête pour la regarder. — Je ne t'ai jamais menti, Juliet.

— Si, tu l'as fait. La première fois qu'on a fait l'amour après ton retour. Tu m'as dit que ce n'était pas un conte de fées. Que tu allais me faire l'amour et puis partir. Que ce n'était pas pour toujours. Elle se blottit contre lui et tapota son cœur. Tu vois ? Tu as menti.

Il sourit, et c'était un beau sourire. — Bon, peut-être que j'ai juste un peu embelli la vérité.

— Embelli la vérité ? Ce n'est pas comme dire qu'on est un peu enceinte ? Elle s'efforça de garder son sérieux.

Tanner leva les yeux au ciel. — Juliet, on ne peut pas être un peu enceinte. Soit on l'est, soit on ne l'est... Son sourire se crispa. Juliet ?

Elle ne pouvait plus le faire attendre. Elle dégagea ses doigts des siens, saisit son poignet et posa sa main sur son ventre, la sienne par-dessus.

— Euh, Tan ? J'ai quelque chose à te dire...

~ fin ~

Merci de nous avoir lu ! Aidez d'autres lecteurs à découvrir les livres de Judi en laissant votre avis ! Pour en savoir plus sur la série, tournez la page !

Beaux Gosses et Flocons de Neige

Si cela signifiait perdre la guerre, alors il était stupide d'avoir continué à mener cette bataille.

Gina Taormina était amoureuse de Darien Foster depuis aussi longtemps qu'elle s'en souvienne, jusqu'au jour où il l'avait humiliée à l'école. Quinze ans plus tard, sa vue la laisse encore de glace.

Darien, danseur exotique, est revenu en ville pour mettre quelques choses au clair. L'une d'entre elles est le gâchis qu'il a provoqué pour Gina pendant leur adolescence... et peut-être raviver la flamme qu'ils avaient autrefois.

Mais le seul moyen de faire fondre la glace autour du cœur de Gina est d'augmenter la température, aussi bien au travail... qu'en dehors.

Chapitre Un

— Il recommence.

Gina Taormina n'allait même pas regarder *ça*, l'énième panier géant rempli de choses que *lui* avait choisies. — Renvoie-le, dit-elle à Candy, sa meilleure amie et réceptionniste de son spa, Le Lys Doré.

— Allez, Gina. Ce gars veut juste que tu le remarques.

Gina attrapa plutôt la pile de factures. Ce qui en disait long. — Renvoie-le.

— Mais, Geen, c'est vraiment un super—

Gina frappa le comptoir de réception en granit avec le bord des factures. — Je me fiche de ce que c'est, Candy.

— T'es sûre de ça ?

Putainouiqu'elleétaitsûre. — Renvoie-le.

— Oh, allez, Gina. Donne une chance au gars.

Gina leva les yeux au ciel et secoua la tête en fermant sa veste de technicienne et en contournant le bureau de réception pour se placer du côté de Candy, là où se trouvaient les rouages du spa : le carnet de rendez-vous, le terminal de carte de crédit, l'ordinateur, l'imprimante et les reçus de la veille. — Je ne sors pas avec les strip-teaseurs.

— C'est vraiment dommage. Moi, je sortirais avec un strip-teaseur. Sans hésiter.

Et il serait parti le lendemain. Gina l'avait appris à ses dépens. Les exceptions étaient rares, et comme elle était amie avec une exception et apparentée à une autre, ses chances d'en trouver une troisième étaient quasi nulles. Elle avait essayé et, *wow*, ça s'était retourné contre elle.

Dieu merci, elle n'avait jamais agi sur son béguin pour Gage, l'associé de son cousin Bryan. Surtout maintenant que Gage était avec Lara. Personne n'avait jamais su, et ça n'était jamais devenu bizarre avec Bryan — ce qui aurait pu arriver. Ouais, à part ces deux exceptions, elle en avait définitivement fini avec les strip-teaseurs. Non, en fait, elle en avait fini avec les *hommes*. D'après son expérience, ils avaient toujours un agenda caché. Eh bien, maintenant, elle aussi. Et ça n'incluait rien avec un pénis.

Elle ouvrit brusquement un tiroir pour prendre un stylo. — Renvoie. Le. Candy. Maintenant.

Candy posa le panier — c'étaient toujours de très beaux paniers — sur le carnet de rendez-vous. Probablement pour que Gina ne le manque pas. — Je peux le garder ?

— Non, parce qu'alors il pensera que c'est *moi* qui l'ai fait et c'est le dernier coup de boost à l'ego dont Froggy a besoin.

Elle ferma le tiroir d'un coup de cuisse et sortit de derrière le bureau comme si le panier était fait de kryptonite.

Pour elle, c'était le cas.

— D'accord, mais qu'en est-il des autres coups de boost dont il pourrait avoir besoin ? Et pourquoi diable appelles-tu ce beau gosse par son surnom du collège ?

Parce que c'était comme ça qu'elle avait rencontré Froggy, alias Darien Foster, à l'époque, et toutes ces années d'humiliation par lui ne lui avaient pas donné de raison de le considérer comme moins qu'un crapaud. Même s'il ressemblait maintenant à un modèle de couverture de roman à l'eau de rose. Elle n'aurait jamais dû aller à cette réunion. Il serait resté un mauvais souvenir.

Gina rejeta ses boucles en arrière et regarda dehors. Encore cinq centimètres de neige étaient tombés pendant la nuit. Elle devait sortir le reste des décorations de Noël et commencer à décorer. — Débarrasse-t'en, quoi que ce soit. Peut-être qu'il comprendra enfin que je ne suis pas intéressée.

Candy tapota de son ongle rouge pomme d'amour le nœud de Noël rouge et dentelle fantaisie sur le panier. — Tu devrais peut-être y jeter un coup d'œil avant de faire ta non-intéressée. C'est mignon.

C'était ça le problème ; les petits « cadeaux » de Froggy, euh, Darien devenaient de plus en plus mignons. Il avait commencé quand il était revenu en ville pour leur réunion de lycée. Des fleurs, puis du chocolat, puis une seule rose avec le chocolat, mais ensuite il était devenu malin et avait commencé à envoyer des produits pour qu'elle les offre dans son salon.

Ça, c'était une arme à double tranchant ; elle ne pouvait pas se permettre d'offrir des produits gratuitement en ce moment parce qu'elle devait investir son argent dans l'entreprise pour *rester* en activité. Elle était à un point critique où ses employés avaient besoin de plus d'heures, mais si les clients n'étaient pas là, elle ne pourrait pas les payer. Malheureusement, le centre commercial perdait des locataires, donc le trafic de passage n'était pas ce qu'il était il y a deux ans quand elle avait démarré l'entreprise, et elle avait investi trop d'argent dans la mise en place pour pouvoir se permettre un déménagement vers un autre endroit. Si elle pouvait payer le loyer, le propriétaire ne pourrait pas la mettre dehors. Mais sans un afflux d'affaires, elle ne savait pas comment cela allait continuer à se produire. Des produits gratuits n'étaient pas la solution.

Mais Darien avait commencé à déposer des paniers de ces trucs. Des assortiments, comme s'il les lui donnait à *elle*, mais une femme ne pouvait utiliser qu'un certain nombre de lotions, et trois paniers de différentes lotions et huiles parfumées prendraient plus de vies que Gina n'en avait.

Elle détestait qu'il essaie de l'atteindre à travers son entreprise.

Elle détestait qu'il essaie de l'atteindre tout court. — Renvoie-le simplement, Candy. Loin des yeux, loin du cœur et le plus tôt sera le mieux. Elle n'avait pas besoin de penser davantage à Darien Foster. C'était déjà assez qu'il travaille pour son cousin, Bryan, mais c'était le plus près qu'il allait s'approcher. — Et jetons un coup d'œil aux rendez-vous de la semaine prochaine. Je pense qu'on devrait s'en sortir avec le personnel qu'on a maintenant.

— Euh... Candy enroula une longue boucle blonde autour de ses doigts dans le look « idiote » quintessentiel que la fille avait perfectionné quand elle voulait que quelque chose se passe à sa façon. Ou quand elle avait de mauvaises nouvelles à annoncer.

Dommage pour Candy que Gina sache que, derrière l'extérieur stéréotypé de blonde que Candy adoptait pour servir ses objectifs, se cachait le cerveau d'un membre de Mensa. C'est pour cette raison que Candy était ici ; elle avait mis ce cerveau en action et avait fait fortune en bourse. Elle travaillait pour Gina parce qu'elle voulait faire quelque chose d'amusant de sa journée, pas parce qu'elle avait besoin d'argent. Ce qui était la seule raison pour laquelle Gina pouvait se permettre une réceptionniste à temps plein.

— Euh, quoi ?

— On a un enterrement de vie de jeune fille réservé pour le 17. Pour un traitement spa complet.

Normalement, un enterrement de vie de jeune fille serait une bonne chose. Cela lui permettait d'utiliser le spa un dimanche, le jour où elle n'ouvrait que pour des événements spéciaux, et un événement de cette taille garantirait son loyer mensuel. Mais comme les semaines entre Thanksgiving et Noël ne s'avéraient pas être un tel foyer de demandes de massages, Gina avait approuvé chacune de ses masseuses pour prendre des vacances. Elle ne comprenait pas pourquoi ce ralentissement ; le temps froid semblait être le moment parfait pour se faire huiler et masser — sans parler d'un excellent anti-stress pour les fêtes — mais les réservations étaient rares. Les femmes ne prévoyaient-elles pas les rigueurs du shopping de Noël ?

— De combien de personnes on parle ?

— Douze.

— *Douze* ? Qui a un enterrement de vie de jeune fille aussi grand ?

— La sœur de Sophie Cavanaugh.

— *La* Sophie Cavanaugh ?

— Il n'y a qu'une seule Sophie Cavanaugh.

C'était bien vrai. Sophie Cavanaugh était une présentatrice sur la chaîne d'information locale qui avait attiré l'attention nationale lors de la couverture d'une tempête locale quand elle avait sauvé un enfant d'être emporté par une route inondée — alors que les caméras tournaient. Ça n'avait pas nui que la femme soit magnifique, qu'elle ait un vrai cerveau dans son corps à faire pâlir Barbie, et que personne — jusqu'à présent — n'ait déterré le moindre squelette dans son placard depuis que l'histoire avait éclaté. Et maintenant, elle venait au spa de Gina pour la fête prénuptiale de sa sœur. Si Sophie aimait...

Le bouche-à-oreille à lui seul pourrait valoir plus que Gina ne pourrait jamais *espérer* dépenser en publicité. Et pourrait être le coup de pouce dont The Gilded Lily avait besoin.

— D'accord, commence à appeler. On peut faire tourner les invitées entre toutes les stations, donc j'ai besoin d'au moins deux massothérapeutes de plus ici.

— C'est fait.

Bien sûr qu'elle l'avait fait. Parce que Candy n'était pas aussi écervelée qu'elle aimait le faire croire aux gens. — Qui as-tu trouvé ?

— Eh bien...

— Quoi, Candy ?

— Personne.

— Comment ça, *personne* ? Nous deux, on ne peut pas gérer douze femmes toutes seules.

— Je sais. Candy attrapa une poignée de cheveux. — Le blond vient d'une bouteille, tu te souviens ?

— Je ne disais pas que tu es stupide.

— C'est ce que ça avait l'air.

— On peut se concentrer sur le problème ici ? Tu sais que je t'aime et que je t'apprécie.

— Et quand mon allocation de services spa gratuits sera épuisée, tu vas me payer ce que je vaux, oui, oui, j'ai compris. Candy poussa un long soupir et lâcha ses cheveux. — Le stock local de massothérapeutes est épuisé. Tout le monde est réservé.

— Mais nos rendez-vous ne sont même pas complets, alors comment se fait-il que personne ne soit disponible ?

— Où étais-tu ? On a rempli le reste de l'emploi du temps de tout le monde samedi. Cette pub que tu as fait passer le mois dernier a dû devenir virale ou quelque chose comme ça. C'est ce que j'allais te dire quand tu es arrivée ce matin avant qu'on ne soit distraites par M. Casanova.

Génial. Froggy, euh, Darien, perturbait maintenant ses opérations commerciales. Ce n'était pas suffisant qu'il l'ait fait à sa vie sociale à l'école.

— Tu sais quoi, Candy ? Ne renvoie pas son cadeau là où il l'a acheté. Renvoie-le-lui. Avec un mot qui dit que je ne suis pas intéressée. Gina tapota du bout des doigts sur le comptoir de la réception. — Oh, et que dirais-tu d'envoyer un mot au coordinateur des membres à la chambre de commerce ? Voir si des massothérapeutes indépendants ont récemment adhéré. L'école de commerce locale n'a-t-elle pas récemment diplômé un groupe ?

Candy sortit un crayon de derrière son oreille, preuve de son épaisseur que Gina n'avait même pas vu le crayon là. Ni les boucles d'oreilles pendantes en forme de canne à sucre non plus. — Compris. Une note disant que tu n'es pas intéressée, et une autre disant que tu l'es.

— Ne les mélange pas, c'est tout.

— Voyons, patronne, est-ce que je ferais ça ? Voilà que Candy recommençait avec le regard vide et le tortillement de cheveux qu'elle avait perfectionnés.

Gina lui tapota le nez. — Pas si tu sais ce qui est bon pour toi.

Candy écarta le doigt de Gina d'une pichenette. — Oh, fais-moi confiance. Je sais ce qui est bon pour tout le monde.

Ce qui était *exactement* pourquoi Candy échangea les notes.

* * *

Dare fixa le panier sur son porche.

Bon sang, comment était-il censé amener Gina à lui *parler* si elle continuait à renvoyer ses offres de paix ? Certes, il comprenait pourquoi elle pouvait nourrir une certaine rancœur, mais le collège, c'était il y a vingt ans. Elle ne pouvait pas entretenir une rancune tout ce temps, si ? Ils étaient des enfants. La puberté et toute son incertitude, plus essayer de s'intégrer. Et puis il y avait eu ce surnom merdique qui lui était resté collé. Froggy. Comme si sa mue vocale avait été de sa faute. Mais les enfants au collège n'accordaient de répit à personne, et une fois que ce surnom lui avait été collé, il était resté.

Et Gina n'avait plus voulu avoir affaire à lui depuis.

D'accord, d'accord, ça pouvait avoir quelque chose à voir avec le fait qu'il ait fait ce commentaire sur ses, euh, atouts avec son coassement très distinctif en cours de géographie juste après que M. Nester nous ait montré une diapositive du Grand Teton.

Toute la classe avait éclaté de rire, M. Nester était devenu rouge avant de les envoyer tous les deux au bureau du Principal Dilworth. Ce qui n'avait fait qu'ajouter l'insulte à l'injure parce que Gina avait été forcée de marcher avec lui — son tourmenteur — tout le long du chemin jusqu'à l'autre aile pour y arriver. Lui, bien sûr, avait essayé de faire comme si ce n'était pas grave, mais Gina n'en avait rien eu à faire. D'un point de vue vingt ans plus tard et avec une certaine compréhension des adolescentes (grâce aux histoires de son colocataire d'université et partenaire commercial Bill sur ses jumelles de treize ans), il comprenait que les seins de Gina étaient la dernière chose sur laquelle elle voulait qu'on attire l'attention, mais, bon sang, il était un adolescent. Il avait une perspective de première main sur *ça*.

Et, oui, sa main avait eu beaucoup à dire sur les seins de Gina quand il était adolescent.

Il bougea, mal à l'aise. Apparemment, quelque chose d'autre avait encore quelque chose à dire.

C'était incroyable — un seul regard sur elle lors de la réunion, ces magnifiques boucles noires et ses yeux si sombres dans lesquels il avait voulu se perdre même à l'école, et c'était comme s'il était de retour là-bas, assis derrière elle et sentant son parfum ou son shampooing ou quoi que ce soit qui l'avait tenu éveillé la nuit. Et il voulait dire *éveillé*.

Rien n'avait changé.

Et elle refusait *toujours* de le reconnaître.

Il ramassa le panier et une enveloppe en tomba. Avec son nom sur le devant.

Ou peut-être qu'elle le ferait...

Il retourna l'enveloppe et glissa son doigt sous le rabat. C'était la première fois que Gina lui répondait directement. Les six autres paniers avaient été renvoyés à la boutique de cadeaux où il les avait achetés, sans aucun mot.

Peut-être qu'il arrivait à l'atteindre.

"Le spa est surbooké. Tu connais des massothérapeutes qui pourraient dépanner ?"

Pour ce qui est des mots, c'était aussi personnel que Tweety, le chat errant qui l'avait adopté six minutes après qu'il ait emménagé dans sa location, exprimant une sorte d'affection en lui laissant un lapin mort sur le porche. Alors qu'il avait pensé que c'était peut-être parce qu'il avait affublé le chat du nom d'un oiseau — qu'on le poursuive pour son sens de l'humour tordu — le vétérinaire avait dit que c'était en fait un geste significatif, alors Dare l'avait accepté à contrecœur. Avant de jeter le soi-disant "cadeau" à la poubelle, bien sûr.

Était-ce le lapin mort de Gina ?

D'accord, cette phrase était maladroite pour de nombreuses raisons, *Liaison fatale* lui venant à l'esprit, ainsi que l'expression "le lapin est mort" comme euphémisme pour la grossesse — deux choses qui se trouvaient à la périphérie de son intérêt pour Gina, mais d'une manière qu'il aimerait considérer comme mentalement saine et susceptible de progresser selon un calendrier normal.

Il secoua la tête. Son cerveau était en court-circuit — comme il l'était depuis qu'il l'avait vue à la réunion six mois auparavant.

Le sien devait aussi être en court-circuit si elle lui demandait des renseignements sur les massothérapeutes.

Cela dit, qui était-il pour refuser une telle aubaine ?

Il pouvait faire de la massothérapie. Après tout, il avait la réputation de donner de bons massages à l'époque. De jour comme de nuit.

Quelque chose qu'il voulait que Gina découvre.

De première main.

Royally Sunk

Les tritons et les sirènes ne sont qu'un mythe, n'est-ce pas?

Essayez de dire ça à ces humains qui ne se doutent de rien et qui tombent éperdument amoureux de ceux qui n'ont pas toujours de talons...

Par-dessus la Tête

Reel est un triton sans queue, et Erica est terrifiée par l'océan. Une seule chose pourrait la faire entrer dans l'eau: un pistolet. Et une seule chose pourrait l'y retenir: le séduisant triton qui lui sauve la vie, au risque de perdre la sienne.

Le Grand Bleu Sauvage

Valerie est une princesse sirène coincée au cœur du pays. Rod est le prince qui part à sa rescousse. Mais parviendront-ils à déjouer le complot d'un usurpateur et à regagner l'océan avant que sa queue—et sa prétention au trône—ne disparaissent à jamais?

La Prise de sa Vie

Logan a fui le cirque; tout ce qu'il souhaite, c'est mener une vie normale. La femme nue qui débarque sur son bateau est tout *sauf* normale. Surtout quand Angel se révèle être une sirène, poursuivie par un monstre marin en colère.

L'amour sur les Rochers

La princesse Mariana n'a rien d'une frimeuse; c'est une véritable artiste, et elle est sur le point de le prouver avec la statue qu'elle sculpte sur une île déserte. Le problème, c'est que Jace se cache là-bas. Ainsi, la seule chose qui libérera Mariana de sa prison dorée est aussi celle qui vaudra la mort à Jace. Une romance, c'est déjà assez compliqué, mais quand un tsunami est annoncé, l'amour est vraiment sur les rochers.

Faire des Vagues

Découvrez l'Incident qui a rendu Erica terrifiée par l'océan, la raison pour laquelle Valerie, la princesse disparue, a été retrouvée, et comment Michael, le jeune fils de Logan, a trouvé une sirène. Les histoires *avant* les histoires.

Bottled Magic

Faites attention à ce que vous souhaitez... cela pourrait bien se réaliser!

C'est ce que ces humains découvrent lorsqu'un génie leur tombe littéralement dans les bras... avant d'être emportés dans la plus magique des aventures: tomber amoureux.

Je Rêve de Génies

La chance de Matt a enfin tourné lorsque Eden, la génie, s'échappe de sa bouteille et lui tombe littéralement sur les genoux. Et elle jure de ne jamais y retourner. Malheureusement pour eux deux, l'homme qui l'y a enfermée veut la récupérer, et il ne reculera devant rien pour y parvenir.

Génie a Toujours Raison

Samantha hérite du domaine de son père, ainsi que d'un génie qui n'a plus qu'un dernier maître à servir avant la fin de sa servitude. Sam est plus que disposée à libérer Kal, jusqu'à ce que son ex avide décide que s'il ne peut pas avoir Sam, personne ne l'aura.

Ma Belle Génie

Zane a hérité du manoir familial et il a hâte de s'en débarrasser pour mettre fin aux rumeurs sur le passé extravagant de sa famille. Dommage que la génie à l'origine de ces rumeurs a été libérée et sème à nouveau la zizanie. Seulement, cette fois, c'est avec son cœur qu'elle joue.

Vos Désirs sont ses Ordres

Découvrez comment Kal a été emprisonné dans sa lanterne et pourquoi il doit servir 1001 maîtres. C'est l'histoire avant l'histoire...

Once-Upon-A-Time Romance

Il était une fois» c'est bien joli dans les contes de fées, mais la vraie vie, ce n'est pas comme ça.

À moins que...?

Avec l'aide d'un ange gardien en formation, ces couples chanceux découvriront que tomber amoureux est le plus beau des contes!

La Belle et Le Meilleur

Le jour, Jolie est chef à domicile; la nuit, elle écrit des romans d'amour. Alors, quand elle décroche un contrat pour Todd, un artiste séduisant et reclus, elle tient le héros parfait pour son livre. Jusqu'à ce que Todd le découvre et la chasse de sa cuisine, de sa maison, *et* de son cœur.

Si la Chaussure Vous Va

Il était une fois, il y a bien longtemps, dans un pays lointain, très lointain, une jeune fille nommée Cendrillon. Ceci n'est pas son histoire. *Ceci* est l'histoire de Lucinda Isabella Casteleoni, qui, comme son homonyme, a une méchante belle-mère, deux belles-sœurs vulgaires et d'innombrables heures de dur labeur qui l'attendent (ou pas). Mais contrairement à cette princesse de conte de fées, le Prince Charmant de Bella est introuvable. Jusqu'à ce qu'un petit vieil homme aux yeux verts pétillants ouvre une boutique de chaussures au bout de la rue. Alors la magie commence...

De L'autre Côté du Vitrail
Un voyage accidentel dans l'Angleterre médiévale pousse Kate, responsable de publicité, à chercher un moyen de rentrer chez elle... Mais pourra-t-elle ramener avec elle le séduisant chevalier en armure étincelante dont elle est tombée amoureuse?

BeefCake, Inc.

La soirée entre filles n'a jamais été aussi savoureuse!

Magic Mike peut aller se rhabiller.

Installez-vous confortablement, détendez-vous et profitez du spectacle pendant que Gage, Bryan, Tanner, Dare et tous les autres vous montrent comment on s'y prend...

Beaux Gosses et Petits Gâteaux
Lara veut que ses cupcakes soient un succès. Gage, danseur exotique, ne serait pas contre les goûter, mais son emploi du temps pour payer les factures d'hôpital de son neveu ne lui en laisse pas le loisir. Jusqu'à une fête où les gros bras rencontrent les cupcakes et, *oh*, que c'est délicieux!

Beaux Gosses et Grand Bévues
Quand Bryan prend Jenna pour une prostituée et qu'elle réalise qu'il est le père de son fils adoptif, les erreurs et les malentendus commencent à s'accumuler. Mais quelque chose d'autre grandit aussi entre eux. Parfois, une mauvaise décision peut s'avérer être la bonne...

Beaux Gosses et Nouvelles Prises
Tanner veut que son ex-femme sorte de sa vie pour de bon, mais quand la grand-mère de celle-ci a une attaque et qu'il doit prétendre être toujours

amoureux de Juliet, peut-il risquer une seconde chance avec la seule femme qui n'a jamais cessé de l'aimer?

Beaux Gosses et Flocons de Neige

Gina a le béguin pour Darien depuis toujours—jusqu'au jour où il l'a humiliée à l'école. Quinze ans plus tard, il la laisse de marbre. Darien, danseur exotique, est revenu en ville pour régler quelques affaires. L'une d'elles est le bazar qu'il a provoqué pour Gina des années auparavant... et *peut-être* raviver la flamme qu'ils avaient autrefois. Mais la seule façon de faire fondre la glace autour du cœur de Gina est de faire monter la température, au travail... et en dehors.

Manley Maids

Que se passe-t-il lorsque trois frères irrésistiblement sexy perdent un pari au poker contre leur sœur entreprenante? Ils se retrouvent engagés pour son entreprise de nettoyage. Désormais, les Manley Maids sont à votre service. Satisfaction garantie.

Ce Qu'une Femme Veut

Sean, propriétaire d'un complexe hôtelier, prévoit d'acheter un domaine historique, se faire un nom et gagner des millions. Il emménage donc sous le prétexte de nettoyer l'endroit pour contrecarrer l'unique condition de l'héritage. Mais l'héritière Olivia et sa ménagerie lui entrent dans la peau, et il découvre que le pari au poker qui l'a mis dans ce pétrin n'est pas le seul à changer la donne.

Ce Qu'une Femme A Besoin

La star de cinéma Bryan veut la gloire et la fortune, pas une répétition de son enfance «normale» et sans le sou. Après la publicité entourant la mort de son mari, Beth a besoin d'une vie normale pour elle et ses enfants, et la star de cinéma qui a perdu un pari l'obligeant à nettoyer sa maison—avec des paparazzis sur les talons—n'en fait pas partie. Mais alors que le flirt se transforme en séduction, Bryan doit convaincre Beth qu'il est plus qu'un homme de ménage.

Ou qu'un acteur. Parce qu'il joue le rôle principal dans une version inversée de Cendrillon, et cela pourrait bien être le rôle de sa vie.

Ce Qu'une Femme Mérite

Liam n'a aucune patience pour les femmes qui dépensent l'argent d'un homme sans penser une seule seconde à travailler. Mais pour honorer son pari, Liam doit non seulement tolérer Cassidy, une femme du monde, mais il devra aussi nettoyer derrière elle quand son père lui coupera les vivres. Sans argent et sans maison à nettoyer pour Liam, Cassidy n'a d'autre choix que d'accepter une offre d'emploi—comme nouvelle femme de ménage de Liam. Mais quand des étincelles jailliront entre eux, s'agira-t-il du grand amour ou juste d'une autre liaison compliquée?

Quelle Femme

MaryAlice Catherine est prête à nettoyer la maison de l'amie de sa grand-mère, mais elle découvre que le petit-fils arrogant de la femme, pour qui elle avait le béguin en grandissant—et il le savait pertinemment—y vit, et elle est morti-fiée. Jared se souvient des choses différemment; Mac a toujours été une petite chose autoritaire, mais il ne va pas la laisser mener la danse maintenant. Mais avec eux deux vivant dans la même maison, impossible de dire qui en sortira vainqueur.

Ce Qu'un Homme Veut

Beckett est prêt à payer sa dette après avoir perdu son pari au poker. Il n'avait juste pas réalisé qu'il devrait le faire avec son cœur. Jennifer est celle qui lui a échappé et maintenant, elle est juste là, devant lui. Dans sa maison. Qu'il est venu nettoyer. Jennifer n'arrive pas à croire que le bad boy du lycée pour qui elle avait un énorme béguin est dans sa maison, mais s'il y a une chose que son ex-mari lui a apprise, c'est qu'elle ne peut pas compter sur les bad boys. Jusqu'à ce que Beckett abatte toutes ses cartes et se révèle être quelqu'un sur qui Jennifer peut miser, après tout.

Voici Judi !

Auteure primée et à succès, Judi Fennell adore rire et adore l'amour. Il n'est donc pas surprenant de retrouver un peu des deux dans chacun des livres qu'elle écrit. Découvrez ses contes de fées revisités pour avoir un avant-goût de ses comédies paranormales et romantiques, légères et pleines d'ironie. Des tritons au large des côtes de la Jersey Shore, aux génies et leurs tapis volants, en passant par les strip-teaseurs à la Magic Mike et les domestiques virils dont la devise est *Satisfaction garantie*, rires et amour sont toujours au rendez-vous.

Et, durant ses (très ?) nombreux moments de temps libre, elle aide d'autres auteurs sur tous les aspects de l'écriture et de l'autoédition avec son entreprise de mise en page, de création de couvertures et de supports promotionnels, de relecture, de conseil et de livres audio, www.formatting4U.com.

Judi vit dans la banlieue de Philadelphie avec une ménagerie de compagnons à quatre pattes, et le jour où ces créatures commenceront A) à chanter, B) à coudre des vêtements, ou C) à faire le ménage, sera aussi le jour où elle prendra sa retraite d'écrivaine... !

www.ingramcontent.com/pod-product-compliance
Lightning Source LLC
Chambersburg PA
CBHW071231210726
48293CB00002B/669